JOHANNA DANNINGER

Secret Elements

IM DUNKEL DER SEE

im.press

Secret Elements, Band 1: Im Dunkel der See

Im.press
Ein Imprint der CARLSEN Verlag GmbH
September 2016

Lektorat: Ulrike Schuldes
Streuvignetten: Maria Hecher
Umschlagbild: shutterstock.com / © Tarzhanova /
© mycteria / © Willyam Bradberry
Umschlaggestaltung: formlabor
Schrift: Alegreya, gestaltet von Juan Pablo del Peral
Satz und Umsetzung: readbox publishing, Dortmund
Druck und Bindung: BoD, Hamburg
ISBN 978-3-551-30073-7
Printed in Germany
www.carlsen.de/impress

Alle Bücher im Internet: www.carlsen.de

KAPITEL 1

Der Himmel war gespickt mit bauschigen Kuschelwölkchen. Wie eine Herde Lämmer tollten sie über den hellblauen Hintergrund. Unter ihnen wiegten sich Bäume mit jungem Blattwerk in einer sanften Brise und reckten sich der Frühlingssonne entgegen. Die Szenerie erstrahlte in perfekter Harmonie und Heiterkeit.

Und ich saß auf einem quietschenden Holzstuhl, der an Unbequemlichkeit kaum zu überbieten war, und durfte den beinahe kitschigen Anblick draußen durch eine mit fettigen Fingerabdrücken übersäte Fensterscheibe betrachten. Meine Hände strichen unablässig über die Tischkante vor mir. Der Lack hatte sich an den Ecken bereits gelöst und an einer Stelle sah es so aus, als hätte ich voller Frust in das Holz gebissen – was gar nicht so abwegig war.

»Jessica, könnten Sie bitte in eigenen Worten zusammenfassen, auf welchen Grundsätzen Georges Cuviers Evolutionstheorie beruht?«

Na toll, was soll das denn jetzt?, dachte ich genervt.

Ich blickte betont langsam auf. »Ja, das könnte ich.«

Der Typ war neu an der Schule und vertrat seit einigen Tagen unseren alten Biologielehrer, der sich beim Skifahren ein Bein gebrochen hatte.

Das war ein echtes Problem. Solche unerfahrenen Aushilfslehrer brauchten nämlich immer einige Zeit, bis sie herausgefunden hatten, dass alle Beteiligten hier ein glücklicheres Leben führen konnten, wenn sie mich einfach in Ruhe ließen. Außerdem war es im Allgemeinen nicht ratsam, mich mit meinem richtigen Namen anzusprechen. Ich hasste das.

»Also? Würden Sie uns freundlicherweise aufklären?«, fragte der Aushilfslehrer nach einer kurzen Pause.

Mir lag ein freches »Immer mit der Ruhe« auf der Zunge, doch ich seufzte nur gelangweilt.

»Cuvier war Verfechter des Katastrophismus«, erklärte ich. »Dieser Theorie nach vernichteten im Laufe der Erdgeschichte immer wieder riesige Katastrophen einen Großteil der Lebewesen und in den darauffolgenden Phasen entstand neues Leben. Cuvier glaubte angeblich, dass Gott die Welt nach jeder Katastrophe neu erschaffen habe, doch diese Behauptung lässt sich nicht in seinem Werk belegen.«

Der Lehrer forschte einen Moment nach Fehlern in meiner Zusammenfassung. Er war sichtlich überrascht, keine zu finden, und überspielte seine Enttäuschung mit einem dümmlichen Lächeln. »Die These der göttlichen Schöpfung lassen wir lieber außen vor. Schließlich brauchen meine theologischen Kollegen auch noch etwas, worüber sie unterrichten können.«

Unterstützendes Glucksen erklang aus den Reihen der Schleimer und Streber. Das taten sie immer, sobald sie glaubten, ein Lehrer hätte einen Witz gerissen. Wirklich armselig.

»Hey, Blacky«, flüsterte Gustav, der hinter mir saß, »ich hab auch eine Theorie – nämlich dass du von einem Raben abstammst.«

Ich kippte mit meinem knarrenden Holzstuhl zurück und antwortete leise: »Würde ich Gustav heißen, würde ich mich bezüglich Federvieh-Theorien lieber zurückhalten.«

Er verstummte. Vermutlich würde er eine Weile brauchen, bis er meine Anspielung auf die berühmte Gustav-Gans-Comicfigur überhaupt verstanden hatte. Zufrieden knarrte ich mit dem Stuhl wieder nach vorne.

Meine Finger fanden wie von selbst zurück an die Tischplatte und knibbelten an dem Lack herum. Das Schwarz meiner lackierten Nägel bildete dabei einen krassen Kontrast zu dem Weiß, das es zu beseitigen galt.

Eigentlich mochte ich Farben. Selbst das Kotzgrün, das irgendein Spinner für die Innentüren unserer Schule gewählt hatte. Trotzdem war ich schon vor Jahren dazu übergangen, mich ausschließlich in dunkle Klamotten zu hüllen. Vorwiegend schwarze. Inklusive schwarzer Mütze, unter der ich meine auffällig roten Haare verbarg. Wenn man nicht gerade vor dem knallig bunten Hundertwasserhaus stand, hatte diese Art von Kleidung nämlich einen entscheidenden Vorteil – man fiel nicht besonders auf. Und ich hatte gelernt, dass mein Leben dadurch um einiges leichter wurde.

Okay, das mit dem Unauffälligsein funktionierte bei mir nicht immer. In der neunten Klasse versenkte ich meinen Mitschüler Steffen Grübers mit dem Kopf voran in einer Mülltonne. Dass er eine Jahrgangsstufe über mir und noch dazu dreißig Zentimeter größer war als ich, spielte dabei keine Rolle. Dass er mir meine Mütze vom Kopf gerissen hatte, allerdings schon. Da hörte der Spaß nun mal auf.

Das Gute daran war, dass ab diesem Zeitpunkt die ganze Schule erkannte, dass man sich lieber nicht mit mir anlegen sollte. Das Schlechte – jeder kannte nun das schwarzgekleidete Mädchen mit den feuerroten Haaren und zerriss sich das Maul darüber.

Doch das Getratsche störte mich kaum. Es hatte durchaus Vorteile, dass ich als sozial gestörte Außenseiterin entlarvt worden war. So machten alle meist einen weitläufigen Bogen um mich und beschränkten sich auf dümmliche Kommentare à la Gustav Gans.

Im Großen und Ganzen hatte ich in der Schule also meine Ruhe. Die unverhohlenen Blicke, die mich ständig durch das Gebäude begleiteten, hatte ich zu ignorieren gelernt. Alle warteten mit Spannung darauf, eines Tages wieder einen totalen Ausraster von mir zu erleben, während sich gleichzeitig keiner traute, mich zu provozieren. Doch ich wollte den Sensationsgierigen sowieso keine Show mehr bieten. Ich konnte mir einen weiteren Fehltritt schlichtweg nicht erlauben. Besonders nach dem letzten Vorfall im Sportunterricht, bei dem ein Volleyball und die blutige Unterlippe von Veronika Glas eine nicht unerhebliche Rolle gespielt hatten. Damals hatte der Direktor klare Worte an mich gerichtet: »Wenn ich Sie noch ein einziges Mal in mein Büro zitieren muss, fliegen Sie von der Schule!«

Eine Ansage, die mich durchaus schockierte. Jetzt von der Schule zu fliegen, hätte alles zerstört. Ich steckte mitten in der zwölften Klasse, das Abitur war in greifbarer Nähe – mein Fahrschein in die Zukunft. In ein Leben, in dem ausschließlich ich selbst bestimmen konnte, was ich mit ihm anstellen wollte.

Als Vollwaise hatte ich mich siebzehn Jahre lang den Entscheidungen von Sozialämtern und irgendwelchen Erziehern beugen müssen. Im kommenden Herbst würde ich endlich achtzehn werden. Der erste Schritt in die Unabhängigkeit. Aber bis zu meinem Schulabschluss durfte ich noch die staatliche Obhut des Waisenheims genießen. Vielen Dank auch.

Doch ich wollte nicht unfair sein. Das Angebot meiner Heimleitung, dass ich bis zum Abitur dort wohnen durfte, kam mir eigentlich ganz recht. Ich konnte weiterhin Geld sparen und mich voll und ganz auf die Vorbereitungen für mein Studium konzentrieren.

Ich blickte wieder aus dem Fenster und betrachtete die kitschigen Schäfchenwolken, die über den Horizont tollten.

Nicht mehr lange und ich würde ebenso frei sein.

***

Mein Alltag war in der Regel unspektakulär. Auch an diesem Tag trottete ich nach der Schule artig zurück ins Heim, genoss das matschige Mittagessen, das aus mysteriösen Gründen immer nach Karotten schmeckte, und begab mich in die nachmittägliche Hausaufgabenbetreuung.

Wirklich betreut wurde hier selten jemand. Im ganzen Raum herrschte ein heilloses Durcheinander, das von einem bunt zusammengewürfelten Haufen Teenager veranstaltet wurde, die nicht im Mindesten an Hausaufgaben interessiert waren. Bis auf einige wenige, ich eingeschlossen. Und diese wenigen mussten zusehen, wie sie inmitten des Tohuwabohus klarkamen. In einer Ecke saß zwar durchaus eine Erzieherin, doch die betrachtete ihre Aufgabe bereits als zufriedenstellend erledigt, wenn niemand ernstlich verletzt wurde.

Vielleicht sollte ich erwähnen, dass ich in einem Heim für »schwierige Fälle« wohnte.

Schwierige Fälle waren so ein Mittelding zwischen »normal« und »schwer erziehbar«. Das Heim beherbergte also Jugendliche, die keiner haben wollte, die für die Justizvollzugsanstalt allerdings nicht genügend Straftaten begangen hatten. Dazu kamen noch die Kids aus sozialen Brennpunkten, die es hier bestimmt besser hatten als bei ihren drogensüchtigen Eltern, diesen Umstand jedoch noch nicht erkannten. Und die psychisch Gestörten, die es aus verschiedenen Gründen immer wieder schafften, einer Zwangseinweisung in die geschlossene Abteilung einer Klinik zu entgehen.

Ich selbst war wohl eine Mischung aus allem. Wobei ich nicht wusste, ob meine Eltern drogensüchtig waren, denn niemand kannte sie. Ich war ein sogenanntes Findelkind.

Früher hatte ich die romantische Vorstellung gehabt, in einem Weidenkorb einen Bach hinabgeschwommen zu sein. Hineingebettet von meiner Mutter, die mich vor einer großen Bedrohung schützen wollte und mir bittere Tränen nachweinte, während ich ins Ungewisse davontrieb.

Die nüchterne Wahrheit bestand allerdings darin, dass ich als Neugeborenes durch eine Babyklappe geschoben worden war, weil meine Mutter mich nicht haben wollte. Warum auch immer.

Ich fragte längst nicht mehr danach. Es konnte mir ja doch keiner eine Antwort darauf geben und inzwischen war ich mir sicher, dass ich die auch gar nicht wissen wollte. Immerhin war es besser, keine Familie zu haben, als eine wie die meiner Mitbewohner.

Ein Papierflieger traf auf meinen Kopf. Ohne von meinem Mathebuch aufzusehen, zerknüllte ich ihn mit einer Hand und ließ ihn zu Boden fallen. Gelächter ertönte neben mir, begleitet von einem »Sorry, Jay!«.

Ich akzeptierte die Entschuldigung, indem ich kurz meinen Mittelfinger hochstreckte, dann konzentrierte ich mich wieder auf mein Schulbuch.

Im Heim wurde ich nicht so sehr gemieden wie in der Schule. Die Jugendlichen hier waren keine verhätschelten Kinder aus wohlhabendem Haus, die Konflikte durch Petzen beim Lehrer austrugen. Sie fochten ihre Kämpfe selbst aus, verbal oder körperlich. Und meine Mitbewohner fürchteten sich nicht vor mir, sondern respektierten mich. Obwohl ich auch im Heim als Außenseiterin galt, weil ich grundsätzlich die Gesellschaft anderer mied, wurde ich von allen als ihresgleichen akzeptiert und als jemand, der in Auseinandersetzungen selten den Kürzeren zog.

Kaum hatte ich meine Hausaufgaben erledigt und in meinen abgewetzten Rucksack gepackt, sah ich im Augenwinkel Dennis zu mir herüberschlendern. Ich stöhnte leise.

Nicht der schon wieder!

Dennis war ein ganzes Jahr jünger als ich und er war der verqueren Meinung, der Justin Bieber unseres Heims zu sein. Tatsächlich himmelten die meisten Mädels ihn an und bettelten geradezu, auf seine sogenannte »Bitch-Liste« aufgenommen zu werden. Diese Liste gab es wirklich, und als wäre das nicht schon bescheuert genug, hatte es sich dieser Pseudo-Mini-Gangster vor einiger Zeit auch noch in den Kopf gesetzt, mir einen Ehrenplatz darauf einzuräumen. Was ich von seinem Plan hielt, hätte ihm spätestens nach dem blauen Auge klar werden müssen, das ich ihm vor kurzem verpasst hatte. Das Veilchen war kaum verheilt, und er hatte die Botschaft offensichtlich immer noch nicht verstanden.

Ich war gerade im Begriff, mich von meinem Lernplatz zu erheben, als Dennis auch schon neben mir stand und mir den Weg versperrte.

»Hey, du«, begrüßte er mich in gewohnt säuselndem Tonfall, der wohl erotisch klingen sollte. »Na? Bist du endlich fertig mit büffeln?«

»Wow!«, staunte ich. »Bist du da etwa selbst drauf gekommen? Ich bin beeindruckt.«

Mein Sarkasmus prallte wirkungslos an Dennis ab.

»Was machst du heute noch so?«, wollte er wissen.

»Nichts, was irgendwie mit dir zusammenhängen könnte.«

»Hm.« Er fuhr sich durch seine dunkelblonde Topfschnittfrisur. »Hast du vielleicht Bock, mit mir in die City zu gehen? Ich kenne da ein cooles Café, das …«

»Verzieh dich einfach«, unterbrach ich ihn und ballte demonstrativ eine Faust. »Oder muss ich es dir noch einmal erklären?«

»Komm schon, Jay. Wir hatten einen schlechten Start. Lass uns doch einfach noch mal von vorn anfangen.«

Unglaublich!

Ich stand auf und richtete mich zu meiner vollen Größe auf, so dass ich den säuselnden Wicht immerhin um eine Handbreit überragte. Mit zusammengekniffenen Augen fixierte ich sein Milchgesicht. »Wenn du mich noch einmal anquatschst, wird sich bei dir noch was ganz anderes blau färben als dein Auge. Glaub mir …« Ich schulterte meinen Rucksack. »Und jetzt geh mir aus dem Weg, bevor ich dich noch aus Versehen ankotze.«

Sein Selbsterhaltungstrieb brachte ihn wohl dazu, zur Seite zu treten. Die anderen Triebe in seinem unterbelichteten Gehirn ließen ihn dämlich grinsen. »Glaub mir, Süße, du verpasst etwas ganz Gewaltiges.«

Der hat doch echt einen an der Klatsche!

Es war nie klug, eine Rauferei unter den Augen einer Erzieherin anzuzetteln. Immerhin waren die ausschließlich dafür verantwortlich, dass so etwas eben nicht passierte. Ich hielt mich daher lieber zurück und sparte meine Kräfte für ähnliche Situationen in den unbeobachteten Fluren des Gebäudes.

Statt Dennis also einen kräftigen Tritt in die Eier zu geben, wandte ich mich an eine seiner Verflossenen, die leider erst im Nachhinein von der »Bitch-Liste« erfahren hatte. »Kathrin, was sagst du dazu? Ist der denn wirklich so gewaltig, den der liebe Dennis da mit sich rumschleppen muss?«

»O ja! Mir sind beinahe die Tränen gekommen, so gewaltig *klein* war der!«

Perfekt. Die Gehässigkeit eines gebrochenen Herzens war eben nicht zu unterschätzen.

Alle Anwesenden gackerten lauthals los, während Dennis augenblicklich puterrot im Gesicht wurde. Mit einem hämischen Grinsen schritt ich an ihm vorbei und hörte das Gebrüll des darauffolgenden Streits noch weit durch den Flur hallen.

KAPITEL 2

Es war Samstag. Noch dazu ein wunderschöner. Der April machte ja bekanntlich, was er wollte, und an diesem Tag wollte er sich offenbar von seiner besten Seite zeigen.

Ich freute mich unbändig darüber, weil ich den stickigen Hallen des Heims bei dem herrlichen Wetter gut entkommen konnte. Pflichtbewusst hatte ich mich am Vormittag bei der Heimaufsicht abgemeldet, mit dem Versprechen, zum Abendessen wieder zurück zu sein. Nach einem Abstecher zur Stadtbibliothek war ich schließlich im botanischen Garten gelandet. Die große Parkanlage war schon immer mein persönlicher Zufluchtsort gewesen.

Ich hatte fast mein ganzes Leben in der Großstadt verbracht und hasste diesen abgasverseuchten Betondschungel. Der Geräuschpegel war konstant hoch, die Menschen ständig in Hast und an jeder Straßenecke stank es nach Pisse.

Inmitten des botanischen Gartens hatte ich das Gefühl, endlich wieder frei durchatmen zu können. Man hörte den Straßenverkehr zwar weiterhin, aber das Rauschen der hohen Bäume, die rund um den Park standen, ließ mich Motorenlärm und Hupkonzerte schnell vergessen. Gepflegte Fußwege durchzogen die gesamte Anlage. Gesäumt von duftenden Blumenrabatten und exotisch aussehenden Stauden, führten sie sternförmig zum Herzen des Parks, das ein wunderschöner Springbrunnen aus weißem Stein bildete.

Auf einer Bank vor dem Brunnen ließ ich mich im Schneidersitz nieder. Ich schloss für einen Moment genießerisch die Augen. Auch wenn ich nicht allein hier war, da das schöne Wetter viele Menschen in den Park lockte, wiegte mich das Plätschern des Wasserspiels und das Zwitschern der Vögel für einen Augenblick in wohltuender Ruhe. Alles erschien harmonisch und ausgewogen, so wie es nur die Natur zu Stande brachte. Mit tiefen Atemzügen sog ich die Luft ein. Sie schmeckte warm und erdig, ein wenig nach dem

Sommer, der bereits an die Tür klopfte. Ich konnte das klare, frische Wasser des Brunnens förmlich riechen. Eine leichte Brise ließ eine Haarsträhne tanzen, die sich unter meiner Mütze hervorgestohlen hatte. Sie kitzelte mich an der Wange, doch ich gönnte ihr den kleinen Tanz mit dem Wind.

Mit einem Mal erschien mir mein Dasein weniger frustrierend. Solche glücklichen Momente im Park zeigten mir immer wieder, dass das Leben mehr zu bieten hatte.

Ich öffnete die Lider und gab ein leises Seufzen von mir. Dann holte ich meine neueste Errungenschaft aus der Bibliothek hervor und schlug sie in meinem Schoß auf. Keine Minute später war ich komplett in meine Lektüre vertieft.

Zwischen den Seiten eines interessanten Buches verlor man schnell jedes Zeitgefühl, darum konnte ich nicht sagen, wie lange es dauerte, ehe ich bemerkte, dass sich jemand neben mich gesetzt hatte – und mich auch noch ziemlich unverfroren anstarrte.

Mit grimmiger Miene wandte ich den Kopf zu dem ungebetenen Gast auf meiner Bank, doch meine Züge entspannten sich gleich darauf wieder. Neben mir saß kein Kerl, der mich anbaggern wollte, sondern nur eine harmlose alte Frau. Sie lächelte mich freundlich an und schien überhaupt nicht peinlich berührt zu sein, dass ich sie beim Beobachten erwischt hatte.

Ich erwiderte ihr Lächeln. Die Frau strahlte eine derartige Herzlichkeit aus, dass keine andere Reaktion möglich schien. Obwohl ich sie noch nie gesehen hatte, spürte ich sofort aufrichtige Sympathie für sie. Sogar mehr als das. Ich wusste ohne den geringsten Zweifel, dass ich dieser alten Frau vertrauen konnte. Und genau das erstaunte, ja erschreckte mich zutiefst. Denn wenn ich in meinem Leben etwas gelernt hatte, dann war es, dass man mit Vertrauen sparsam umgehen musste. Zu oft hatte man mir ebenjenes gebrochen, so dass ich inzwischen nur noch mir selbst vertraute.

Gewissermaßen durcheinander musterte ich die Frau, deren Lächeln kein bisschen nachließ. Bei genauerer Betrachtung wirkte sie gar nicht mehr so alt. Ihr schneeweißes Haar ließ zwar auf ein hohes Alter schließen, doch es wallte so dicht und kräftig über ihre Schultern, wie es bei über Siebzigjährigen wohl selten vorkam. Die helle Haut ihres runden Gesichtes war glatt und gleichzeitig von feinen Fältchen durchzogen. Vor allem ihre Mund- und ihre Augenpartie schienen von vielen, vielen Jahren des Lachens geprägt. Inmitten der Lachfältchen stachen ihre Augen ganz besonders hervor. Nie zuvor hatte ich solch durchdringend hellblaue Augen gesehen. Voller Kraft und Energie, wie das Leben selbst. Je länger ich die Frau betrachtete, umso weniger konnte ich ihr Alter schätzen. Es war äußerst merkwürdig.

»Eine seltsame Lektüre für eine solch junge Dame«, bemerkte die Frau.

Ich brauchte eine Sekunde, um mich zu sortieren.

»Ähm. Na ja, ich interessiere mich eben sehr für das Thema«, erklärte ich.

»Quantenfeldtheorie?«

»Ja. Überhaupt finde ich Teilchenphysik ungemein spannend.« Ich rutschte umständlich in eine andere Sitzposition. »Vor allem weil es immer noch so viele Dinge gibt, die wir nicht verstehen.«

Die Fremde legte ihren Kopf leicht schräg. »Falls Gott die Welt geschaffen hat, war seine Hauptsorge sicher nicht, sie so zu machen, dass wir sie verstehen können.«

»Das ist ein Zitat von Albert Einstein!«, stellte ich überrascht fest.

Sie nickte bestätigend.

»Ich bewundere Einstein«, sagte ich. »Er ist so was wie mein Held. Ihn hätte ich unheimlich gerne einmal kennengelernt.«

»Ja, Einstein war ein bewundernswerter Mann«, bestätigte die Frau in einem Tonfall, als hätte sie den Physiker persönlich gekannt. »Die Menschheit hat ihm viel zu verdanken.«

»Allerdings.«

Die Fremde strich eine weiße Haarsträhne aus ihrer Stirn. »Wie heißt du, Liebes?«

Ich war kurz davor, ihr meinen verhassten richtigen Namen zu nennen, besann mich jedoch schnell eines Besseren.

»Jay.«

»Jay«, wiederholte sie. »Ein ungewöhnlicher Name.« Sie hielt mir eine Hand entgegen. »Mein Name ist Danu.«

»Auch ein ungewöhnlicher Name«, erwiderte ich schmunzelnd und ergriff die mir dargebotene Hand.

Bei der Berührung verspürte ich ein seltsames Kribbeln. Angenehme Wärme kroch von meinen Fingerspitzen den ganzen Arm hinauf. Verwundert sah ich Danu an, doch die lächelte nur weiter ihr unerschütterliches Lächeln und löste langsam ihre Hand aus meiner.

Was, bitte schön, war das denn gerade?

»Hat mich sehr gefreut, dich kennenzulernen«, sagte sie nur und stand auf. »Leider muss ich jetzt gehen, aber ich wünsche dir noch eine angenehme Zeit zwischen Teilchen und Materie.«

»Danke, die werde ich bestimmt haben«, antwortete ich höflich und beäugte die seltsame Kleidung, die Danu trug und die mir bislang gar nicht aufgefallen war. Ihr Kleid sah so ähnlich aus wie ein Sari, das traditionelle Wickelgewand der Inderinnen. Nur nicht so reich verziert und bunt, sondern einzig aus schlichtem Leinen. Der Stoff reichte bis ganz zum Boden hinab, doch als Danu aufgestanden war, glaubte ich kurz, ihre nackten Füße gesehen zu haben.

Die Frau schien meine Verwunderung über ihr Outfit nicht zu bemerken. Sie winkte fröhlich und wandte sich zum Gehen.

Da erregte ein Glitzern neben mir meine Aufmerksamkeit. Auf der Sitzfläche der Bank lag eine silberne Kette. Hastig ergriff ich das Schmuckstück und sprang auf.

»Warten Sie!«, rief ich laut. »Sie haben etwas verloren!«

»O nein, ganz im Gegenteil«, antwortete Danu geheimnisvoll. Sie zwinkerte mir zu. »Das ist ein Geschenk für dich.«

Sprachlos starrte ich auf die Kette in meiner Hand. Ein rundes, antikes Amulett war daran befestigt. Es sah sehr alt aus. Das Material war nicht Silber, wie ich im ersten Augenblick gedacht hatte. Was es wirklich war, vermochte ich allerdings nicht zu sagen. Es war dunkelgrau und reflektierte mit einem samtigen Schimmern das Licht der Sonne.

Ich schüttelte den Kopf und hielt Danu die Kette hin. »Das kann ich nicht annehmen.«

»Wieso denn nicht?«

»Das Amulett ist bestimmt sehr wertvoll.«

»Nun, wertvoll ist es ganz sicher. Doch aus welchem Grund solltest du es nicht annehmen können?«

»Aber wir kennen uns doch gar nicht!«

Danu schnalzte tadelnd mit der Zunge. »Willst du etwa die Entscheidung einer alten Frau bezweifeln? Jetzt nimm es an und pass gut darauf auf.«

Wieder schüttelte ich den Kopf. »Aber …«

»Gern geschehen«, sagte Danu nachdrücklich. Dann überlegte sie kurz. »Im Übrigen hat Einstein auch einmal gesagt: ›Phantasie ist wichtiger als Wissen, denn Wissen ist begrenzt.‹ Merk dir diesen Satz, meine Liebe, denn man kann wahrlich nicht alle Wunder dieser Erde mit mathematischen Formeln erklären. Mach's gut, Jessica!«

Damit ließ sie mich stehen. Ein antikes Schmuckstück in der Hand und fassungslose Falten auf der Stirn. Und mit der aufkeimenden Frage, woher sie plötzlich meinen echten Namen wusste. Allerdings war Danu bereits hinter einer Wegbiegung verschwunden, ehe ich diese Tatsache überhaupt bemerkte.

»Danke«, flüsterte ich und schloss meine Finger um das sicher kostbarste Schmuckstück, das ich jemals besessen hatte.

***

Am Abend saß ich in meinem Zimmer und hatte das geheimnisvolle Amulett neben mir auf meine Bettdecke gelegt.

Meine Zimmergefährtin Birgit war bereits beim Abendessen. Besser gesagt, sie tat so, als würde sie essen. Birgit litt nämlich unter einer besorgniserregenden Essstörung. Ich war also allein in unserem Zimmer und völlig in den Anblick des Amuletts versunken.

Es hatte einen Durchmesser von ungefähr fünf Zentimetern. Vier verschiedene Symbole waren darin eingraviert. Sie erinnerten an Runen, wirkten dafür aber viel zu verschnörkelt. Filigrane Blütenblätter umgaben diese Symbole in symmetrischer Anordnung, was als Gesamtmotiv wie eine hübsche Blume aussah.

Fasziniert strich ich mit dem Zeigefinger über das fremdartige Metall. Obwohl ich mir inzwischen gar nicht mehr sicher war, ob es sich bei dem Material überhaupt um Metall handelte. Es fühlte sich eher wie eine Art Stein an. Prüfend wog ich das Schmuckstück in meiner Hand.

Nein, ein Stein dieser Größe wäre um einiges schwerer.

Vom Flur her drang schallendes Gelächter durch meine Zimmertür. Hastig steckte ich das Amulett in die Bauchtasche meines Pullovers und behielt es dort, bis sämtliche Geräusche um mich herum verstummt waren.

Danu hatte gesagt, ich solle gut auf das Schmuckstück aufpassen, und genau das wollte ich auch tun.

Wie gut, dass ich mir schon vor Jahren einen provisorischen Tresor geschaffen hatte, in dem ich mein mühsam erspartes Bargeld aufbewahrte. Er bestand aus einer alten Keksdose, die genau in ein Loch unter einer losen Fußbodendiele passte, auf der mein Nachtkästchen stand. Es war nicht leicht gewesen, diese Holzdiele ohne vernünftiges Werkzeug herauszuhebeln, und mit Sicherheit war es in gewissem Maße auch gesundheitsgefährdend, das staubige Etwas darunter herauszukratzen, das vor Jahrzehnten jemand mal als Isolierung bezeichnet hatte.

Die Mühe hatte sich definitiv ausgezahlt und das Amulett an diesem sicheren Ort zu wissen, ließ mich in aller Ruhe hinunter in den Speisesaal marschieren.

Nach dem Essen hatte ich leider keine weitere Gelegenheit, das Schmuckstück aus seinem Versteck hervorzuholen, denn Birgit machte keine Anstalten, unser Zimmer an diesem Abend wieder zu verlassen. Nicht einmal, um noch ein zweites Mal kotzen zu gehen. Dabei malträtierte sie sich schon wieder seit einer Weile selbst mit einem dieser abartigen Modemagazine, in denen kein Model auch nur annähernd vierzig Kilo wog.

»Warum schaust du dir diesen Schund immer wieder an?«, wollte ich von ihr wissen, während ich meine Jacke überstreifte. »Diese dürren Weiber sehen doch total beschissen aus.«

Birgit schürzte beleidigt die Lippen. »Entweder hast du keinen Sinn für Ästhetik oder du bist einfach nur neidisch.«

Na klar …

»Neidisch?« Ich schnaubte. »Auf diese Knochengerüste? Nee, wirklich nicht. Ich bin froh darüber, dass ich Brüste und einen Hintern hab. So erkennt man nämlich, dass ich eine Frau bin.«

Ich zog den Reißverschluss hoch, der in den oberen Regionen deutlich spannte, und deutete zum Beweis auf den entsprechenden Bereich. »Na, wo hast du denn deine versteckt?«

Okay, für jemanden, der sich meistens in Kleidung hüllte, die man gemeinhin als figurumspielend bezeichnete, klopfte ich gerade ganz gewaltige Sprüche.

»Halt die Schnauze, Jay«, zischte Birgit. »Sonst mach ich hinter dir heute einfach mal zu!«

»Du weißt, dass mich das nicht aufhalten würde«, meinte ich gelassen und öffnete das einzige Fenster im Raum. Kühle Nachtluft schlug mir entgegen. Ich setzte mich auf das Sims und schwang die Beine herum, so dass sie vom zweiten Stock herunterbaumelten.

»Ehrlich jetzt!«, beharrte Birgit wütend. »Ich hab keinen Bock, immer bei offenem Fenster zu schlafen, nur weil du illegal anschaffen gehst! Was, wenn hier mal ein Verbrecher einsteigt? Wenn du nicht bald damit aufhörst, erzähl ich es der Heimleitung!«

Genervt wandte ich mich nochmals zu ihr um. Es hatte schon beinahe etwas Nostalgisches, wie meine Bettnachbarin da im geblümten Nachthemd zwischen ihren Kissen zeterte, nur weil ich ein bisschen die Hausregeln brach.

»Erstens gehe ich nicht *anschaffen*, sondern arbeite einfach hinter einer Bar. Zweitens – wie du mir, so ich dir. Wenn du mich verpfeifst, wird mir wohl das Versteck deiner Abführmittel-Sammlung herausrutschen.«

Birgit öffnete den Mund.

»Spülkasten, dritte Toilette von links«, sagte ich nur, was sie augenblicklich von einer Erwiderung abhielt. »Und drittens … Was sollte ein Verbrecher denn von dir wollen? Du hast ja nicht einmal Titten.«

Mit diesen zugegebenermaßen ziemlich fiesen Abschiedsworten stieß ich mich mit einer routinierten Drehung vom Fenstersims ab und landete mit einem leisen »Dong« an der alten Regenrinne, die direkt neben unserem Fenster nach unten führte. Ich kletterte daran hinunter und erreichte schneller als über jede Treppe den Hinterhof des Heims. Diesen Ausgang hatte ich schon so oft benutzt, dass ich jeden Handgriff auswendig konnte. Wirklich praktisch, so ein Metallrohr.

Der hohe Maschendrahtzaun, der das Gelände des Jugendheims umgab, hielt mich nicht davon ab, unentdeckt in die nächtliche Stadt zu gelangen. Seit jemand einige Maschen des Zauns durchtrennt hatte, so dass er sich an dieser Stelle wie ein Vorhang auf- und zuklappen ließ, konnte man meinen geheimen Fluchtweg fast schon als komfortabel bezeichnen.

Das Lokal, in dem ich arbeitete, lag nicht weit vom Heim entfernt. Zumindest nicht, wenn man Schleichwege und Abkürzungen kannte, wie ich es tat. Sie führten über den Hinterhof einer Bäckerei, an den Garagen eines Wohnblocks entlang und durch zwei enge Nebengassen. Alles recht unangenehme Örtlichkeiten für eine Siebzehnjährige, die nachts allein durch einen Stadtteil unterwegs war, der in der Drogenszene als wichtiger Umschlagplatz galt. Doch ich fürchtete mich nicht, denn ich war davon überzeugt, mit allem und jedem fertigzuwerden. Außerdem war die Dose Pfefferspray in meiner Jackentasche auch nicht ganz zu verachten.

Nach meinem kurzen Fußmarsch erreichte ich das *Green Goose.* Birgit hatte nicht ganz Unrecht mit ihrer Behauptung, dass ich illegal dort arbeitete. Allerdings profitierten der Barbesitzer und ich gleichermaßen von diesem Arbeitsverhältnis, das durch keinerlei Vertrag festgehalten war. Ich konnte ihm verschweigen, dass ich noch minderjährig war, und er konnte verschweigen, dass er eigentlich für einen weiteren Angestellten Sozialversicherung löhnen müsste.

»Hi, Karl, alles klar?«, begrüßte ich den schwarz gekleideten Hünen neben der Eingangstür.

»Jay«, sagte er nur mit einem Kopfnicken.

Mehr war auch nicht zu erwarten. Karl war kein Mann der großen Worte. Seine Oberarme sprachen meist für sich.

Das Wummern von Bässen begrüßte mich im Flur neben der Garderobe. Ich bezweifelte, dass sich um diese Zeit schon Gäste hier befanden, darum war die Lautstärke extrem übertrieben. Wahrscheinlich hatten wir wieder einmal einen neuen DJ, der so aus dem Häuschen über seine heroische Aufgabe war, dass er jede Minute davon auskosten wollte.

Die Tür des vorderen Lagerraums schwang auf und eine große Pappschachtel quetschte sich durch den Rahmen. Dahinter kam der braune Lockenkopf meiner Ausschankkollegin Sina zum Vorschein. Sie mühte sich sichtlich mit dem großen Karton ab und ich eilte ihr schnell zu Hilfe.

»Danke, Jay«, schnaufte sie. »Das Zeug ist schwerer, als ich dachte.«

Mit vereinten Kräften schleppten wir den Karton in den Hauptraum und wuchteten ihn auf den Tresen.

»Was ist da drin?«, schrie ich. Die Musik war einfach abartig laut.

Sina holte erklärend eine Handvoll Bierdeckel aus der Schachtel hervor. Sie waren knallrot und wie ein Kussmund geformt, mit der Werbung eines neuen Alkopop-Getränks darauf.

»Das Zeug schmeckt total beschissen«, sagte ich.

»Was?«

»DAS ZEUG ... ach, warte kurz.«

Ich stapfte quer über die Tanzfläche. Mein Ziel war das DJ-Pult, hinter dem wie vermutet ein mir unbekannter Jüngling hockte. Einer von der Sorte, die tagsüber ihre Ausbildung zum kaufmännischen Fachangestellten in der Küchenabteilung eines Möbelhauses absolvierten und nach Sonnenuntergang glaubten, sie könnten einen auf Turntable-Gottheit machen, um Weiber aufzureißen.

Der Bursche sah tatsächlich hocherfreut aus, dass sein erstes Groupie bereits im Anmarsch war. Allerdings wirkte er ziemlich entsetzt, als das Groupie an seinem erhöhten Podest vorbeimarschierte und mit einem Ruck den Stromstecker des Hauptverteilers herauszog.

»Ey! Was soll das?«, mokierte er sich durch die wohltuende Stille hindurch.

Vom Tresen erklang Sinas amüsiertes Kichern.

»Siehst du hier irgendwelche Gäste?«, fragte ich den Kerl, dem die pubertären Pickel noch überdeutlich auf der Stirn sprossen.

Er sah sich kurz um und schüttelte leicht den Kopf. »Noch nicht.«

»Dann hör gefälligst auf, uns dermaßen zu beschallen! Vor elf Uhr brauchst du ohnehin noch nicht auszuflippen. Wenn die Leute hier ankommen, wollen sie sich nämlich noch eine Weile unterhalten können. Also, dreh die verdammte Lautstärke runter!«

»Hättste ja auch normal sagen können.«

Ich ignorierte sein Gejammer und ging zurück zu Sina, um ihr beim Verteilen der neuen Untersetzer zu helfen. Als würde die hier jemals einer benutzen ... Das *Green Goose* war keine Nobellounge und kein Szeneclub. Es war eine etwas groß geratene Kneipe, die zwar eine Tanzfläche besaß, in der man sich jedoch hauptsächlich gepflegt einen hinter die Binde kippte. Die Möbel waren abgenutzt und aus dunklem Holz. Ebenso dunkel war auch die schummrige Beleuchtung des Lokals.

»Wie ist denn deine Chemie-Arbeit gelaufen?«, wollte Sina wissen, während wir Kussmundhäufchen auf den Stehtischen platzierten.

Ich winkte ab. »Na ja, zwei Aufgaben hab ich sicher verpatzt. Ich könnte mich eh schon wieder in den Arsch beißen. Das waren reine Flüchtigkeitsfehler.«

»Sei nicht so streng mit dir. Es wird doch sowieso wieder eine Eins.« Sie grinste.

»Mal sehen.«

Sina war die Einzige im Lokal, die mein wahres Alter kannte. Und sie war auch die Einzige, die mehr über mich wusste als meinen bloßen Namen. Die Beziehung zwischen ihr und mir war etwas, das einer Freundschaft wohl ziemlich nahekam. Und das, obwohl wir uns noch nie außerhalb unseres Jobs getroffen hatten. Schon an meinem ersten Arbeitstag waren wir ins Gespräch gekommen und hatten uns sofort gut verstanden. Nicht nur weil Sina Physik studierte, also genau das tat, wovon ich selbst träumte, sondern auch weil wir einen ähnlichen Musik- und Filmgeschmack hatten und überhaupt ziemlich oft der gleichen Meinung waren. Spätestens als sie einmal einen aufdringlichen Gast am Kragen gepackt und ihm eine unsanfte Kopfwäsche mit Spülwasser verpasst hatte, war Sina mir sympathisch geworden.

Der Turntable-Gott des heutigen Abends hatte inzwischen den Stecker wieder in die Buchse gesteckt und hielt sich brav an meine Vorgaben bezüglich der Lautstärke.

»Okay, ich denke, das reicht fürs Erste«, sagte Sina, als wir etwa die Hälfte des Kartoninhalts verteilt hatten. Sie stopfte die Schachtel unter den Tresen und tauchte mit zwei Pilsflaschen wieder auf.

Der Chef sah es zwar überhaupt nicht gerne, wenn seine Bardamen sich seiner kostbaren Alkoholika bedienten, doch das war Sina und mir herzlich egal. Es war sogar zu einer Art Ritual für uns geworden. Immer vor Beginn des nächtlichen Chaos und nach seinem Ende, wenn Karl die letzten Partywütigen hinausverfrachtet hatte, machten wir es uns gemütlich und stießen an.

Mein Blick fiel auf die Tätowierung an Sinas rechtem Handgelenk. Sie hatte dieses Tattoo schon immer und ich kannte es längst. Ich hatte mich oft gefragt, ob es nicht extrem schmerzhaft war, sich die feine Haut über den Pulsadern derart misshandeln zu lassen. Doch an diesem Tag erregte das Motiv aus anderen Gründen meine Aufmerksamkeit. Das verschlungene Symbol mit den feinen Linien kam mir nämlich äußerst bekannt vor.

»Was ist das eigentlich für ein Tattoo?«, fragte ich, bevor ich einen Schluck von dem herben Bier nahm.

Sina blickte auf die Innenseite ihres Handgelenks, als müsste sie erst nachsehen, welches Tattoo ich denn meinte.

»Ach das.« Sie zuckte mit den Schultern. »Keine Ahnung. Das Zeichen hing beim Tattoo-Studio aus und hat mir einfach gefallen.«

»Hast du dich nie gefragt, was es bedeutet?«

»Nee. Wahrscheinlich ist es ein Eigenentwurf des Tätowierers.«

Ich wiegte den Kopf. »Oder es ist Tibetanisch und heißt übersetzt: ›Dumme Nuss‹.«

Sina lachte, während ich fast ein wenig enttäuscht war. Ich war mir nämlich ziemlich sicher, dass dieses Zeichen den Symbolen auf meinem Amulett ähnelte. Aber vielleicht hatte ich mich auch getäuscht.

Die restlichen Bardamen trudelten nach und nach ein und mit ihnen die ersten Gäste. Der Abend nahm seinen gewohnten Lauf und ließ mich nicht länger über fremde Zeichen und Symbole nachdenken. Eine ganz normale Samstagnacht im *Green Goose* begann.

KAPITEL 3

Am Sonntag wackelte ich nach nur drei Stunden Schlaf zum Frühstück hinunter, um anschließend sofort wieder in mein Bett zu fallen. Erst nach weiteren vier Stunden fühlte ich mich einigermaßen ausgeruht.

Ein Blick durch das Fenster offenbarte mir, dass ich nicht viel verpasst hatte. Der Frühling hatte sich von einem Tag auf den nächsten wieder zurück in den Winter verwandelt. Es war regnerisch trüb und wolkenverhangen. Das perfekte Wetter für Depressionen.

Bevor ich mich von dieser düsteren Stimmung mitreißen ließ, ging ich erst einmal duschen.

Im Heim wurden Jungs und Mädchen streng voneinander getrennt. Die Jungen wohnten im ersten und die Mädels im zweiten Stock. So als könnten ein paar Treppenstufen und zwei windige Glastüren diverse nächtliche Treffen unterbinden. Manchmal waren unsere Erzieherinnen wirklich sehr naiv.

Im Mädchenstockwerk gab es nur ein einziges Gemeinschaftsbad. Welche Probleme sich daraus ergaben, brauchte ich wohl nicht zu erwähnen.

Doch Sonntagmittag war einer der wenigen Zeitpunkte, in denen man die seltenen Momente genießen konnte, allein im Bad zu sein. Ohne das dumme Geschnatter über Schminktipps und Verführungskünste oder das Gezicke, wer denn jetzt zuerst den neuen Föhn benutzen durfte, machte das Duschen doch gleich noch viel mehr Spaß.

Nachdem der beschlagene Spiegel wieder klar wurde, stand mir plötzlich eine fremde Person gegenüber. So kam es mir jedes Mal vor, wenn ich mich selbst ohne mein übliches Make-up sah. Ich fühlte mich seltsam nackt und schutzlos.

Wie alle Rothaarigen hatte ich einen hellen Teint. *Porzellanfarben* würden die Romantiker dazu sagen, *käseweiß* nannte ich es. Wobei ich mich damit eigentlich gut arrangieren konnte, solange ich nicht zu viele Stunden in der Sonne verbrachte. Ich bekam zwar nicht übermäßig schnell einen Sonnenbrand, dafür aber so richtig viele Sommersprossen auf der Nase. So etwas konnte man bei einem kleinen Mädchen freilich niedlich finden, bei einer jungen Frau kam es mir jedoch affig vor.

Meine Augenfarbe mochte ich hingegen sehr gerne. Sie war von einem richtig satten Grün, das man eher selten sah. Wenn man mir direkt in die Augen blickte, konnte man vereinzelte blaue Sprenkel darin erkennen. Wirklich hübsch.

Während ich meine Haare trocken föhnte, überlegte ich wie schon so oft, ob ich sie mir nicht doch einfach färben sollte. Vielleicht ein neutrales Braun oder so was. Prinzipiell mochte ich aber meine Haare so, wie sie waren. Sie waren dicht und gesund und reichten bis über meine Schulterblätter hinab. Das kräftige Rot war ein eher dunkles Kupfer, welches die dumme Angewohnheit hatte, im Sonnenlicht regelrecht aufzuflammen – und dadurch unliebsame Blicke auf sich zu ziehen.

Das war auch der Grund, weshalb ich sie ständig zu einem wüsten Knoten im Nacken zusammenband und tagsüber unter einem breiten Haarband oder einer Mütze versteckte. Ich hasste es einfach, wegen meiner Haare angegafft zu werden. Aber sie deshalb mit Chemie zu behandeln und dadurch völlig kaputtzumachen, schien mir nicht die richtige Lösung zu sein.

Ich legte den Föhn zur Seite und knotete mir den obligatorischen Dutt. Abschließend nahm ich meine wenigen Schminksachen zur Hand und umrandete meine Augen mit undurchdringlichem Schwarz. Ohne dunklen Lidschatten und breiten Lidstrich ließ ich mich nirgends blicken. Das war für mich so was wie eine aufgemalte Sonnenbrille. Eine Maske. Ein Schutz vor … was auch immer.

Frisch maskiert und nach Vanilleduschgel duftend kehrte ich in mein Zimmer zurück. Ich fand es erfreulicherweise leer vor und lauschte kurz auf die Geräusche im Flur, um herauszufinden, ob es auch so bleiben würde. Im Treppenhaus waren keine Schritte zu hören, also würde sich so schnell auch niemand nähern.

Trotzdem beeilte ich mich beim Öffnen meines versteckten Tresors. Ich holte den Arbeitslohn vom Vorabend aus meiner Hosentasche und legte ihn zu meinen Ersparnissen. Gleichzeitig nahm ich das Amulett heraus. Dann verschloss ich mein Versteck sofort wieder und rückte sorgfältig den Nachttisch darüber, bevor ich mich zurücklehnte und nachdenklich die Symbole auf dem Schmuckstück betrachtete.

Sie waren Sinas Tattoo wirklich ungemein ähnlich. Dass es sich dabei um Schriftzeichen derselben Sprache handelte, kam mir immer wahrscheinlicher vor.

Ich kramte meinen Schreibblock heraus und malte die Zeichen so detailgetreu wie möglich ab. Da ich nicht besonders künstlerisch begabt war, wurden aus den feinen Linien ziemlich verwackelte Striche, aber ihre Grundform war gut zu erkennen.

Hoffentlich konnte ich später eine der Erzieherinnen überreden, dass sie mich für eine Stunde an den PC ließ. Im Heim gab es kein WLAN und die Internetverbindung meines Prepaid-Handys war zum Verzweifeln schlecht. Die wenigen Computer im Haus durften wir maximal eine Stunde täglich und nur für Schularbeiten nutzen. Am Sonntag herrschte grundsätzlich Internetverbot. Eine extrem verstaubte Regelung in Anbetracht dessen, dass Internetrecherche inzwischen von jedem Schüler verlangt wurde und viele Schulen sogar schon Hausaufgaben in der Cloud stellten. In naher Zukunft musste sich die Heimleitung wohl oder übel dem technischen Fortschritt anpassen.

Das Amulett schimmerte matt in meiner Handfläche. Ich drehte es eine Weile hin und her und freute mich über das hübsche Spiel, mit dem die Lichtstrahlen darüber tanzten.

Ich drehte den kleinen Kosmetikspiegel auf meinem Nachttisch zu mir herum und hielt mir die Kette prüfend an den Hals. Das dunkle Grau hob sich kontrastreich von meiner hellen Haut ab.

Es dauerte eine Weile, bis ich das Prinzip des Kettenverschlusses verstand. Es war keins von diesen Federhäkchen, wie man sie häufig benutzte. Die beiden Endglieder der Kette waren flach und passten perfekt aufeinander. Um sie zu fixieren, legte man einfach eine Spange darüber. Ich war fast ein wenig überrascht, wie leicht sich dieser ungewöhnliche Verschluss in meinem Nacken zusammenführen ließ. Mit einem leisen Klicken rastete die winzige Spange ein.

Im selben Augenblick geschah etwas völlig Verrücktes.

Die Kette mitsamt dem Amulett glomm förmlich auf. Ein Leuchten ging durch das Schmuckstück und es fühlte sich mit einem Mal unerträglich heiß auf meiner Haut an. Reflexartig griff ich danach und wollte es mir vom Hals reißen, bevor es mich verbrannte, doch der Verschluss hielt felsenfest.

Schwindel überkam mich. Völlig panisch sprang ich auf und landete auf allen vieren. Die Hitze des Amuletts breitete sich blitzschnell aus und fuhr wie ein Stromstoß durch meinen gesamten Körper. Ich keuchte. Krabbelte blindlings vorwärts und riss dabei den hölzernen Kleiderständer um.

Genauso plötzlich, wie sie gekommen war, verschwand die unerklärliche Hitze wieder. Ich blieb wie ein bebendes Häufchen Elend übrig, begraben unter Winterjacken und Schals.

»Was zum ... Jay! Geht's dir gut?«

Völlig verwirrt blinzelte ich unter dem Klamottenberg hervor. Sternchen tanzten vor meinen Augen.

»Scheiße! Jetzt sag doch was!« Jemand tätschelte unsanft meine Wange. »Jay!«

Die verschwommene Gestalt über mir entpuppte sich allmählich als Birgit, sie hatte mich wohl noch nie so blass um die Nase gesehen. Mein Antlitz musste wahrlich besorgniserregend ausgesehen haben.

»Mir geht's gut«, krächzte ich und versuchte unbeholfen, das Wirrwarr aus Ärmeln und Kapuzen von mir zu schieben. »Bin irgendwie umgefallen.«

»Irgendwie umgefallen?« Birgit schüttelte missbilligend den Kopf. Dann befreite sie mich endlich von dem Kleiderständer und sämtlichen Klamotten. »Bist du krank oder was? Soll ich jemanden holen?«

»Nein, es geht schon wieder.«

»Sicher? Dein Gesicht ist fast grün!«

Ich kämpfte mich auf die Beine und wankte wie ein Grashalm im Wind. Meine Knie fühlten sich an, als wären sie gar nicht vorhanden. Jeder einzelne Muskel zitterte unkontrolliert.

Mit ungewöhnlicher Fürsorge führte Birgit mich die wenigen Schritte zum Bett. Dankbar ließ ich mich darauf nieder, ich fühlte mich so erschöpft, als hätte ich drei Tage nicht geschlafen.

Birgit musterte mich besorgt. »Soll ich wirklich keinem Bescheid geben?«

»Nein, echt nicht.« Ich winkte ab. »Das war sicher nur der Kreislauf. Ich hab seit gestern nicht viel gegessen.«

Meine Zimmerkameradin nickte verständnisvoll. Natürlich. Sie kannte das. Ihre Hilfsbereitschaft war wirklich rührend.

»Ich hol dir was zu trinken. Bleib bloß sitzen! Oder leg dich am besten hin. Ich bin gleich wieder da.«

Sie eilte aus dem Zimmer und ich blieb verstört und kraftlos am Bettrand hocken.

Was zur Hölle war da gerade passiert?

Vielleicht war es eine allergische Reaktion gewesen?

Vorsichtig betastete ich meinen Hals, fand aber keinerlei Spuren der sengenden Hitze. Auch ein Blick in den Spiegel zeigte keine Rötungen oder Verbrennungen. Das Amulett ruhte beinahe unschuldig auf meinem Dekolleté. Reglos und hübsch anzusehen, wie man es von einem Schmuckstück auch erwarten würde.

Und ich zweifelte extrem an meinem Verstand.

Ich tastete die Kette entlang auf der Suche nach dem Verschluss, aber meine Finger zitterten so stark, dass ich ihn nicht finden konnte. Mit Hilfe des Spiegels suchte ich weiter, doch auch nachdem ich die Halskette zum fünften Mal komplett um meinen Hals herumgedreht hatte, blieb die kleine Metallspange unauffindbar.

Spinn ich oder was?

Der Verschluss hatte sich in Luft aufgelöst. Ich versuchte einige Male die Kette über den Kopf zu streifen, doch der war einfach zu groß. Keine Chance.

Ich war gefangen. In einem mysteriösen Schmuckstück, das Stromschläge verteilte.

Was für ein verrückter Sonntag!

***

Am folgenden Montag hatte ich das Problem immer noch nicht gelöst. Ich musste das auffällige Schmuckstück also gezwungenermaßen weiter tragen. Genau das Richtige für jemanden wie mich, dem jegliche Aufmerksamkeit zuwider war.

Wenigstens gab es in meinem Kleiderschrank kaum Oberteile mit weit ausgeschnittenem Dekolleté, so dass ich mir darüber nicht allzu viele Gedanken machen musste.

Die Internetrecherche, was die Schriftzeichen betraf, hatte ich bisher noch nicht ausführen können, vor allem weil Birgit es sich zur Aufgabe gemacht hatte, mich auf Schritt und Tritt zu verfolgen, um meinen Gesundheitszustand zu überwachen.

Da ich mich eine halbe Stunde nach diesem Vorfall schon wieder fühlte, als wäre nichts gewesen, ging mir ihre Fürsorge gewaltig auf die Nerven und ich war froh, als sich unsere Schulwege an diesem Morgen trennten.

Den seltsamen Hitzeausstoß des Amuletts hatte ich freilich nicht vergessen und ich hatte seitdem ständig Angst, dieses Phänomen könnte erneut auftreten. Gott sei Dank tat es das nicht. So einen Anfall konnte ich mitten im Unterricht wahrlich nicht gebrauchen.

Nach der Schule machte ich einen kleinen Abstecher zum nächstgelegenen Baumarkt. Unter den ganzen Werkzeugen sollte sich doch ein geeignetes finden, mit dem ich die widerspenstige Kette bändigen konnte. Das war natürlich eine rabiate Lösung, vor allem weil Danu gesagt hatte, ich solle gut darauf aufpassen. Aber dieses Amulett war mir schlichtweg nicht geheuer. Irgendetwas stimmte damit nicht. Ich wollte es unbedingt loswerden.

Die ganze Sache wurde noch ungeheuerlicher, als jeder nagelneue Seitenschneider aus dem Verkaufsregal an den so fein anmutenden Gliedern dieser Kette scheiterte. In meiner Verzweiflung griff ich schließlich zu einem monströsen Bolzenschneider, mit dem man ganze Vorhängeschlösser knacken konnte. Die Arme der Zange waren fast einen Meter lang. Dementsprechende Verrenkungen vollführte ich, um das schwere Teil in den Griff zu bekommen, ohne mir damit versehentlich ein Ohr abzuzwicken.

Ich setzte die Zange an und presste sie mit aller Kraft zusammen.

Doch nichts geschah. Kein Knacken, kein metallisches Ächzen. Gar nichts.

»Was ist denn hier los?«

Ertappt fuhr ich herum und starrte mit erhobenem Bolzenschneider dem jungen Verkäufer ins Gesicht. Seine picklige Stirn kam mir irgendwie bekannt vor.

»Ah! Der DJ vom Samstag, nicht wahr?«, stellte ich fest. »Wie geht's denn so?«

»Kann nicht klagen. Und was wird das, wenn's fertig ist?«

»Das? Ja, also, ich dachte, ich könnte mir vielleicht einen Bolzenschneider zulegen. So was kann man doch immer mal gebrauchen.«

Er verschränkte die Arme und runzelte die Stirn.

»Okay. Du hast mich erwischt. Meine Kette hier geht nicht mehr ab«, gab ich schließlich zu.

Er runzelte immer noch die Stirn.

Ich grinste schief. »Euer Werkzeug hält im Übrigen nicht, was es verspricht.«

Endlich gab er sich einen Ruck. Er spähte kurz in die umliegenden Gänge und kam dann mit einem Seufzen näher. »Zeig mal her.«

»Danke.« Erleichtert reichte ich ihm den Bolzenschneider.

»Keine Ursache.« Er besah sich das unsägliche Objekt. »Willst du die wirklich zerschneiden? Wäre echt schade drum.«

»Tja, leider krieg ich sie anders nicht mehr ab.«

Er zuckte mit den Schultern. »Na gut, ist ja deine Entscheidung, Jay ... Halt die Kette mal hoch, damit ich besser drankomme.«

Ich tat wie befohlen und drehte meinen Kopf sicherheitshalber so weit weg wie möglich.

Er schnaufte angestrengt. Ich konnte zwar nicht sehen, was er tat, aber ich spürte, dass er sich bereits mit der Kette abmühte. »Das gibt's doch nicht«, ächzte er.

Ich ahnte Schreckliches.

»Was ist das für ein Material? Gehärteter Stahl?«

»Keine Ahnung.«

Vorsichtig drehte ich meinen Kopf und sah, dass der Typ schon ein knallrotes Gesicht von der Anstrengung hatte. Nach zwei weiteren Versuchen gab er auf.

»Unglaublich«, sagte er fassungslos. »Die Kette hat nicht mal einen Kratzer! So was hab ich ja noch nie gesehen!«

»Scheiße«, murmelte ich.

»Am besten gehst du zum Juwelier. Die sollten sich damit auskennen.«

»Gute Idee.« Ich schenkte dem Turntable-Gott Schrägstrich Baumarktverkäufer ein aufrichtiges Lächeln. Leider begann er daraufhin nervös seine Finger zu kneten und nach Worten zu ringen, woraus ich schloss, dass er mein Lächeln fälschlicherweise als Aufforderung zu einem Flirt verstanden hatte. Um ihm einen Korb zu ersparen, tat ich so, als ob ich es plötzlich schrecklich eilig hätte. »Vielen Dank für deine Mühe. Wir sehen uns am Samstag im *Goose*, oder? Bis dann! Ciao!«

Und weg war ich.

KAPITEL 4

Samstagabend saß ich auf dem Tresen im *Green Goose* und bereitete mich mental auf die ersten Gäste vor.

Die Woche war ohne weitere dramatische Vorkommnisse vergangen. Auch wenn man die Note meiner Chemie-Arbeit durchaus als dramatisch bezeichnen konnte. Zumindest mir kam sie so vor, da ich sie rein meiner Ungeduld zu verdanken hatte. Hätte ich mir etwas mehr Zeit gelassen und die Aufgabenstellung aufmerksamer gelesen, wäre aus der Zwei mit Leichtigkeit eine Eins geworden. Wirklich ärgerlich.

Genauso ärgerlich war, dass das geheimnisvolle Amulett nach wie vor um meinen Hals baumelte. Einen Juwelier hatte ich bisher noch nicht aufgesucht, in der Hoffnung, vielleicht doch noch eine andere Lösung zu finden. Ein Juwelier hätte gewiss Geld für seine Leistung verlangt und darüber verfügte ich nur in geringem Maße. Zumal ich mich inzwischen beinahe an die Halskette gewöhnt hatte. Da sie keinerlei Stromstöße oder Ähnliches mehr auf mich abfeuerte, spürte ich sie die meiste Zeit nicht einmal mehr.

Meine Internetrecherche hatte leider zu keinem Ergebnis geführt. Ich fand dabei weder einen Anhaltspunkt, was das seltsame Material des Schmuckstücks betraf, noch einen Hinweis auf die Herkunft der Schriftzeichen. Von den Hitzewallungen ganz zu schweigen.

Ich war also nach wie vor ahnungslos.

Ein paarmal war ich sogar in den botanischen Garten geschlendert und hatte mich nach dieser Frau namens Danu umgesehen. Sie hätte mir bestimmt helfen können. Immerhin hatte ich ihr meine ungewöhnliche Lage zu verdanken. Kleinen Kindern sagte man ja immer, dass sie keine Geschenke von Fremden annehmen sollen. Tja. Das hatte ich nun davon.

Ein Ellenbogen boxte mich in die Seite und riss mich aus meinen Gedanken.

»Der neue DJ starrt dich die ganze Zeit an«, meinte Sina belustigt, die neben mir an der Theke im *Green Goose* saß.

Ich gab ein unwirsches Geräusch von mir. »Na toll.«

»Ach komm. Der ist doch irgendwie süß.«

»Er ist ein Kind.«

Sina lachte laut auf. »Und du bist ja so was von erwachsen!«

»Im Vergleich zu dem Bubi auf jeden Fall«, behauptete ich und schielte zum DJ-Pult hinüber. Der Baumarktverkäufer hantierte geschäftig an seinem Mischpult herum und überprüfte zwischendurch immer wieder, ob ich nicht zufällig seine wichtige Arbeit honorierte.

»Weißt du«, begann Sina in weisem Tonfall, »hier und da ein kleiner Flirt schadet keinem. Selbst dir nicht. Du willst doch wohl nicht als alte Jungfer sterben?«

»Das wird definitiv nicht passieren, denn diese Hürde habe ich bereits hinter mir«, erwiderte ich. »Und ich kann überhaupt nicht verstehen, was alle so toll daran finden. Ich fand's nämlich scheiße.«

Sina sah mich mitfühlend an. »Süße, das erste Mal ist immer scheiße. Man legt so viele Erwartungen rein und denkt sich danach: Das soll es gewesen sein? War bei mir im Übrigen genauso. Du musst diese Erwartungen vergessen. Hör einfach auf dein Herz und lass der Liebe freien Lauf. Dann wirst du schon sehen, wie wunderschön sie ist.«

Ich erhob meine Bierflasche und grinste. »Doktor Sommer hat gesprochen!«

»Ich seh schon«, seufzte Sina. »Du bist völlig beratungsresistent.«

»Komisch, das krieg ich oft zu hören. Dabei stimmt das gar nicht. Ich lausche gerade auf mein Herz und das sagt mir, dass der DJ bei mir rein gar nichts ins Rollen bringt.«

»Armer kleiner DJ ... Wie heißt er überhaupt?«

»Keine Ahnung«, sagte ich schulterzuckend.

Wir gackerten unbeschwert und leerten gemütlich unsere Flaschen. Dabei zupfte ich ständig an meinem schwarzen Shirt herum. Der Kragen war so weit ausgeschnitten, dass er mir immer wieder seitlich über die Schulter rutschte.

»Du hast nicht zufällig eine Sicherheitsnadel dabei?«, fragte ich Sina, die meine Bemühungen bereits belustigt zur Kenntnis genommen hatte.

»Nö. Außerdem finde ich es ganz nett, dass du mal was von dir zeigst.« Sie grinste verschmitzt. »So ein bisschen Schulter kann einen Flirt nämlich ziemlich vorantreiben.«

Klasse. Genau das wollte ich eigentlich vermeiden. Ich zog einen Flunsch in Sinas Richtung und drapierte den Kragen wieder ordentlich. Wenigstens rutschte der Ausschnitt meistens zur Seite weg, wodurch das Amulett vor unerwünschten Blicken verborgen blieb.

Die Tür schwang auf und schwemmte eine ganze Gruppe Leute in das Lokal. Pflichtbewusst entfernten Sina und ich uns von der Ausschankfläche und machten uns an die Arbeit.

***

An diesem Samstag war ungeheuer viel los im *Green Goose*. Der Laden lief grundsätzlich gut, aber dass es so voll wurde, dass man kaum umfallen konnte, war dann doch eher die Ausnahme.

Zum Glück, denn so einen Stress wollte ich wirklich nicht regelmäßig haben. Sina und ich kamen bei den zahlreichen Bestellungen der partywütigen Meute teilweise gar nicht mehr hinterher, so groß war der Andrang.

»Hab ich irgendwas verpasst?«, schnaufte sie und riss mir eine Colaflasche aus der Hand, um die fünf Longdrinks, die vor ihr standen, fertigzustellen. »Gibt's heute irgendein Special, von dem ich nichts weiß?«

Ich packte mit geübtem Griff ein paar gefüllte Gläser und reichte sie einer gackernden Meute Mädels, die wohl irgendwas Wichtiges feierten. Was das genau war, entzog sich meiner Kenntnis. Es setzte aber scheinbar voraus, bei jeder noch so kleinen Gelegenheit loszukreischen.

»Eure Drinks, Ladys«, sagte ich in echter Barkeepermanier und erntete dafür ein mehrstimmiges »Wuuuuuuuuuhuuu!«. Ein paar klatschten sogar. Ich war eine Heldin.

Die Mädchen zogen beschwingt in Richtung Tanzfläche davon und gaben den Blick auf die nahegelegenen Sitzgruppen frei. Nicht nur die gepolsterten

Bänke waren vollbesetzt, sondern auch die kleinen, runden Tische davor. Und zwar mit Türmen aus leeren Gläsern und unzähligen Flaschen, die eine bevorstehende splitternde Katastrophe ankündigten.

Ich schnappte mir ein Tablett und warf mich in das Getümmel. Sina würde hinter der Bar schon ein paar Minuten allein klarkommen.

Meinen Shirt-Kragen geradezurichten, hatte ich längst aufgegeben. Dass meine Schulter inzwischen dauerhaft zu sehen war, bemerkte ich schon gar nicht mehr.

Kerle, die mir auf den Busen starrten, allerdings schon.

Und ein grimmig aussehender Typ, dessen Tisch ich eilig abräumte, übertrieb es gerade mit seiner Glotzerei. Er schien geradezu fasziniert von mir zu sein und hatte die Augen sogar vor Erstaunen geweitet.

Hastig sah ich an mir hinab, ob mein Ausschnitt nicht doch mehr preisgab als nur meine Schulter. Und das tat er tatsächlich. Das Amulett war weithin zu sehen.

Dabei kam es mir ziemlich seltsam vor, dass ein Mann sich derart für eine Halskette begeistern konnte. Allerdings trug er einen überdimensionalen dunkelroten Edelstein am linken Ringfinger. So richtig normal schien sein männliches Verhältnis zu Schmuckstücken also nicht zu sein.

Ich kümmerte mich nicht weiter um ihn, ließ das Amulett aber vorsorglich wieder unter meinem Shirt verschwinden, bevor ich die umliegenden Tische von ihrer Last befreite.

Das Tablett über dem Kopf balancierend, räumte ich eine Sitzgruppe nach der anderen ab, und da ich mich zwischen den Gästen hindurchquetschen musste, dauerte das einige Zeit.

Ich kehrte gerade rechtzeitig hinter die Bar zurück, um von den kreischenden Mädels erneut als Heldin gefeiert zu werden. Lange konnte ich meinen Triumph jedoch nicht genießen, denn da wedelte auch schon der nächste Gast mit einem Geldschein vor meiner Nase herum.

Nicht mal ein kurzes Atemholen war mir vergönnt.

***

So ging es weiter für die nächsten ein, zwei Stunden. Ich schien mein Zeitgefühl völlig verloren zu haben.

Der Alkohol floss in Strömen, die Musik dröhnte. Die Mädels kreischten inzwischen schon völlig ohne Grund. Karl musste zwei Streithähne an den Ohren nach draußen schleifen, jemand kotzte über den Tresen und ein Pärchen trennte sich in einer mitleiderregenden Szene.

Der ganz normale Partywahnsinn.

Und die typische Szenerie, die mich jedes Mal von Neuem davor warnte, mehr als nur unser Start-in-den-Abend-Bier zu mir zu nehmen. Ich fand es geradezu erschreckend, wie die Leute mit steigendem Alkoholpegel sämtliche Würde und Selbstachtung verloren.

Ich selbst hatte vor nicht allzu langer Zeit zwar auch mal über einen Tresen gekotzt, aber damals hatte ich mir geschworen, es nie wieder so weit kommen zu lassen.

»Ist da noch was drin?«, fragte mich Sina und meinte damit einen Karton Wodka zu meinen Füßen.

Ich bückte mich unter den Tresen und holte eine volle Flasche heraus. »Die letzte«, erklärte ich, während ich mit der einen Hand Sina den Wodka hinhielt und mit der anderen den leeren Karton zerquetschte.

Sina hielt mitten in ihrer Bewegung inne und starrte mich fassungslos an. Besser gesagt, sie starrte das Amulett an, das wieder einmal aus meinem Ausschnitt gerutscht war. Ihr Gesicht war kreidebleich.

»Was ist los?«, fragte ich überrascht. »Jetzt sag schon! Was hast du?«

»Das ist ...«, murmelte Sina und streckte fasziniert ihre Finger nach dem Amulett aus. Ein Leuchten trat in ihre Augen. »... unglaublich.«

Hastig zog sie ihre Hand zurück und schüttelte sie aus, als hätte sie gerade einen Stromschlag von dem Schmuckstück erhalten. Das schien sie wieder aus ihrer Starre zurückzuholen, denn bevor ich reagieren konnte, hatte sie mich schon an den Armen gepackt und in eine Nische zwischen Kühlschrank und Regal gedrängt.

»Pack es weg!«, zischte sie. »Schnell!«

Verwundert kam ich ihrer Aufforderung nach. In der einen Hand hielt ich nach wie vor die Wodkaflasche. »Was ...?«

»Scheiße, Jay! Woher hast du das? Weißt du überhaupt, was das ist?«

Sina schien vollkommen aufgelöst. Ich wurde ebenfalls nervös.

»Nein. Keine Ahnung«, stammelte ich. »Es war ein Geschenk von …«

»Hat es sonst noch jemand gesehen?«, unterbrach sie mich hastig.

»Was?«

»Hat. Es. Jemand. Gesehen?«

»Entschuldigung, ich bin nicht minderbemittelt. Ich versteh nur nicht, worauf du hinauswillst.«

Sina schüttelte mich leicht. »Jay! Verdammte Scheiße! Hat es jemand gesehen oder nicht?«

»Hm.« Ich dachte kurz nach. »Der DJ hat es am Montag gesehen.«

»Sonst niemand?«

»Nein.«

Augenblicklich entspannte sich Sina.

Ich überlegte noch mal. »Obwohl … Vorhin hat so ein Typ die ganze Zeit drauf gestarrt.«

»Welcher Typ?«, hakte sie alarmiert nach.

»Irgendein Typ. Der saß dahinten.« Ich reckte den Hals. »Jetzt scheint er weg zu sein. Na ja, jedenfalls hat er das Amulett gesehen. Er hatte einen richtig fetten dunkelroten Klunker am Finger. Sah voll be…«

»Einen Rubin?«, rief Sina entsetzt und schüttelte mich wieder, diesmal alles andere als sanft. »Wann war das? Wann?«

»Hey!«, beschwerte ich mich und befreite mich aus ihrem Griff. »Ich weiß es nicht genau. Ich hab nicht auf die Uhr gesehen.«

»Scheiße«, murmelte Sina und kramte unter heftigen Flüchen ihr Handy aus der Hosentasche. Beinahe drohend richtete sie ihren Zeigefinger auf mich. »Rühr dich nicht von der Stelle!«

Damit ließ sie mich stehen und eilte nach draußen.

Was ging denn jetzt ab?

Dass das Amulett alles andere als normal war, hatte ich ja bereits festgestellt. Aber welches Geheimnis barg es wirklich, dass es meine Kollegin derart in Panik versetzte?

Ich stellte die Wodkaflasche in den Kühlschrank. Da ich nicht wusste, was ich nun tun sollte, machte ich einfach meine Arbeit weiter, bevor die Geldwedler vor dem Tresen noch Amok liefen.

Ich lauschte gerade einer gelallten Bestellung, als Sina zurückkehrte und mich von dem durstigen Kameraden wegzerrte.

»Komm mit«, befahl sie knapp.

»Was? Wohin denn, bitte schön?«

»Wir werden abgeholt.«

»Jetzt warte mal!« Ich stemmte die Hacken in den Boden. »Kannst du mir vielleicht erst mal erklären, was hier los ist?«

»Später.«

Ich rührte mich immer noch nicht vom Fleck. Sina atmete tief durch und sah mich fest an. »Bitte, Jay. Ich werde dir alles in Ruhe erklären, aber erst muss ich dich in Sicherheit bringen. Du musst mir vertrauen, in Ordnung?«

Grundsätzlich war ich hart im Nehmen, aber in diesem Moment bekam ich es ehrlich mit der Angst zu tun. In Sinas Augen stand die reinste Panik. Mein Hals fühlte sich staubtrocken an.

»Okay«, krächzte ich benommen.

Sina versuchte sich an einem beruhigenden Lächeln, scheiterte jedoch kläglich. Ich konnte ihre Anspannung regelrecht spüren, als sie meine Hand nahm und mich mit sanftem Nachdruck an den wedelnden Geldscheinen vorbeischob.

Plötzlich blieb sie wie angewurzelt stehen. Sie fluchte wieder und schlug im selben Augenblick die entgegengesetzte Richtung ein. Ich erhaschte noch einen kurzen Blick auf die drei Männer, die gerade das Lokal betreten hatten und sich suchend umsahen. Einer davon war zweifelsfrei der Rubinring-Träger und ebenfalls zweifelsfrei hatten alle drei nichts Gutes im Sinn.

Mir blieb keine Zeit für irgendwelche Fragen, denn Sina trieb mich wie ein entlaufenes Schaf an der Bar entlang. Allerdings gab es auf der anderen Seite der Theke keine Öffnung, um durchzuschlüpfen.

»Kletter drüber!«, forderte Sina mich auf.

Ich war zwar nicht direkt unsportlich, aber auch nicht besonders gut trainiert. Mein beherzter Sprung war leider zu kurz, weshalb ich mit einem Fuß am Tresen hängen blieb und mit rudernden Armen kopfvoran in die Menge stürzte.

Ich hatte es dem puren Zufall zu verdanken, dass ich ausgerechnet auf einem Herrn landete, der noch nicht so betrunken war, dass er sämtliche Reflexe eingebüßt hatte. Er freute sich sichtlich über seinen überraschenden Fang. Ich schenkte ihm noch ein atemloses »Danke!«, bevor Sina mich wieder an der Hand gepackt hatte und mit sich riss.

Sie pflügte uns rücksichtslos eine Schneise durch die überfüllte Tanzfläche. Die Proteste der zur Seite geschubsten Gäste hörte ich kaum. Überhaupt nahm ich mein Umfeld nur verschwommen wahr. Mein Puls raste und ich konzentrierte mich ausschließlich auf Sina vor mir, die genau zu wissen schien, was zu tun war.

Immer wieder blickte sie hektisch zurück. Die Männer waren uns wohl dicht auf den Fersen.

Wir gelangten in den schmalen Gang vor den Toiletten. Überall standen Leute herum. Im Slalomlauf kämpften wir uns voran. Ich erkannte Sinas Ziel erst, als wir dort ankamen. Der Notausgang.

Davor stand ein knutschendes Pärchen, das Sina einfach beiseiteschob. Während sie sich mit dem Riegel an der modernen Feuerschutztür abmühte, entschuldigte ich mich pflichtbewusst bei den Verliebten für die Störung. Dabei bemerkte ich, dass zwei unserer Verfolger bereits den Gang erreicht hatten und dabei jeden glattweg umrannten, der ihnen im Weg stand. Ein piepsender Alarm ertönte von der Tür her, als die Verriegelung geöffnet war.

Endlich spürte ich den Luftzug der kühlen Nacht um mein Ohr wehen. Sofort stolperte ich hinter Sina her, hinaus in die spärlich beleuchtete Seitengasse. Sina drückte die schwere Tür hinter uns wieder zu. Gleich neben uns stand ein metallener Müllcontainer, den sie geistesgegenwärtig herüberzog, um damit den Ausgang zu blockieren.

Ich stemmte mich mit aller Kraft gegen die Tür und rang nach Atem.

»Sina«, stieß ich hervor. »Da waren nur …«

... zwei von den Männern hinter uns, wollte ich sagen, doch es war schon zu spät. Der dritte Verfolger tauchte wie aus dem Nichts hinter dem Müllcontainer auf, packte Sina im Genick und schleuderte sie kraftvoll gegen das Metall.

Erstaunlicherweise konnte sie den Aufprall irgendwie abfangen. Sie ergriff den Arm des Angreifers und tauchte in einer geschickten Drehung darunter hinweg. Der Mann keuchte schmerzerfüllt auf und folgte gezwungenermaßen Sinas Bewegung, um seine Schulter nicht auszukugeln.

Ich traute meinen Augen kaum, als Sina den Kerl mit einem gekonnten Schlag gegen die Schläfe niederstreckte.

Leider war ich von den unerwarteten Kampfkünsten meiner Freundin derart abgelenkt, dass mich der harte Stoß gegen die Tür in meinem Rücken völlig unvorbereitet erwischte. In hohem Bogen flog ich davon, und kaum hatte ich mein Gleichgewicht zurückerlangt, stand einer der beiden Männer auch schon mit finsterer Miene vor mir. Es war der Kerl mit dem Ring.

Toll. Da konnte ich einmal im Leben eine Dose Pfefferspray gut gebrauchen – und hatte sie nicht dabei.

Mit einem hämischen Grinsen ließ der Mann ebenjene beringte Hand vorschnellen und packte mich an der Kehle. Besser gesagt, er wollte mich packen, denn kaum hatte er meine Halskette berührt, zog er seine Pranke wieder zurück und schüttelte sie überrascht. So als hätte er wie Sina vorhin einen schmerzhaften Stromschlag erlitten.

Ich nutzte den Moment und rannte los. Weit kam ich allerdings nicht, denn der Mann erwischte mich am Arm und riss mich kraftvoll nach hinten. Dabei fiel er rücklings zu Boden und ich auf ihn drauf. Wir wälzten uns über den Asphalt, wobei ich blind um mich schlug, während er versuchte, meine Hände unter Kontrolle zu bringen.

Plötzlich verschwand das Gewicht von meinem Körper und ich boxte ins Leere. Keuchend rappelte ich mich auf und blinzelte in das grelle Licht eines Fahrzeugs, das auf mich zurollte und dessen Herannahen ich gar nicht gehört hatte. Ich krabbelte hastig ein Stück zurück, um nicht überfahren zu werden. Der pechschwarze Wagen mit den verdunkelten Scheiben hielt direkt vor meiner Nase.

Auf der Beifahrerseite stieg eine junge Frau mit langen, blonden Haaren aus. Sie trug ein knallrotes Cocktailkleid und hielt eine Schusswaffe in ihrer Hand. Zielstrebig ging sie um das Auto herum, die Waffe auf einen unserer Angreifer gerichtet. Das Klappern ihrer Absätze klang irgendwie fehl am Platz.

»Jay!«, schrie Sina, die sich immer noch mit einem der Kerle herumschlug. »Steig in den Wagen! Schnell!«

Ein violettes Licht erhellte kurz die Gasse. Es geschah beinahe geräuschlos, mit einem leisen Sirren. Jemand stöhnte schmerzerfüllt auf.

»JAY! STEIG IN DEN VERDAMMTEN WAGEN!«

Endlich konnte ich mich aus meiner Starre lösen, kämpfte mich auf die Beine und folgte Sinas Befehl in der Erwartung, dass sie mir gleich folgen würde. Ich stolperte zur hinteren Fahrzeugtür, riss sie auf und ließ mich hineinfallen. Die Tür fiel von selbst ins Schloss.

Ich fand mich auf edlen Sitzen aus weißem Leder wieder. Aus den Lautsprechern erklang sanfte klassische Musik. Am Steuer saß ein junger Mann im Smoking. Seine Haare waren kurzgeschoren und er trug einen durchsichtigen Ohrring. Entspannt lächelte er mich im Rückspiegel an.

»Guten Abend«, sagte er freundlich.

Jetzt war ich vollends im falschen Film gelandet …

»Äh … hallo«, erwiderte ich, immer noch völlig außer Atem vom Kampf.

»Mein Name ist Joselion. Aber du darfst mich gerne Joe nennen.«

»Okay. Ähm. Ich bin Jay.«

»Sehr erfreut.« Er tippte sich zum Gruß an die Stirn, als würde er eine imaginäre Hutkrempe lupfen.

Ich war fassungslos. »Sag mal – Joe –, sollten wir den anderen denn nicht … ähm … helfen?«

Er schmunzelte. »Keine Sorge, die kommen klar.«

Im selben Moment prallte jemand hart gegen den Wagen. Ich versuchte etwas zu erkennen, aber die seitlichen Fenster waren von undurchdringlicher Schwärze.

Waren getönte Scheiben nicht eigentlich dazu gedacht, Blicke von außen zu verhindern, und nicht die von innen?

Sina war immer noch da draußen und ich hockte in einer Luxuskarre, berieselt von Klaviermusik und in Begleitung eines offensichtlichen Feiglings namens Joe. Entschlossen, meiner Freundin zu helfen, rüttelte ich an der Tür. Doch sie war verriegelt.

Joe zuckte unschuldig mit den Achseln. »Kindersicherung.«

Will der mich verarschen?

Allmählich wurde ich sauer. »Lass mich raus!«

»Tut mir leid, aber ich habe immer noch nicht herausgefunden, wie man diese Funktion deaktiviert.«

Er verarschte mich tatsächlich. Ich starrte ihn finster an und wartete einen Moment lang. Dann warf ich mich ohne Vorwarnung in die Lücke zwischen den beiden Vordersitzen. Joe reagierte erstaunlich schnell und streckte einfach seinen Arm aus, der mich wie eine Schranke abfing.

»Jetzt lass mich durch, du Penner!«, schimpfte ich wütend und grub meine Fingernägel tief in seinen Ärmel. Aber Joe war ungeheuer stark und ließ sich nicht einmal einen halben Zentimeter von mir bewegen. In meiner Verzweiflung beschloss ich, zu drastischeren Mitteln zu greifen.

Meine Faust war bereits hocherhoben, als die Beifahrertür plötzlich geöffnet wurde. Unbeeindruckt davon, dass ich immer noch über Joes Arm in den Fahrerraum hineinhing, stieg die Blondine in dem roten Kleid ein.

»Wir können«, sagte sie nur und Joe trat sofort hart aufs Gaspedal. Die plötzliche Beschleunigung ließ mich nach hinten kippen und ich landete schnaufend auf den weichen Ledersitzen.

»Wo ist Sina?«, rief ich aufgeregt.

»Sie wollte wieder arbeiten gehen«, antwortete die Blondine ruhig. Sie holte ein kleines schwarzes Gerät aus dem Handschuhfach und drehte sich zu mir herum. »Zeig mir bitte das Amulett.«

Ich verschränkte abwehrend die Arme. »Nein. Wo ist Sina?«, beharrte ich.

»Vermutlich steht sie schon wieder hinter der Bar und schenkt Whisky Cola und Wodka Orange ein.«

»Gequirlte Scheiße!«, fauchte ich.

Die Blonde seufzte schwer. »Hör mal, Jessica ...«

»Jay.«

»Na schön ... hör mal, *Jay*. Sina geht es hervorragend. Sie musste wieder hinter die Bar, weil sie den Job dringend für ihr Studium braucht. Und ich weiß das deshalb so genau, weil Sina meine Cousine ist.« Sie machte eine kurze Pause, wie um sicherzugehen, dass ich ihren Worten auch folgen konnte. »Sina hat mich vorhin angerufen. Keine Sekunde zu früh, würde ich mal sagen. Ein Glück, dass wir zufällig nur ein paar Straßen weiter auf einer Party waren.«

Ihre Erklärung klang irgendwie schlüssig. Ob Sina wirklich ihre Cousine war, konnte ich zwar auf die Schnelle nicht nachprüfen, aber fürs Erste nahm ich ihr diese Version ab. Mir blieb auch gar nichts anderes übrig.

»Zeigst du mir jetzt das Amulett?«

Ich zögerte. »Warum?«

»Weil ich sichergehen möchte, dass es keine Fälschung ist.«

Schweigend zog ich den Kragen meines Shirts nach unten. Der Anblick meines Halsschmucks ließ die Augen der jungen Frau kurz aufleuchten. Ich erkannte bei ihr die gleiche Faszination wie bei Sina, als sie die Kette entdeckt hatte.

Die Blonde gab sich einen sichtlichen Ruck und richtete das schwarze Gerät auf das Amulett.

»Was ist das?«, fragte ich skeptisch.

»Ein Scanner.«

»Ah ja?«

»Und, bitte, zeig das Amulett in Zukunft keinem mehr.«

»Aha.«

Das Gerät piepste. Die Frau warf einen Blick auf die Anzeige und drehte sich zurück in Fahrtrichtung.

»Es ist echt«, murmelte sie.

Joe pfiff anerkennend durch die Zähne. Die Blonde packte das Gerät zurück ins Handschuhfach und lehnte sich in ihrem Sitz zurück.

»Na toll!«, meldete ich mich zu Wort. »Es ist also echt! Könntet ihr mir jetzt bitte erklären, was genau ich da um meinen Hals trage?«

Anstatt mir zu antworten, sagte die Frau zu Joe: »Wir sollen sie in die Klabauterstraße bringen.«

»Verstanden«, bellte er, als hätte sie ihm gerade einen Befehl erteilt. Er lenkte den Wagen hart nach links und beschleunigte noch mehr.

Ich hatte Mühe, mich bei der rasanten Fahrt aufrecht zu halten. »Hallo? Ich bin auch noch da!«

»Na, das wollen wir doch schwer hoffen«, scherzte Joe.

Aus diversen Gründen hatte ich in diesem Moment keinen Sinn für Humor. Und allmählich erfasste mich auch ein kleines bisschen Panik. Ich konnte nicht verhindern, dass meine Stimme leicht bebte, während ich große Töne spuckte: »Ich will jetzt endlich wissen, was zum Teufel hier abgeht! Das sieht mir nämlich sehr nach einer Entführung aus. Wenn ihr auf Lösegeld aus seid, dann habt ihr euch ziemlich geschnitten. Das wird für mich nämlich keiner bezahlen!«

Endlich schienen die beiden zu bemerken, dass ich kurz davor war, vollends die Fassung zu verlieren.

Die Frau drehte sich wieder zu mir um und lächelte mir zu.

»Ich weiß, das hier ist alles sehr verwirrend für dich«, begann sie in beschwichtigendem Tonfall, »aber du musst uns jetzt einfach vertrauen. Wir sind die Guten. Und wir entführen dich nicht, sondern wir bringen dich an einen sicheren Ort. Dort werden wir dir in Ruhe alles erklären.«

So was Ähnliches hab ich doch vorhin schon mal gehört ...

»Ich heiße übrigens Samira.«

»Sehr erfreut!«, äffte ich Joe nach. Er grinste breit, sagte aber nichts dazu.

Eine Weile herrschte Stille im Fahrzeug. Nur das Brummen des Motors und die melodischen Klänge eines Orchesters erfüllten den Innenraum.

Ich versuchte irgendwie mit der Situation klarzukommen und kämpfte das Gefühl der Panik, so weit es ging, nieder. Übrig blieben mein pochender Herzschlag und zitternde Hände. Ich klemmte sie zwischen meine Knie.

»Klabauterstraße also«, sagte ich grimmig. »Klingt ja richtig aufregend.«

»Wart's ab«, meinte Joe und zwinkerte mir im Rückspiegel zu.

KAPITEL 5

Die Fahrt führte in das Büroviertel unserer Stadt. Protzige Hochhäuser waren über die letzten Jahre in Reih und Glied aus dem Boden gestampft worden. Wo vorher üppige Wiesen und Felder gewesen waren, gab es jetzt nur noch kränkliche Bäumchen am Straßenrand, die den Eindruck einer begrünten Stadt vermitteln sollten. Es war eine Schande.

Samira und Joe sagten die ganze Fahrt über nichts. Ich hatte es bald aufgegeben, bissige Kommentare loszulassen. Das war nämlich ziemlich langweilig, wenn niemand darauf reagierte. Also saß ich einfach nur in der Mitte der Rückbank und starrte finster geradeaus. Durch die Windschutzscheibe konnte man glücklicherweise problemlos hindurchsehen, was mir das Gefühl gab, nicht völlig in einer dunklen Blechbüchse gefangen zu sein.

Je mehr ich vor mich hin starrte, umso unwirklicher kam mir die gesamte Situation vor.

Ich wurde von zwei wildfremden Menschen durch die Gegend kutschiert. Mindestens einer der beiden war bewaffnet. Mit einer Pistole, die offenbar violettes Licht abfeuerte. Und diesen Fremden sollte ich nun einfach so vertrauen. Denn sie wollten mich angeblich in Sicherheit bringen.

Dabei blieb die große Frage, von was oder wem ich denn eigentlich bedroht wurde, weitgehend unbeantwortet.

Schöne Scheiße …

So verrückt und furchterregend meine Lage auch war, Samira und Joe wirkten eigentlich ganz sympathisch. Im Gegensatz zu den drei Männern in der Bar, denen die Boshaftigkeit förmlich ins Gesicht geschrieben stand. Ich fröstelte, als ich mich an den Blick erinnerte, den mir der Mann mit dem Ring zugeworfen hatte. Skrupellos und eiskalt. Ein Blick, wie ich ihn mir bei einem Mörder vorstellte.

Hatte er mich töten wollen?

Nun, was er mit Sicherheit wollte, war das Amulett. Und vermutlich war es ihm schlichtweg egal gewesen, was mit mir geschah.

»Wir sind da«, sagte Samira plötzlich und riss mich damit aus meinen Gedanken.

Ungläubig beäugte ich das flache Gebäude, vor dem wir stehen geblieben waren. Umringt von hochmodernen Business-Bauten wirkte der rechteckige Bungalow geradezu lächerlich klein. Wie eine verlorene Schuhschachtel. Ein beleuchtetes Schild hing über der Eingangstür. »Mary's Strickwaren« stand in dicken Lettern darauf. Links und rechts neben der Tür befanden sich zwei große Schaufenster, ebenfalls hell erleuchtet, in denen besagte Strickwaren feilgeboten wurden. Die Existenz eines solchen Ladens inmitten eines Büroviertels ergab wenig Sinn und die Festtagsbeleuchtung mitten in der Nacht erst recht nicht. Laut der Uhr auf dem Armaturenbrett war es immerhin halb ein Uhr morgens.

Ich kratzte mich am Kinn. »Ähm. Ist es nicht ein bisschen spät, um gestrickte Socken zu kaufen?«

Joe stellte den Motor ab. »Es gibt auch Strumpfhosen, wenn dir das passender erscheint.« Ein mechanisches Klicken ertönte von meiner Tür. »Ach, so macht man die Kindersicherung raus! Interessant.«

Ich schnaubte. »Ach, du bist ja ein witziges Kerlchen! Interessant.«

Hastig kletterte ich aus dem Wagen und konnte mir gerade noch ein schmerzhaftes Ächzen verkneifen. So ein Handgemenge auf dem Asphalt ging eben nicht spurlos vonstatten. Im Sitzen hatte ich es zwar nicht bemerkt, aber mein linkes Hosenbein war in Kniehöhe durchgewetzt und dunkelrot verfärbt. Ich spürte deutlich, dass der Stoff meiner Jeans dort an einer großen Schürfwunde klebte. Außerdem ging ein übles Pochen von meinem rechten Ellenbogen aus, das ich nicht so recht definieren konnte.

»Ich seh schon – wir beide werden uns prächtig verstehen!«, feixte Joe, der mein kurzzeitig verzerrtes Gesicht scheinbar nicht bemerkt hatte.

»Das bezweifle ich.« Ich verbarg meine Schmerzen hinter einer hochnäsigen Grimasse. Als Weichei wollte ich nun wirklich nicht rüberkommen.

»Man gewöhnt sich dran«, meinte Samira zu Joes witzigen Anwandlungen.

Er gab sich entsetzt. »Waaaas? Aber ich dachte immer, du liebst meinen Humor!«

Als Antwort warf Samira ihre langen Haare hinter die Schulter, sprang aus dem Wagen und ging vor mir her auf den Laden zu. Eigentlich schwebte sie eher. Mir war es ein wahres Rätsel, wie jemand auf fünfzehn Zentimeter hohen Pfennigabsätzen derart elegant laufen konnte. Ich riskierte schon bei weniger als der Hälfte einen Bänderriss.

Der Laden war tatsächlich geöffnet. Ein kleines Glöckchen kündigte fröhlich unsere Ankunft an. Hier drinnen roch es nach Stoffbahnen und altem Teppichboden. In den Regalen und Verkaufsschütten lagen Wollknäuel verschiedenster Größe und Farbe, dazu Stricknadeln und weiteres Handarbeitszubehör. Ein paar Verkaufsständer waren mit allerlei bereits fertiggestellten Strickwaren behängt. Nun ja, ein Strickwarenladen eben.

Hinter dem Verkaufstresen saß eine alte Frau. Besser gesagt, eine Art Bilderbuch-Oma. Die grauen Haare zu einem strengen Dutt frisiert, auf der Nase eine riesige Hornbrille, die seitlich an einer Stoffkordel befestigt war, und kreisrunde Apfelbäckchen im Gesicht. Sie trug eine geblümte Schürze und strickte in stetem Rhythmus an einer Socke – wie konnte es auch anders sein.

Bei ihrem Anblick war ich automatisch stehen geblieben, doch Joe schob mich weiter hinter Samira her. Sie marschierte, oder schwebte, zielstrebig auf den Verkaufstresen mit der Bilderbuch-Oma zu. Wider Erwarten hielt sie dort aber nicht an, sondern steuerte geradewegs daran vorbei.

»Guten Abend, Mary!«, begrüßte sie die Strickende freundlich. »Wie fügen sich die Maschen?«

»Sie fügen sich, Samira, sie fügen sich«, antwortete Mary mit einem ruhigen Lächeln. Sie musterte mich mit ihren grauen Augen und nickte anschließend Joe zu. »Joselion.«

»Allerliebste Mary.« Er tippte sich zum Gruß an die Stirn. Das tat er scheinbar gerne.

Wir gelangten durch eine Tür in ein Hinterzimmer und blieben vor einem Lagerregal stehen. Es war voller Schachteln mit Wollknäueln – und ich voller Fragezeichen.

Samira legte ihre flache Hand auf eine der Schachteln. Einen Wimpernschlag später geriet das gesamte Regal in Bewegung. Beinahe geräuschlos fuhr es wie auf unsichtbaren Schienen zur Seite und gab den Blick auf eine silberne Fahrstuhltür frei, die sich gleich darauf öffnete.

Allmählich fragte ich mich, ob das alles nicht einfach nur ein schlechter Traum war. Vielleicht hatte ich ja einen Unfall gehabt und lag in Wirklichkeit im Koma. Gefangen in den Wirren meines verqueren Unterbewusstseins. Das würde einiges erklären.

Wieder musste Joe mich ein wenig anschieben, damit ich endlich vorwärts ging. Selbst meine Schritte und mein brennendes Knie kamen mir inzwischen unwirklich vor.

Im Fahrstuhl lief eine extrem dämliche Musik und es gab genau zwei Knöpfe. Einen mit Pfeil nach oben und einen nach unten. Joe drückte den nach unten. Die Türen schlossen sich und der Boden zu unseren Füßen erbebte leicht. Mehr war von der Fahrt nicht zu spüren. Vielleicht bewegten wir uns ja auch gar nicht.

Das Gedudel über unseren Köpfen ging mir gewaltig auf die Nerven. Ich suchte die Decke nach dem versteckten Lautsprecher ab, fand ihn aber leider nicht.

Der Boden erbebte erneut und mit einem »Bing!« glitten die Türen auf.

Keine Ahnung, was ich erwartet hatte, aber *das* bestimmt nicht.

Vor uns erstreckte sich eine gewaltige Halle. Darin befanden sich zahlreiche Kabinen mit Arbeitsplätzen und Schreibtischnischen, von denen circa ein Drittel besetzt war. Leute in schwarzen Anzügen saßen dort an ultraflachen Bildschirmen. Manche trugen Papierstapel von A nach B. Neben uns stritten sich zwei Frauen über irgendetwas und wedelten aufgebracht mit braunen Akten. Der Lärm von Gesprächen, Telefonklingeln und Tastaturgeklapper erfüllte den Raum.

Abluftrohre und träge sich drehende Ventilatoren hingen an der hohen Decke. Ovale Lampen verströmten ein beinahe gleißendes Licht, das mich blendete. Grelle Pünktchen tanzten ein paar Sekunden lang vor meinen Augen.

Die Menschen an den Schreibtischen nahmen keinerlei Notiz von uns. Alle schienen völlig mit ihren Aufgaben beschäftigt zu sein.

Und alles in diesem Raum war in Schwarzweiß gehalten: schwarze Anzüge, weiße Hemden, weiße Schreibtische und schwarze Bodenfliesen, die in der Mitte der Halle ein weißes Mosaik bildeten – irgendein Symbol, das in ein Quadrat gefasst war. Der Designer dieses »Großraumbüros« hatte offensichtlich eine Abneigung gegen bunte Farben.

»Wo zur Hölle sind wir?«, fragte ich Joe.

»In einer Verwaltungsstelle der Agency.«

»Der was?«

»Der ... ach, das soll dir der Chief erklären. Du wirst ihn bald kennenlernen.«

Ich biss mir genervt auf die Unterlippe.

Inzwischen hatte Samira ein paar riesige Glaskästen erreicht, die sich in der Mitte der Halle befanden und fast bis zur Decke reichten. Es waren ganze abgetrennte Zimmer, Räume im Großraumbüro sozusagen. Samira, Joe und ich betraten den vordersten der Kästen durch eine kleine Tür.

Seine Einrichtung war schlicht und ebenfalls schwarzweiß. In der Mitte stand ein großer Tisch, an dem acht Personen Platz fanden. Seitlich befand sich ein einfaches Sideboard mit einem Kaffeevollautomaten und kleinen Getränkeflaschen darauf.

Samira bedeutete mir, mich zu setzen. Doch allein an dem riesigen Tisch fühlte ich mich extrem unwohl. Ich straffte meine Schultern und versuchte mich möglichst groß zu machen.

»Kaffee?«, fragte Joe.

»Gern«, sagte Samira, deren knallrotes Kleid in diesem farblosen Raum ziemlich grell wirkte.

Sie tippte auf die Scheibe der gläsernen Tür. Ein Rechteck leuchtete auf, offenbar eine Art Bedienfeld. Samira berührte zwei Punkte darauf, woraufhin sich sämtliche Glasscheiben des Zimmers verdunkelten. Nur die Decke blieb durchsichtig, so dass das Licht der großen Halle hereindringen konnte.

»Interessant«, kommentierte ich das Schauspiel.

Der Kaffeeautomat begann leise vor sich hin zu werkeln. »Willst du auch einen?«, wollte Joe von mir wissen.

»Nein danke«, sagte ich, obwohl sich meine Kehle wie ausgetrocknet anfühlte.

Samira stellte mir ein Glas Cola vor die Nase. »Hätten wir dich vergiften wollen, hätten wir das längst getan«, meinte sie ruhig.

Ich beäugte das Glas vor mir unschlüssig. Die Cola sah ungeheuer erfrischend aus und meine Zunge klebte wie ausgedörrt an meinem Gaumen.

Okay, lieber vergiftet als verdurstet ...

Samira verzog keine Miene, als ich das Glas in einem Zug zur Hälfte leerte. Sie saß mit übereinandergeschlagenen Beinen mir gegenüber am Tisch und betrachtete missmutig ihre rot lackierten Fingernägel.

Ich dachte an mein brennendes Knie, meinen pochenden Ellenbogen und den wahnsinnigen Abend, den ich gerade hinter mich gebracht hatte. Und sie hatte wirklich nichts Besseres zu tun, als sich um ihren vielleicht abgesplitterten Nagellack zu kümmern?

Ich öffnete bereits den Mund, um ihr meine Meinung zu sagen, als mein Blick auf die Innenseite ihres rechten Handgelenks fiel. Ein verschlungenes Symbol war dort eintätowiert. So ähnlich wie das auf meinem Amulett und auf Sinas Handgelenk. In diesem Moment setzte sich Joe neben mich. Auch er trug eine ähnliche Tätowierung.

»Was bedeuten eure Tattoos?«, fragte ich. »Und erzählt mir jetzt nichts von einem Aushang im Tattoo-Studio. Das zieht bei mir nicht.«

Joe und Samira sahen mich verständnislos an, darum sagte ich: »Das war Sinas schlappe Erklärung für ihr Symbol.«

Samira lächelte. »Nimm ihr diese kleine Notlüge nicht übel. Zu diesem Zeitpunkt wusste sie vermutlich noch nicht, wer du bist.«

Wie oft hatte ich heute schon eine Frage gestellt und nur nichtssagendes Blabla zu hören bekommen? Jetzt hatte ich die Nase gestrichen voll. Ich richtete mich in meinem Stuhl auf und wetterte los. »Kann mir vielleicht jemand einfach mal eine vernünftige Antwort geben, wenn ich etwas wissen will?«, platzte es aus mir heraus. »Ich verlange eine Erklärung für diesen ganzen Unsinn hier! Was ist das für ein Strumpfhosen-Büro? Wo bleibt dieser Kerl mit dem dämlichen Namen Chief? Und was soll das heißen – ›Sie wusste nicht, wer du bist‹? Wer soll ich denn eurer Meinung nach sein, bitte schön?«

Ein verhaltenes Räuspern hinter mir ließ mich zusammenzucken. Eine tiefe Männerstimme antwortete auf mein Gezeter: »Jessica Winter, geboren am sechsundzwanzigsten Oktober 1998, Vollwaise, wohnhaft im Maria-Ward-Heim …«

Langsam drehte ich mich um und starrte die Wand hinter mir an, die unbemerkt zu einem großen Bildschirm geworden war. Der Oberkörper eines Mannes mittleren Alters war darauf zu sehen. Sein dunkelbraunes Haar war sorgfältig geschnitten und an den Schläfen deutlich ergraut. Er trug eine Art Militäruniform, dunkelblau, mit silbernen Knöpfen und kleinen Abzeichen auf der Brust. In der Hand hielt er ein gläsernes Tablet, das offenbar mein ganzes Leben enthielt.

»Notendurchschnitt derzeit bei 1,7«, las er vor. »Hat Probleme, sich in die Klassengemeinschaft zu integrieren. Drohender Schulverweis … Drei Einträge in der Jugendstrafakte?« Er hielt kurz inne. »Nun gut.«

Meine Wangen fühlten sich augenblicklich heiß an. Meine Vergangenheit ging niemanden etwas an. Wütend kaute ich an der Innenseite meiner Unterlippe und stierte den Mann auf dem Bildschirm an.

»Wie du siehst, wissen wir durchaus, wer du bist.«

Einen Scheiß weißt du, dachte ich zornig und verschränkte meine Arme vor der Brust. Meinem verletzten Ellenbogen gefiel das zwar überhaupt nicht, aber das war mir in diesem Moment völlig egal.

Der Mann legte sein Tablet zur Seite und blickte in unsere kleine Runde. »Guten Abend miteinander. Joselion, Samira, ich danke euch, dass ihr so schnell zur Stelle wart. Der Urlaubstag wird euch natürlich gutgeschrieben.«

»Sehr freundlich, Chief«, meinte Joe fröhlich.

»Und nun zu dir, Jessica.«

»Jay«, korrigierte ich automatisch.

»Jay? Auch gut. Also, wie du sicher schon bemerkt hast, bin ich der Kerl mit dem dämlichen Namen. Wobei ›Chief‹ natürlich nur eine Abkürzung für die mundfaulen Mitarbeiter meiner Abteilung ist. Mein richtiger Name lautet General Alator Stanson.«

Ich nickte neutral und war gespannt, was er mir mitzuteilen hatte.

»Ich bin der leitende Direktor der exekutiven Abteilung der Agency für Stabilitätswahrung und Sicherheit.«

Aus dem Nicken wurde ein irritiertes Kopfschütteln. »Der Leiter von ... was?«

»Der exekutiven Abteilung für Stabilitätswahrung und Sicherheit«, wiederholte General Stanson geduldig.

»Gehört das zur CIA oder so was?«

Joe gluckste amüsiert. Der Chief blieb völlig ernst.

»Nein. Die CIA ist eher eine befreundete Nachbarabteilung. Wir gehören zur Agency.«

»Ja, und zu welcher Agency?«, hakte ich nach.

»Einfach nur Agency«, antwortete Samira.

»*Die* Agency«, betonte Joe mit stolzgeschwellter Brust.

Mir schwirrte der Kopf. »Und was soll das bitte schön sein? Der, die oder das *Agency*? Irgendein amerikanischer Spionagekram?«

Der Chief verneinte. »Der dortseitige Hauptsitz befindet sich zwar in den USA, aber mit Amerika haben wir nichts zu tun. Mit keinem spezifischen Land. Wir operieren global. Und unsere Behörde trägt deswegen keinen Namen, weil es sie eigentlich gar nicht gibt.«

Dortseitig? Was soll das denn heißen? Eine Behörde, die es eigentlich gar nicht gibt? Verrückt.

Ich atmete tief durch und stellte die Fragen aller Fragen: »Warum bin ich hier?«

Der Chief sah mich ernst an. »Weil das Amulett um deinen Hals alles andere als ein schlichtes Schmuckstück ist.«

»Das habe ich schon bemerkt.«

»Was ich dir jetzt erzähle, wird dich ziemlich verwirren. Ich bitte dich dennoch, mir einfach zuzuhören.«

Ich bezweifelte, dass ich noch verwirrter sein konnte, als ich es ohnehin schon war. Ich nahm mein halbvolles Cola-Glas in beide Hände und lehnte mich zurück. »In Ordnung. Ich höre.«

Der Chief suchte kurz nach geeigneten Anfangsworten. Dann begann er zu erzählen.

»Zuerst musst du wissen, dass es auf dieser Welt Dinge gibt, die der Menschheit vorenthalten bleiben. Dinge, die ein Mensch nicht verstehen kann. Unerklärliche Dinge. Magie. Wesen, die besondere Fähigkeiten besitzen. Vieles, was du vielleicht aus Märchenbüchern kennst, ist in Wirklichkeit wahr. Und in jeder Legende steckt ein kleines Fünkchen Wahrheit.

Vor langer Zeit wussten die Menschen von dieser Magie. Sie teilten sich die Erde mit den fremden Völkern. Bis zu dem Tag, an dem ein mächtiger Krieg entflammte. Die Einzelheiten erspare ich dir an dieser Stelle.

Um Frieden über die Erde zu bringen, beschloss das magische Volk, die Menschenwelt zu verlassen. Sie schufen eine Parallelwelt. Die Anderswelt.

Die Aufgabe der Agency ist es, die Grenzen der Anderswelt zu bewahren, sie vor den Augen der Menschen zu verbergen und die Menschen vor manchen Bewohnern der Anderswelt zu beschützen.« Er warf mir einen prüfenden Blick zu. »Konntest du mir so weit folgen?«

Nicht wirklich. Trotzdem nickte ich. »Die Menschen sollen von dieser anderen Welt also nichts wissen. Was seid ihr denn? Hexen und Zauberer?« Ich hob mein Glas an die Lippen, damit meine bebenden Hände etwas zu tun hatten.

Der Chief lächelte milde. »Nein, wir sind Tuatha de Dannan, was übersetzt ›Das Volk der Danu‹ bedeutet.«

Bitte was? Bei der Erwähnung dieses Namens verschluckte ich mich heftig. Ich hustete und gab einige unschöne Geräusche von mir. Samira klopfte mir auf den Rücken, bis sich mein Kehlkopf wieder beruhigt hatte.

»Danu?«, krächzte ich und räusperte mich laut. »Die Frau, von der ich das Amulett bekommen habe, hieß auch Danu.«

»Du hast Danu gesehen?«, stieß Joe hervor. »Sie hat mit dir gesprochen?«

»Wie hat sie ausgesehen?«, wollte Samira wissen.

»Äh.« Die plötzliche Aufregung der beiden verdutzte mich. »Ja, also ...«

Der Chief machte mit ungeduldigem Hüsteln auf sich aufmerksam. »Ich denke, das könnt ihr später noch in Ruhe besprechen. Zunächst möchte Jessica ...«

»Jay.«

»... Jay bestimmt erst einmal wissen, wer Danu überhaupt ist.«

Tja, das wollte ich allerdings.

»Danu ist nicht irgendwer. Sie ist die reine Energie. Die Mutter der Natur. Die Kraft, die alles Erdgegebene erschaffen hat.«

»Moment!« Ich hob einen Finger. »Soll das etwa heißen, Danu ist Gott?«

»Aus religiöser Sicht gesehen – ja.«

Mir fiel es wie Schuppen von den Augen. Jetzt war mir alles klar. Ich war bei einem Haufen Verrückter gelandet. Im Zentrum irgendeiner durchgeknallten Sekte.

Das Gefühl der Panik kehrte zurück. Aber ich musste jetzt unbedingt ruhig bleiben. Einen kühlen Kopf bewahren, bevor ich den Zorn dieser Irren erregte, die immerhin Waffen besaßen, die lila Lichtblitze abfeuerten.

Bedächtig stellte ich das Glas ab und verbarg meine zitternden Hände unter der Tischplatte. »Ich verstehe leider immer noch nicht ganz, was das alles mit mir zu tun hat.«

»Das Amulett ist Orinion, ein uraltes Artefakt, das Danu selbst geschaffen hat. Es ermächtigt seinen Träger, die Kräfte der Natur uneingeschränkt zu nutzen. Das Orinion ist wohl die mächtigste Waffe, die es auf dieser Welt geben kann.« Der Chief rieb sich nachdenklich das Kinn. »Danu sendet es nur dann auf die Erde, wenn es gebraucht wird. Wenn der Welt eine besondere Gefahr droht. Und ich muss zugeben, dass sein Auftauchen gerade jetzt uns gewissermaßen vor ein Rätsel stellt, denn wir sind uns wahrlich keiner großen Bedrohung bewusst.«

»Dann brauchen wir uns ja auch keine großen Sorgen zu machen«, stellte ich erleichtert fest. »Wenn es keine Bedrohung gibt, umso besser!«

Der Chief wiegte bedenklich den Kopf. »Nicht wirklich, Jes..., äh, Jay. Danu hat das Orinion nicht ohne Grund geschickt und dass wir ebenjenen Grund bis jetzt noch nicht erkannt haben, ist äußerst beunruhigend. Gelinde gesagt.«

Mich beunruhigten im Augenblick ganz andere Dinge. Dass ich immer noch hier war, zum Beispiel, und diesem Chief zuhören musste.

»Es geht also nur um das Amulett, ja?«, rief ich ihm zu. »Kein Problem. Wenn jemand einen guten Bolzenschneider auftreibt, könnt ihr es gerne haben!«

»So einfach ist das leider nicht«, sagte Chief Stanson und machte damit meine aufkeimende Hoffnung zunichte. »Du wurdest offenbar von Danu auserwählt. Du bist die Trägerin. Dieses Amt kann man nicht einfach abgeben.«

Mist.

Joe sah mich beinahe feierlich an. »Wir brauchen dich, Jay. Du musst uns helfen, diese Gefahr abzuwehren – was auch immer es sein mag.«

»Und du brauchst uns«, fügte Samira hinzu. »Es gibt nämlich noch mehr Leute als die drei Kerle von vorhin, die das Orinion in ihre Finger kriegen und seine Macht nutzen wollen.«

»In der Tat«, bestätigte der Chief. »Bis wir herausgefunden haben, welche Gefahr dem Planeten droht, wird unser Hauptaugenmerk darauf liegen, dich zu beschützen, Jay. Darum werden wir dich auf schnellstem Weg in unser Hauptquartier bringen. Samira, Joselion, eure Kameraden sollten in Kürze eintreffen. Seid wachsam – und keine Kamikaze-Einsätze, verstanden?«

»Verstanden, Sir!«, sagten die beiden wie aus einem Mund.

»Gut. Wir sehen uns in der Zentrale. Und – Jay?«

»Hm?«

»Versuch, nicht zu viel nachzudenken. Trau einfach deinen Augen.«

»Alles klar.«

Das Videobild des Generals verschwand. Zurück blieb nur eine dunkle Scheibe, die sich nicht von den anderen unterschied.

Joe und Samira musterten mich aufmerksam. Ich bemühte mich, einigermaßen gefasst auszusehen.

»Alles okay?«, fragte Joe schließlich besorgt. »Du bist ziemlich blass.«

»Mir geht es prächtig«, behauptete ich locker. »War nur ein bisschen viel … Zucker auf einmal.«

»Können wir dich einen Moment allein lassen? Wir sollten uns nämlich langsam mal umziehen. Nicht, dass ich deinen Anblick nicht genießen würde, Samy, aber du kennst ja die Vorschriften.«

Samira seufzte schwer und stand auf. »Jaja, die lieben Vorschriften.« Sie sah mich noch einmal fragend an. »Ist auch wirklich alles in Ordnung? Es ist völlig verständlich, dass das für dich ziemlich viel auf einmal war. Ich kann mir gut vorstellen, wie du dich gerade fühlst.«

Das bezweifelte ich.

»Danke, es ist alles okay«, meinte ich und schaffte sogar ein freundliches Lächeln. »Geht euch ruhig umziehen. Ich warte hier auf euch.«

»Na schön, wenn du noch was zu trinken brauchst, nimm es dir einfach. Hier unten rechts ist ein Kühlschrank eingebaut. Wir sind gleich wieder da.«

KAPITEL 6

Ich zählte genau bis zwanzig. Dann stellte ich mein Glas auf den Tisch, stand auf und lugte zur Tür hinaus. Samira und Joe waren nirgends zu entdecken. Hastig holte ich mein Handy aus der Hosentasche. Das Display hatte einen Sprung, der wohl beim Kampf hinter dem *Green Goose* entstanden war. Schlimmer fand ich in diesem Moment jedoch die Tatsache, dass ich kein Netz hatte. Obwohl das irgendwie auch zu erwarten war in einer Halle tief unter der Erde. Außerdem – wen hätte ich auch anrufen sollen? Die Polizei? Die hätten mir sowieso nicht geglaubt und meinen Hilferuf als dämlichen Teenager-Streich abgetan.

Ich musste die Sache also selbst in die Hand nehmen.

Entschlossen richtete ich mich auf, schob mein Handy zurück in die Hosentasche und trat in die Halle. Mit gemäßigten Schritten marschierte ich in Richtung Aufzug.

Magie, Parallelwelten, Götter ... Was für ein Schwachsinn!

Dabei hatte General Stanson auf mich eigentlich einen vernünftigen Eindruck gemacht. Er wirkte wie ein intelligenter Mann mit autoritärer Ausstrahlung.

Und dann erzählte er mir allen Ernstes diesen ausgewachsenen Blödsinn?

Ich musste dringend hier weg. Die waren doch allesamt nicht ganz dicht. Vermutlich bereiteten sie sich gerade darauf vor, mich als Opfergabe in einen Vulkan zu schmeißen – oder was Sektenanhängern sonst noch einfiel.

Mein Herz klopfte mir bis zum Hals, doch ich versuchte in einem Tempo zu gehen, das keine Aufmerksamkeit erregte. Erstaunlicherweise funktionierte das sogar. Die Leute hinter den Schreibtischen blendeten mich aus ihrer Welt völlig aus. Ich spürte keinen einzigen neugierigen Blick. Mein Schauspiel schien also zu funktionieren.

Kurz darauf kam ich beim Fahrstuhl an und drückte auf den Knopf. Als sich die Türen nicht sofort öffneten, wallte kurz Panik in mir auf. Dann endlich erlöste mich das leise »Bing!«.

Ich stieg in den Fahrstuhl ein und als sich die Türen nach einer gefühlten Ewigkeit wieder schlossen, lehnte ich mich an die glatten Metallwände und atmete erleichtert auf. Das Gedudel aus dem verborgenen Lautsprecher begleitete mich dabei.

Der Lagerraum des Strickwarenladens war menschenleer und nur spärlich beleuchtet. Mit gespielter Gelassenheit betrat ich den Laden.

»Guten Abend, Mary«, sagte ich im Vorbeigehen zu der Bilderbuch-Oma.

»Guten Abend, Jessica«, antwortete sie.

Ein Schauer lief mir den Rücken hinunter. Ich zwang mich, locker weiterzugehen.

»Darf ich fragen, wo du hinwillst?«, fragte Mary, als ich die Hand bereits nach der Tür ausstreckte.

Hektisch zog ich am Griff, doch er rührte sich nicht.

Verdammter Mist!

»Bitte, lassen Sie mich raus«, flehte ich Mary an. »Ich will nach Hause.«

Sie musterte mich über den Rand ihrer Hornbrille hinweg. »Ich fürchte, du hast keine Wahl.«

Ich blickte durch die gläserne Ladentür hinaus in die nächtliche Stadt. Nur die Scheibe trennte mich von der Freiheit. Ich spürte Verzweiflung in mir hochsteigen. »Bitte, Mary. Ich will hier weg!«

Mary machte ein mitfühlendes Gesicht. »Tut mir leid, Schätzchen, aber das geht nicht. Du musst dich wohl oder übel deinem Schicksal stellen.«

Meine Augen brannten. Ich war kurz davor, in Tränen auszubrechen. Doch dann erregte eine Bewegung draußen vor dem Laden meine Aufmerksamkeit.

Zwei junge Männer kamen auf die Eingangstür zu. Einer blond, der andere dunkelhaarig. Sie trugen eine Art Uniform aus dunkelblauem Stoff, der von weitem wie aus Softshell anmutete. Die beiden waren in ein angeregtes Gespräch vertieft und hatten mich offenbar noch nicht bemerkt.

»Sieh an«, sagte Mary fröhlich. »Der Rest von Team 8. Sie kommen, um dich abzuholen.«

Mir wurde abwechselnd heiß und kalt. Die zwei Kerle waren also die erwähnten Kameraden von Samira und Joe, die mich wer weiß wohin bringen sollten. Ich trat zwei Schritte von der Tür zurück und ließ resigniert meine Schultern hängen.

»Mach dir keine Sorgen, Jessica. Du hast eines unserer besten Teams erwischt. Sie werden gut auf dich aufpassen.«

Ich senkte meinen Blick und wartete, reglos wie eine Schaufensterpuppe. Dabei spannte ich unmerklich meinen gesamten Körper an. Ganz so einfach ließ ich mich nämlich nicht unterkriegen.

Im nächsten Moment öffnete der Blonde schwungvoll die Tür und hielt sie seinem Kollegen lachend auf. Das Bimmeln des Türglöckchens war mein Startsignal.

Blitzschnell rannte ich los und stürmte auf die beiden Männer zu. Mit der linken Schulter rammte ich den Blonden schwungvoll in die Brust und sprintete dann blindlings in die Nacht hinaus.

Mein Knie brannte wie Feuer. Mein Ellenbogen pochte. Das Adrenalin in meinen Adern ließ mich jedoch sämtlichen Schmerz ausblenden.

Jetzt zählte nur noch die Flucht.

Ohne zu wissen, wohin, raste ich die Straße entlang. Das Büroviertel lag dunkel und vereinsamt vor mir. Keine Menschenseele war weit und breit zu sehen.

Es gab nur mich und einen deutlich hörbaren Verfolger, der erschreckend schnell näher kam. Panisch bog ich bei einem Bürogebäude um die Ecke und rannte an seinem prunkvoll gestalteten Vorplatz vorbei. Mit einem Satz überwand ich drei Treppenstufen auf einmal, was mich kurz aus dem Gleichgewicht brachte.

»Bleib stehen!«, rief der Typ hinter mir.

Ich stolperte weiter und bemühte mich, nicht zu Boden zu gehen. Der Weg hinter dem Gebäude schien kaum beleuchtet zu sein. In der Hoffnung, meinen Verfolger in der Dunkelheit abschütteln zu können, rannte ich dorthin. Ich schlitterte um eine Ecke und …

... blieb wie angewurzelt stehen.

Eine Sackgasse!

Keuchend starrte ich den hohen Zaun vor mir an. Die Schritte meines Verfolgers hallten laut in meinem Ohr. Ich beschleunigte und sprang gegen den Zaun. Das dünne Metall schnitt schmerzhaft in meine Hände, doch ich schaffte es, ein Stück daran hochzuklettern.

Leider nicht schnell genug. Der Kerl packte mein Bein und zog hart daran. Ich verlor den Halt und fiel rücklings in die Tiefe.

»Was soll denn der Mist?«, schimpfte er und hielt mich von hinten fest, während ich verzweifelt versuchte mich loszukämpfen.

»Lass mich in Ruhe!«, schrie ich.

Ich holte aus und trat ihm mit aller Kraft gegen das Schienbein. Er lockerte seinen Griff, woraufhin ich ihm meinen linken Ellenbogen in den Bauch rammte. Gleichzeitig drehte ich mich um und verpasste ihm mit der rechten Faust einen Schlag über die Augenbraue.

Der Schlag tat mir selbst vermutlich mehr weh als ihm. Mein Gegner – es war der Dunkelhaarige fasste sich eher verdutzt an die Stelle und betrachtete anschließend das Blut an seinen Fingern, während ich meinen verletzten Ellenbogen umklammert hielt, der sich anfühlte, als würde er jeden Moment explodieren.

»Bist du jetzt zufrieden?«, knurrte er angesäuert und zeigte mir seine Hand. Obwohl es in der Gasse dunkel war, konnte ich sein Blut schimmern sehen.

»Nein«, gab ich zurück. »Ich bin erst zufrieden, wenn du dich verzogen hast und mich in Ruhe lässt.«

Schwer atmend standen wir einander gegenüber und starrten uns abwartend an.

Er schnaubte unwirsch. »Ich werde nicht ohne dich gehen. Ob dir das nun gefällt oder nicht.«

Dann machte er einen kleinen Schritt auf mich zu und ich erhob drohend meine geballten Fäuste.

»Wag es ja nicht!«, knurrte ich.

»Jetzt reicht's mir mit dem Kindertheater«, murmelte er kopfschüttelnd und holte etwas aus einer schmalen Tasche an seinem Gürtel hervor.

Automatisch wich ich zurück, da ich vermutete, er würde eine Waffe auf mich richten. Doch er hielt nur eine kleine Kugel in seiner Hand, die er in meine Richtung warf. Ich war zu verdutzt, um auszuweichen. Die Kugel zerplatzte direkt vor meiner Nase und ein feines Pulver trat hervor. Ich musste niesen und atmete eine beträchtliche Menge davon ein.

»Was zum ...!«, brachte ich noch heraus, doch weiter kam ich nicht.

Meine Zunge gehorchte mir nicht mehr, ebenso wenig wie der Rest meines Körpers. Meine Muskeln waren völlig starr, ich konnte nicht einmal meinen kleinen Finger rühren. Undurchdringlicher Nebel trübte meinen Blick.

Ich schnappte ängstlich nach Luft, merkte jedoch, dass mein Atem erstaunlich ruhig und regelmäßig war. Auch den gleichmäßigen Rhythmus meines Herzschlags konnte ich spüren. Tot war ich also nicht.

»Lee! Was ist passiert?«, rief irgendjemand. Es klang nach Joe, doch seine Stimme drang nur gedämpft zu mir durch, als hätte ich Wasser in den Ohren. »Du hast sie gebannt? Bist du verrückt geworden?«

»Also ich bin bestimmt nicht der Verrückte hier«, antwortete mein Verfolger, der offenbar Lee hieß.

»Das wird dem Chief aber gar nicht gefallen ...«

»Tja, er kann sich später gerne von der Bekloppten ohrfeigen lassen. Mir reicht's für heute.«

Ein weiterer Mann lachte lauthals auf. »Sie hat dir eine verpasst? Respekt. Die Kleine gefällt mir jetzt schon.«

Ich wehrte mich vehement gegen den dichten Schleier, der meinen Verstand gänzlich niederringen wollte. Obwohl ich innerlich tobte und schrie, drang nichts davon zu der äußeren Hülle durch, die mein Körper geworden war. Ein extrem merkwürdiges und verwirrendes Gefühl, wie ich es noch nie zuvor erlebt hatte.

Die Stimmen um mich herum wurden mal lauter und mal leiser. Teilweise konnte ich die Worte gar nicht verstehen.

»… hast ein bisschen übertrieben«, wehte Samiras vorwurfsvolle Stimme heran. »An ihrer Stelle hätte ich genauso reagiert.«

»Meine Güte!«, rief Lee genervt. »Dieser kleine Paralyse-Bann wird ihr schon nicht schaden. Ihr könnt mir später für einen ruhigen Flug danken!«

»Und sie ist wirklich ein Mensch?«, wollte der Fremde wissen. Es konnte sich eigentlich nur um den Blonden handeln, den ich im Laden umgerannt hatte.

Natürlich bin ich ein Mensch! Was sollte ich sonst sein?

»Zumindest sieht alles danach aus«, erwiderte Samira. »Aber es ist lange her, dass ein Mensch zum Träger bestimmt wurde.«

»Was auch seine Gründe hat«, merkte Lee an.

»Jedenfalls ist sie ziemlich hübsch«, sagte der Blonde.

Innerlich lief ich beinahe Amok. Vermutlich lag ich gerade auf irgendeiner Bahre und wurde von allen angestarrt, während sie sich das Maul über mich zerrissen. Das konnte ich beim besten Willen nicht zulassen. Was fiel denen überhaupt ein?

Meine Wut verlieh mir neue Kräfte im Kampf gegen den schrecklichen Nebel. Allmählich wurden die Geräusche um mich herum deutlicher, auch wenn ich sie nicht ganz zuordnen konnte. Ein hydraulisches Zischen. Geklapper. Dann ein immer lauter werdendes Surren. Endlich kehrte Gefühl in meine Glieder zurück. Ich bemerkte, dass ich aufrecht saß, konnte meine Muskeln jedoch nach wie vor nicht kontrollieren.

Ein winziger Lichtfleck erschien vor meinen Augen. Das musste der Ausgang aus diesem Nebel sein. Ich konzentrierte mich nur noch auf diesen kleinen Punkt und rannte darauf zu. Die Anstrengung war enorm. Als würde ich mich durch eine klebrige Masse quälen. Pure Willenskraft trieb mich voran, bis das Licht größer und größer wurde. Mit einem letzten Sprung stürzte ich aus dem Nebel und landete nach Luft schnappend zurück im Leben.

Sofort wollte ich aufspringen, doch dann merkte ich, dass ich an einen Stuhl gefesselt war.

»Verdammte Scheiße!«, schrie ich und fingerte wild an den Gurten herum, die mich an Brust und Becken festhielten.

»Was …?« Lee, der mit dem Rücken zu mir in einer Art gepolstertem Schalensitz saß, hatte sich zu mir umgedreht und starrte mich völlig perplex an. »Wie hast du …?«

»Du Mistkerl!«, tobte ich. »Mach mich los, dann kannst du was erleben!«

Samira saß neben Lee und kicherte. »Scheinbar bist du doch nicht so gut in der Bannherstellung, wie du immer behauptest.«

»Halt die Klappe, an meiner Mixtur liegt es bestimmt nicht!«

»Faszinierend«, sagte jemand.

Erst jetzt stellte ich fest, dass neben mir noch zwei weitere Sitze standen. Gleich zu meiner Linken saß der Blonde und neben ihm Joe.

»Hi, ich bin Colin«, stellte sich der Typ mit den blonden Haaren vor und hielt mir seine Hand hin.

Angesichts der Tatsache, dass ich immer noch an den breiten Gurten herumfummelte und mich darin hin und her wand, eine eher sinnlose Geste.

»Mir scheißegal, wer du bist!«, fauchte ich ungehalten. »Macht mich endlich los! Ihr könnt mich doch nicht einfach fesseln, ey!«

»Ey, jo«, äffte Lee. »Erstens ist das keine Fessel, sondern ein ganz normaler Vier-Punkt-Gurt, den du mit einem Handgriff öffnen könntest, wenn du mal dein Hirn einschalten würdest. Und wenn du das tätest, würdest du zweitens auch kapieren, dass es durchaus sinnvoll ist, in einem Jet angeschnallt zu sein.«

Jet?

Sofort hielt ich mucksmäuschenstill und stierte geradeaus. Vor Samira und Lee befand sich eine breite Fensterscheibe, durch die man in einen dunklen Himmel hinausblicken konnte. Scheinwerfer durchschnitten die Schwärze der Nacht und beleuchteten gräuliche Fetzen, die aussahen wie …

»Sind das etwa Wolken?«

Colin bejahte.

»Wir fliegen?«, schrie ich schrill.

»Keine Sorge«, beruhigte mich Joe. »Samy ist eine Spitzenpilotin.«

Lee bemerkte überheblich: »Aha, das kühne Menschenmädchen hat also Flugangst.«

Mit zusammengekniffenen Augen musterte ich ihn. Sein schwarzes Haar glänzte wie das Gefieder eines Raben. Das Gesicht war so fein geschnitten, dass es etwas Edles an sich hatte. Bei näherer Betrachtung sah er ziemlich jung aus. Vielleicht drei oder vier Jahre älter als ich. Unter anderen Umständen hätte ich Lee wahrscheinlich als attraktiv bezeichnet, würde nicht diese allumfassende Herablassung aus seinen dunkelblauen Augen sprechen. Er machte keinen Hehl daraus, was er von mir hielt, und das beruhte auf Gegenseitigkeit.

»Sag mal«, begann ich langsam, einen leicht hämischen Unterton in der Stimme, »kann es sein, dass du blutest?«

Lee fasste sich an die Platzwunde über seiner Augenbraue, die von einer trockenen Blutkruste überzogen war.

»Brauchst du vielleicht ein Taschentuch?«

Wortlos wandte er sich nach vorne. Ich sah deutlich, wie er wütend mit seinem Unterkiefer mahlte.

Colin gluckste amüsiert. Joe presste sich eine Faust vor den Mund, um nicht laut loszulachen. Die Genugtuung, diesem arroganten Kerl eins ausgewischt zu haben, beruhigte mich irgendwie. Fast schon entspannt sah ich mich um.

Ich hatte noch nie in einem Flugzeug gesessen, aber zahlreiche Varianten davon in Film und Fernsehen gesehen. Das Ding, in dem ich mich jetzt befand, hatte mit jenen Flugzeugen jedoch wenig gemein.

Der Innenraum war gerade groß genug, um unsere fünf Sitze zu beherbergen. Zwei vorne, drei hinten, mit etwas Abstand angebracht, damit man dazwischen durchgehen konnte. Die Decke war hoch genug, dass man aufrecht darin stehen konnte, ein Leuchtstreifen warf angenehmes Licht über uns. Die gesamte Ausstattung war in sanftem Beige und Braun gehalten, was ziemlich nobel wirkte. Erste Klasse, sozusagen.

Die Frontscheibe war das einzige Fenster. Darunter erstreckte sich ein gewaltiges Armaturenbrett mit diversen Displays und erschreckend vielen Knöpfen. Es gab zwei Steuerknüppel, doch nur Samira hielt einen in den Händen. Lee hielt eine Art Glasscheibe, auf der er konzentriert herumtippte.

Ich beugte mich ein wenig vor und erkannte, dass es ein durchsichtiges Tablet war, so wie es der Chief zuvor auch benutzt hatte.

»Wie hast du dich denn so leicht von dem Bann lösen können?«, fragte Colin.

Ich brauchte einen Moment, bis ich kapierte, dass die Frage mir galt. »Von welchem Bann?«

»Na, von dem Paralyse-Bann, den Lee dir verpasst hat.« Er lachte. »Also eigentlich sollte der mindestens zwei Stunden anhalten.«

»Zwei Stunden?«, entfuhr es mir. »Du wolltest mich zwei Stunden lang ins Koma versetzen?«

»Nicht ins Koma, sondern in eine Paralyse«, antwortete Lee genervt. »Reg dich wieder ab.«

»Ich glaub's ja wohl nicht! Du schmeißt mir Gift ins Gesicht und ich soll mich darüber nicht aufregen?«

»Das war kein Gift«, erklärte Samira ruhig. »Du musst dir wirklich keine Gedanken um deine Gesundheit machen. Dein Körper wird alles restlos abbauen. Wobei er das offensichtlich ja bereits getan hat …«

»Vielleicht hat es ja was mit dem Orinion zu tun?«, mutmaßte Joe. »Vielleicht hat sie deshalb den Bann so schnell abschütteln können.«

»Das ist wohl am naheliegendsten«, pflichtete Colin ihm bei.

Ich hinkte dem Gespräch ein wenig hinterher und beschäftigte mich noch mit dem Begriff »Paralyse-Bann«. Ein Bann war doch eigentlich so was wie ein Zauber, oder nicht?

Wahrscheinlich war es einfach nur ein weiterer Hinweis darauf, dass die Leute um mich herum nicht ganz dicht waren.

Und weil ich mich nicht länger mit diesem Gefasel beschäftigen wollte, wechselte ich einfach das Thema. »Wo bringt ihr mich jetzt überhaupt hin?«

»In die Hauptzentrale der Agency«, erklärte Colin.

»Und wo genau ist die, bitte schön?«

»In der Anderswelt.«

Ich schüttelte ungläubig den Kopf. »Ach ja, die Anderswelt. Das verzauberte Paralleluniversum, richtig?«

»Eigentlich ist es kein ganzes Universum, sondern nur eine einzelne Parallelwelt.«

»Okay«, sagte ich gedehnt. »Und wie kommt man da hin? Müssen wir einen Quantensprung durch ein schwarzes Loch machen?«

Colin sah mich betrübt an. »Du glaubst uns nicht, hm?«

»Warte, lass mich kurz nachdenken. Ähm ... nein, ich glaube euch nicht.«

Er wollte gerade etwas erwidern, als sich Samira zu Wort meldete. »Spar dir die Erklärung, Colin. Wir sind gleich beim Portal. Dann wird sie es mit eigenen Augen sehen.«

Der Jet wurde merklich langsamer. Ich spürte, wie ich leicht in den Gurt gedrückt wurde. Das Brummen der Antriebe wurde zu einem leisen Summen.

»Jay, halt jetzt bitte kurz still und schau geradeaus.«

Diese Anweisung hätte Samira sich sparen können, denn genau das tat ich bereits.

Wir schwebten vor einer Sphäre, die plötzlich mitten in der Luft erschienen war. Sie hatte die gleiche Farbe wie der umgebende Himmel, doch ihre Beschaffenheit schien völlig anders zu sein. Irgendwie flüssig. Wie eine Kugel aus waberndem Wasser.

Ein sanfter Lichtstrahl trat daraus hervor und fuhr wie ein Laser von oben nach unten durch den Innenraum des Jets. Fasziniert starrte ich in das Licht, ohne davon geblendet zu werden. Dann verschwand es wieder.

Samira beschleunigte das Flugzeug und mit einer kaum spürbaren Erschütterung flogen wir durch die Sphäre hindurch. Vor uns erstreckte sich wieder von grauen Wolkenfetzen durchzogene Nacht.

»Was war das?«, wollte ich wissen.

»Wir wurden gescannt«, antwortete Colin. »Jeder Übertritt durch ein Portal wird registriert und muss genehmigt werden.«

»Welches Portal?«

Er grinste fröhlich. »Herzlich willkommen in der Anderswelt.«

KAPITEL 7

Samira steuerte den Jet gen Boden. Die Wolken lichteten sich und gaben den Blick auf eine hügelige Landschaft frei. Es war tiefschwarze Nacht, darum konnte ich nicht viele Einzelheiten erkennen. Bewohnt schien die Gegend allerdings nicht zu sein.

Wir flogen einen weiten Bogen. In einem Tal unter uns erkannte ich schließlich die Lichter einer Stadt, die von einer Hügelkette umgeben war. Zu einer Seite hin öffnete sich das Tal und ich glaubte, das Schimmern eines großen Gewässers darin zu erkennen, bevor wir die Stadt hinter uns ließen.

Auf dem höchsten der Hügel lag offenbar unser Ziel. Ein hell erleuchteter Gebäudekomplex ragte vor uns auf. Wie ein Wächter thronte er über der schlummernden Stadt im Tal. Genaueres konnte ich nicht sehen, denn die Nase des Jets richtete sich wieder auf, während er zu einer waagerechten Landung ansetzte.

Mit einem sanften Ruck kamen wir zum Stehen. Die Antriebe fuhren herunter und verstummten mit einem letzten Zischen. Samira betätigte diverse Knöpfe und Schalter. Die anderen lösten bereits ihre Gurte. Verstohlen beobachtete ich Colin dabei und musste feststellen, dass sich der Verschluss tatsächlich mit einem einzigen Handgriff öffnen ließ.

Vom Heck ertönte ein mechanisches Mahlen. Eine breite Klappe öffnete sich und eine Rampe fuhr aus, über die man das Flugzeug bequem verlassen konnte.

Nervös folgte ich Colin und Joe hinaus in die Nacht. Wir betraten einen geteerten Platz vor einem schlichten, sehr großen Gebäude. Runde Laternen beleuchteten das Gelände.

»Das ist also die Agency«, stellte ich fest.

»Nein, eigentlich ist das nur der Hangar, in dem wir unseren Fuhrpark unterstellen«, berichtigte Colin mich mit einem Lächeln. Er deutete hinter mich. »*Das* ist die Agency.«

Vor Staunen klappte mir der Mund auf. Ein derart monumentales Gebäude hatte ich noch nie gesehen. Wobei der Begriff »Gebäude« absolut unangebracht war. »Palast« traf es wohl eher.

Die weiße Fassade wurde unten von zahlreichen Bodenstrahlern erleuchtet. Gewaltige Säulen bildeten eine Art Arkadengang rundherum. Der Grundriss schien quadratisch, ebenso die vielen Fenster. Fast in jedem davon brannte Licht. Obwohl wir ein ganzes Stück entfernt standen, musste ich den Kopf in den Nacken legen, um bis ganz nach oben zu sehen.

Ich zählte zwölf Stockwerke. Ein jedes davon perfekt quadratisch und mit jedem Stock kleiner werdend, so als hätte man einfach verschieden große Würfel aufeinandergestapelt. Der Architekt hatte offenbar eine Schwäche für kubistische Formen.

»Beeindruckend, nicht wahr?«, fragte Colin.

»Hm.« Ich klappte den Mund wieder zu und zuckte mit den Achseln. »Ziemlich kantig, würde ich sagen.«

Er gluckste leise. »An deinen schauspielerischen Fähigkeiten solltest du noch arbeiten.«

Am Hangar öffnete sich langsam ein breites Tor. Eine Gestalt schlüpfte hindurch und trabte auf uns zu. Es war ein Mann, in einen braunen Overall gekleidet und mit passender Schirmmütze. Offensichtlich eine Art Mechaniker. Er beäugte mich neugierig und verschwand schnurstracks im Inneren des Jets.

»Der GSW-Generator hat ein bisschen gezickt«, hörte ich Samira sagen. »Vielleicht hat die Spule wieder eine Macke.«

»Kann nicht sein«, entgegnete der Mechaniker. »Die hab ich doch neulich erst ausgetauscht. Kann eigentlich nur an der Platine liegen.«

»Okay, sieh's dir einfach mal an. Ich hab echt keine Lust, mich wieder mit Abwehrraketen herumzuärgern.«

»Glaubst du etwa ich? Beim letzten Mal musste ich den ganzen Kotflügel erneuern!«

Ich verstand nur Bahnhof und betrachtete lieber den Jet noch etwas genauer von außen. Er war wie ein bauchiges Dreieck geformt und schimmerte wie reines Perlmutt. Die gesamte Außenhaut wies keinerlei Schrauben oder Nieten auf, als wäre das ganze Flugzeug aus einem einzigen Stück gegossen. »Taranis II« stand in silbrigen Lettern auf den Rumpf geschrieben.

»Was ist mit Taranis I passiert?«, wollte ich wissen, als Samira und Lee die Rampe herunterkamen.

»Das musst du Lee fragen«, sagte Joe.

Lees grimmigem Blick nach zu urteilen, war er nicht gerade stolz auf die Sache. Ein Grund mehr für mich, noch einmal freundlich nachzufragen.

Aber Lee schnauzte mich nur verärgert an. »Ich möchte dich mal sehen, wenn du eine Horde wildgewordener Dämonengreife durch den Grand Canyon verfolgen musst.«

Dämonengreife? Wie auch immer ...

»Oh. Dann sind sie dir wohl entkommen?«, hakte ich in süßlichem Tonfall nach.

Er antwortete mit einem Seufzen und schritt mit übertriebener Gelassenheit an mir vorbei, ohne mich eines weiteren Blickes zu würdigen.

Ich folgte den anderen über das Hangargelände. Während wir uns dem Hauptgebäude der Agency näherten, sah ich mich unauffällig nach einer Fluchtmöglichkeit um. Dabei kam ich schnell zu der Erkenntnis, dass ich mich in einer Art Festung befand, aus der es wohl kaum ein Entrinnen gab. Ein gewaltiger Zaun aus gusseisernen Stäben erstreckte sich, so weit mein Auge reichte, am Rand des Geländes. Wahrscheinlich umgab er den gesamten Komplex.

Durch ein Tor erreichten wir die Front des Würfelturms. Die gewaltigen Säulen des Gebäudes schüchterten mich augenblicklich ein. Sie wirkten beinahe bedrohlich auf mich und ich zog unwillkürlich den Kopf ein, während wir die steinernen Stufen hinauf zum Eingang erklommen.

Das doppelflügelige Haupttor war ungefähr dreimal so hoch wie ich selbst und aus schwarzem Holz gefertigt. Allerhand fein gearbeitete Schnitzereien befanden sich darauf. Die meisten zeigten jene Symbole, die ich inzwischen schon kannte. Aber leider hatte mir immer noch keiner erklärt, was es damit auf sich hatte.

Ich fragte mich gerade, ob Lee gleich den riesigen Türklopfer betätigen würde, als die gewaltigen Flügel wie von Geisterhand völlig geräuschlos aufschwangen.

Mit klopfendem Herzen betrat ich die Eingangshalle, die genauso einschüchternd wirkte wie die pompöse Fassade. Die hohe Decke wurde von vier Säulen aus dunklem Marmor getragen. Der Boden war mit Platten aus dem gleichen Material gefliest. Zwischen den Säulen standen mehrere weiße Sofas. Die Halle war in der Mitte hell erleuchtet und in dem etwas dunkleren Bereich zu ihren Seiten reihten sich abgetrennte Kabinen wie in einem Schalterraum aneinander. Trotz der gewaltigen Ausmaße und der verschwenderischen Fülle schien diese Halle dem Zweck einer Behörde zu dienen. So was wie ein Arbeitsamt für Schwerreiche.

Am anderen Ende des Raumes stand ein ausladender Empfangstresen vor einer hohen Steintafel. Ein einzelnes Symbol, umrahmt von einem Quadrat, war dort hineingehauen. Es war das gleiche wie auf dem Bodenmosaik des Büros unter dem Strickwarenladen, daher vermutete ich, dass es sich dabei um das Logo der Agency handelte. Nicht nur das Logo, sondern auch die alte Dame hinter dem Empfang kam mir sehr vertraut vor. Obwohl sie ihre geblümte Schürze und den Dutt gegen ein schwarzes Kostüm und eine adrette Hochsteckfrisur eingetauscht hatte, erkannte ich sie sofort.

»Mary?«, entfuhr es mir verblüfft.

Sie lächelte mich freundlich an. »Ja bitte?«

»Wie sind Sie so schnell hierhergekommen?«, fragte ich.

»Ich weiß nicht, was du meinst, Schätzchen. Ich bin schon die ganze Zeit hier.« Sie musterte mich nachdenklich über den Rand ihrer schwarzen Hornbrille hinweg. Dann erhellte sich ihre Miene. »Ah! Ich verstehe. Du hast Mary getroffen! Wie nett. Wenn du sie wiedersiehst, richte ihr doch bitte einen schönen Gruß von mir aus.«

»Ähm, okay«, meinte ich gedehnt und kratzte mich an der Nase. »Und von wem soll ich die Grüße bestellen?«

»Na, von mir natürlich«, sagte sie stirnrunzelnd. »Von Mary.«

Ich forschte in ihrem faltigen Gesicht nach den Anzeichen eines Scherzes, fand jedoch nur gnadenlose Ehrlichkeit darin.

»Ja … hm. Wenn ich Mary sehe, richte ich ihr also einen schönen Gruß von … Mary aus?«

»Das wäre sehr freundlich von dir.«

Verwirrt tappte ich hinter den anderen her, um die breite Steintafel herum. Auf der anderen Seite befand sich eine weiße Tür, die im Vergleich zur Höhe des gesamten Raums lächerlich klein wirkte.

»Verrückt«, murmelte ich und meinte damit so ziemlich alles, was ich in den letzten Stunden erlebt hatte.

Colin winkte ab. »Ach, die Mary ist eine ganz Liebe.«

»Welche jetzt?«

»Eigentlich alle.«

Ich sparte mir einen Kommentar, denn in diesem Moment schob sich die Tür elektrisch auf und wir betraten den dahinterliegenden Korridor. Er schien endlos lang zu sein und war vollkommen weiß. Lampen waren keine zu sehen, doch alles war hell erleuchtet. Wieder überkam mich das Gefühl, als ob ich schlafwandeln und durch einen äußerst realen Traum schlendern würde.

Ein Gitter aus gleißenden Lichtstrahlen tauchte vor uns auf und raste auf uns zu. Unwillkürlich hob ich schützend meine Arme und duckte mich, doch anstatt von diesem Laserraster zerschnitten zu werden, spürte ich nur einen warmen Hauch auf meiner Haut.

»Was war das?«, keuchte ich erschrocken.

»Ein Scanner«, erklärte Joe, der mit hochgezogener Braue meine Verrenkungen beobachtet hatte. »Wie bei dem Portal vorhin. Was hast du denn gedacht?«

»Keine Ahnung! Was weiß ich denn, mit was für netzhautablösenden Lasern ihr hier so rumschießt?«

»Nein, keine Sorge. Netzhautablösende Laser gibt es nur in der Forschungsebene. Wenn du dich vor so etwas fürchtest, dann meide diesen Bereich einfach.«

Ich rieb mir meinen pochenden Ellenbogen, während wir weiter durch den weißen Gang liefen. Ohne die blauen Uniformen meiner Begleiter wäre ich vermutlich wahnsinnig geworden. Alles war so hell, dass ich schon bald den Boden nicht mehr von den Wänden unterscheiden konnte.

Auf einmal schob sich vor uns eine Wand auf. Der Gang war also doch nicht endlos lang, sondern eher ein riesiger rechteckiger Raum. Eine Art Sicherheitsschleuse.

Als wir heraustraten, brauchten meine Augen einen Moment, um sich von dem gleißenden Hell wieder an eine normale Zimmerbeleuchtung zu gewöhnen. Blinzelnd sah ich mich um und staunte erneut.

Wir befanden uns auf einer Art Galerie. Sie führte um einen tiefer gesetzten quadratischen Bereich herum, der mich in seiner Ausstattung an die Kommandozentrale einer Weltraumbehörde erinnerte. Unzählige Computerbildschirme und Bedienpulte reihten sich dort aneinander. Ganz vorne war ein riesiger Monitor an der Wand angebracht, auf dem zwei große Landkarten zu sehen waren. In der einen erkannte ich eine ganz normale Weltkarte. Die andere war … keine Ahnung. Ich war noch nie ein Erdkundegenie gewesen.

Jetzt trat eine Frau vor den Monitor und wedelte mit ihren Händen, als würde sie ein Orchester dirigieren. Fasziniert beobachtete ich, wie sie durch ihre Bewegungen eine Projektion aus der Weltkarte herauszog, die kurz darauf als dreidimensionales Bild vor ihr schwebte. War es Südamerika? Jedenfalls zog die Frau die Projektion mit ihren Fingern auseinander und betrachtete die blinkenden Markierungen darauf. Ich erkannte, dass sie sich mit jemandem unterhielt. Da niemand in ihrer Nähe stand, sprach sie wohl in ein Headset.

»Jay?« Samira winkte mich zu sich heran. »Komm schon, der Chief wartet auf uns.«

Bedröppelt riss ich mich von dem verwirrenden Anblick der Kommandozentrale unter mir los. Samira war schon ein paar Schritte auf der Galerie weitergegangen und wartete vor einer schlichten Tür auf mich. »General Stanson« stand darauf. Die anderen waren wohl schon hineingegangen.

Eine plötzliche Nervosität überkam mich. Obwohl er offenbar gerne Märchen erzählte, war der Chief zweifelsohne eine Autoritätsperson, der nicht einmal ich mich so einfach entgegensetzen konnte. Das hatte ich sogar über eine einfache Videoübertragung deutlich gespürt. Mit solchen Personen hatte ich grundsätzlich ein Problem. Ich konnte es einfach nicht leiden, mich völlig zu unterwerfen und den Entscheidungen anderer zu folgen, wenn ich keinen Sinn dahinter erkannte. Und den Sinn, warum ich vor dieser Tür hier stand, erkannte ich nach wie vor nicht.

Innerlich wappnete ich mich also für eine höchst unerfreuliche Begegnung und trat mit vorgerecktem Kinn durch die Tür, die Samira mir aufhielt.

Das Büro des Generals war groß und unerwartet farbenfroh. Der Großteil der Einrichtung war zwar in Schwarzweiß gehalten, doch der Chief hatte eindeutig eine Schwäche für Smaragdgrün, eine Farbe, die überall in seinem Zimmer zu finden war: grüne Bilderrahmen an den weißen Wänden, eine grüne Vase auf dem schwarzen Sideboard, kleine grüne Kissen auf der schlichten schwarzen Sofagarnitur und zwei grüne Lederstühle vor dem wuchtigen schwarzen Schreibtisch, hinter dem der Chief gerade saß.

»Hi, Chief«, grüßte Samira ihn lässig und ließ sich ohne Scheu auf einen freien Sessel fallen. Joe und Colin fläzten bereits auf einem Zweisitzer. Lee lehnte mit verschränkten Armen an der gegenüberliegenden Wand und sah irgendwie desinteressiert aus. Ich unterdrückte den Drang, meine Finger nervös zu kneten.

»Samira, schön, Sie zu sehen«, erwiderte der General auf ihre saloppe Begrüßung. Er sah mich an und wies auf die beiden Stühle vor seinem Schreibtisch. »Bitte, setz dich, Jay.«

Meine gespielte Gelassenheit funktionierte nicht wirklich, denn ich merkte selbst, wie steif ich mich dem Chief näherte.

Ich streckte meine Hand nach dem linken Stuhl aus, als ich bemerkte, dass dieser schon besetzt war. Eine beigefarbene Katze lag zusammengerollt darauf. Sie blinzelte träge mit einem Auge zu mir hoch. Ohne mir meine Überraschung anmerken zu lassen, setzte ich mich auf den freien Stuhl daneben.

»Willkommen in der Agency«, sagte der Chief freundlich. »Ich hoffe, du hattest einen angenehmen Flug?«

Ich schielte zu Lee hinüber. Er tat recht unbeteiligt, rieb sich aber über die blutverkrustete Stelle an seiner Augenbraue.

»Na ja«, sagte ich gedehnt. »Der Start war ein bisschen ... holprig, aber im Großen und Ganzen war der Flug okay.«

Ich konnte Lees überraschten Blick deutlich spüren. Er hatte wohl damit gerechnet, dass ich ihn bei der ersten Gelegenheit verpfeifen würde. Die Katze neben mir streckte sich und setzte sich auf. Mit schräg gelegtem Kopf starrte sie mich an.

»Du hast heute viel erlebt«, begann der Chief, »darum werde ich dich nicht lange aufhalten. Mir war wichtig, dass du in Sicherheit bist, und das bist du jetzt. Bis wir wissen, wie wir die Angelegenheit einzuschätzen haben, solltest du das Gelände der Agency nicht verlassen. Du wirst ab sofort als Praktikantin hier auftreten. Außer den hier Anwesenden darf niemand erfahren, wer du wirklich bist. Behalte es für dich und versteck das Orinion gut. Zu deinem eigenen Schutz. Doch jetzt sollst du dich erst einmal ausruhen. Alles Weitere werden wir morgen klären. Hast du noch dringende Fragen?«

Natürlich hatte ich die. Sehr viele sogar. Zum Beispiel, wie mein ganz normales Leben innerhalb weniger Stunden derart auf den Kopf gestellt werden konnte. Und wie ich diesem Wahnsinn endlich entfliehen könnte. Oder warum mich diese Katze immer noch so anstarrte. Wollte sie vielleicht gestreichelt werden?

Ich seufzte schwer. »Nein, ich glaube nicht.«

Der Chief lächelte verständnisvoll. »Mit der Zeit wird sich deine Verwirrung legen. Sobald du deine Situation akzeptierst, wird alles einfacher werden.«

Die Situation akzeptieren, dass ich im Hauptsitz einer wahnwitzigen Sekte gefangen war, die scheinbar über grenzenlose finanzielle Mittel verfügte? Wohl kaum. Allerdings musste ich vorerst in den sauren Apfel beißen und mich damit abfinden, so schnell nicht von hier abhauen zu können. Diese ganzen Laserscanner und technischen Spielereien machten eine Flucht gewiss nicht einfach. Ich musste mir diesmal einen guten Plan zurechtlegen, nicht dass mir wieder jemand giftiges Pulver ins Gesicht warf. Wer wusste schon, wie sich das Zeug auf Dauer auf meine Atemwege auswirkte.

Nein, fürs Erste musste ich wohl mitspielen, damit ich diesen Fluchtplan in Ruhe erarbeiten konnte. Hoffentlich blieb mir noch genügend Zeit, bis sie mich in den Vulkan warfen ...

»Wir haben eine Unterkunft für dich vorbereitet. Dort findest du alles, was du brauchst«, sagte der Chief.

»Danke, aber ich brauche eigentlich nichts.«

Ein heiseres Lachen ertönte von dem Stuhl neben mir. »Zumindest brauchst du frische Kleidung und – mit Verlaub ganz dringend eine heiße Dusche.«

Ich starrte die Katze an. Sie starrte mich an. Ich fiel beinahe in Ohnmacht. Die Katze entblößte ihre spitzen Zähne.

»Entschuldige, ich wollte dich nicht erschrecken. Offensichtlich hattest du noch keinen Kontakt mit den *Felidae Linguae*.«

Nein, ich hatte keinen Kontakt mit ... was auch immer.

Was war das denn jetzt? Eine Begegnung der dritten Art? Mit einem beigefarbenen Kater deutlich hörbar russischer Herkunft?

»Das ... das ...«, stammelte ich entsetzt.

»Das ist ein sprechender Kater«, sprang der Chief ein. »Sein Name ist Ivan und er gehört zu der Mannschaft, die dich hierhergebracht hat. Team 8.«

»Ähm ... äh ... okay.« Überfordert fuhr ich mir durch die Haare. »Hat zufällig jemand einen Energydrink dabei?«

»Der hilft da nicht«, gluckste Joe hinter mir. »Das hab ich auch schon versucht, aber dieser komische Kater spricht trotzdem noch mit mir.«

Ivan leckte sich eine Pfote. »Andersherum funktioniert es leider auch nicht.«

Mein Kopf war wie leer gefegt. Nur ein kleines, schmerzendes Pochen hinter meiner Stirn war geblieben. Dieses sprechende Fellknäuel hatte mir nun endgültig den Rest gegeben. Ich konnte keinen klaren Gedanken mehr fassen. Meine Glieder fühlten sich mit einem Mal wie aus purem Blei an. Mein

Blick war von unendlicher Müdigkeit getrübt. Am liebsten hätte ich mich einfach auf den Boden gelegt, in der Hoffnung, daheim in meinem Bett wieder aufzuwachen.

»In Ordnung, das reicht für heute«, meinte der Chief. »Leannán, wir haben Unterkunft 9 D für Jay vorbereitet. Ich denke, Sie sollten sie dort hinbegleiten.«

Ich wunderte mich kurz, wer dieser Leannán war, doch da gleich darauf Lee neben mir auftauchte, war damit wohl er gemeint. Mit finsterer Miene und angespanntem Kiefer sah er zu mir herunter. Er wirkte so sauer, dass ich mich unwillkürlich fragte, was ich denn nun schon wieder angestellt hatte.

»Komm mit«, wies er mich knapp an.

Ich war zu erschöpft, um auf seinen strengen Tonfall einzugehen, darum kämpfte ich mich nur schweigend aus meinem Stuhl hoch.

»Ruh dich gut aus, Jay«, sagte der Chief. Er blickte zu Lee auf. »Was ist eigentlich mit Ihrem Gesicht passiert, Agent?«

»Nur ein kleines Missgeschick, General. Nicht der Rede wert.«

Keine Müdigkeit der Welt hätte mir mein darauffolgendes Grinsen verwehren können.

***

Lee führte mich durch ein wahres Labyrinth aus Gängen und Korridoren. Er raste vor mir her und ich bemühte mich, irgendwie mit ihm Schritt zu halten. Immer wieder überlegte ich, einfach stehen zu bleiben, um ihn ein wenig zu ärgern.

Die Aussicht auf ein Bett ließ mich allerdings jeglichen Schabernack vergessen.

Schließlich verließen wir das Gebäude und traten auf einen hübsch angelegten Platz. Es war immer noch mitten in der Nacht und zum ersten Mal, seit ich das *Green Goose* verlassen hatte, fiel mir auf, wie bitterkalt es eigentlich war. Der leichte, eisige Wind blies ungehindert durch mein dünnes Shirt und meine Ohren fühlten sich innerhalb kürzester Zeit an wie Eisklumpen. Außer dieser schrecklichen Kälte und der Dunkelheit um mich herum nahm ich kaum etwas von meiner Umgebung wahr und ich heftete meinen Blick ausschließlich auf die breiten Schultern vor mir, während ich dahinstolperte.

Wir überquerten den Platz, der ringsum von mehrstöckigen Häusern umgeben war. Die Fassaden waren nicht so hell beleuchtet wie der Turm der Agency, doch ich erkannte mehrere Balkone, von denen manche mit Blumenkästen verziert waren. In keinem der Fenster brannte Licht.

Lee schlug einen gepflasterten Weg ein. Wir erreichten das Haus mit der Nummer neun. Ein Bewegungsmelder registrierte unsere Ankunft und beleuchtete nicht nur den Eingangsbereich, sondern auch das ganze Treppenhaus.

Nach all den modernen und pompösen Dingen, die ich zuvor gesehen hatte, wirkte das Haus geradezu gewöhnlich. Wie ein stinknormales Wohngebäude. Gleich hinter der Eingangstür befand sich ein Heer von Briefkästen. Auf der gegenüberliegenden Seite entdeckte ich eine Nische, in der ein paar Fahrräder standen. Vor uns führte eine Treppe nach oben.

Ich hatte längst vergessen, welche Nummer der Chief genannt hatte, aber Lee stieg zielstrebig die Treppe hinauf.

Mein verletztes Knie machte mir bei den letzten Tritten schwer zu schaffen. Ich quälte mich mit zusammengebissenen Zähnen nach oben und hangelte mich am Treppengeländer entlang.

Lee schien meine Probleme nicht weiter zu bemerken. Er stand schon vor einer Wohnungstür im ersten Stock und tippte konzentriert auf einem Kasten herum, der daneben an der Wand hing.

»Leg deine rechte Hand dadrauf«, befahl er.

Unter anderen Umständen hätte er es sich nicht herauszunehmen brauchen, mich derart herumzukommandieren, doch momentan hatte ich genug Probleme damit, mich auf den Beinen zu halten. Schweigend streckte ich meine Hand aus und legte sie rasch auf das blaue Display des Kästchens, damit Lee das Zittern meiner Finger nicht bemerkte.

Ein leises Signal ertönte und die Wohnungstür mit dem großen D darauf sprang mit einem Klicken auf.

»Du bist jetzt als Bewohner registriert. Die Steuereinheit deines Apartments heißt Dora.« Lee drückte die Tür ganz auf, blieb aber an der Schwelle stehen. Das Licht im Inneren der Wohnung ging automatisch an. »Wenn du irgendwas brauchst ... Ich wohne gleich nebenan.«

Er deutete mit dem Daumen hinter sich auf die Wohnungstür C.

Aha. Daher wehte also der Wind. Wir waren quasi Nachbarn und dem werten Herrn Lea-irgendwas passte das ganz und gar nicht. Hatte er etwa Angst, ich würde zu laut Musik hören?

Ich quetschte mich mit größtmöglichem Abstand an Lee vorbei durch den Türrahmen und sah mich in der Wohnung namens Dora um. Nachdem ich gerade von einem Kater angesprochen worden war, wunderte ich mich nicht darüber, dass meine Wohnung einen Namen trug.

Das Apartment war überschaubar, aber relativ wohnlich und luxuriös. Die Einrichtung war modern, das ganze Ambiente wirkte durch die vorherrschenden Erdtöne jedoch keinesfalls kühl, sondern strahlte eine behagliche Atmosphäre aus.

Zu meiner Linken befand sich eine Garderobe. Daneben war das gleiche elektronische Kästchen wie draußen an die Wand montiert. Dahinter folgte eine große Glasschiebetür, die vermutlich auf einen Balkon führte.

Rechts von mir sah ich eine u-förmige Küchenzeile mit freistehender Frühstücksbar. Die Flächen waren weiß lackiert, die Arbeitsplatte aus dunklem Holz. Das sah wirklich schick aus.

Der Rest des Raumes war ein großes Wohnzimmer. An der Wand hing ein breiter Flachbildschirm, davor standen eine hellbraune Couch und ein hölzerner Wohnzimmertisch. Hinter der Couch gab es ein Bücherregal mit gähnend leeren Regalböden.

Obwohl es angenehm warm hier drinnen war, fror ich immer noch erbärmlich. Außerdem fühlte ich mich plötzlich schrecklich fremd und verloren. Ich gehörte nicht hierher. Ich wollte einfach nur nach Hause.

Das Zittern meiner Unterlippe schreckte mich auf und erinnerte mich daran, dass Lee immer noch hinter mir stand. Ich verbannte jegliche Regung aus meinem Gesicht, bevor ich mich zu ihm umwandte.

»Danke. Sieht wirklich nett aus hier.«

Er zuckte mit den Achseln. »Standardeinrichtung.«

Lee wollte bereits die Tür zuziehen, als er noch einmal kurz innehielt, um mir einen fast schon besorgten Blick zuzuwerfen. »Kommst du klar?«

»Ich werde mich in den dreißig Quadratmetern schon nicht verlaufen.«

»Dann bin ich beruhigt. Gute Nacht.«

Er wartete keine Antwort ab, sondern zog schwungvoll die Tür ins Schloss. Das konnte ja noch lustig werden mit dem. Irgendwas sagte mir, dass er mir den kleinen Kratzer über seinem Auge nicht so schnell verzeihen würde.

Neugierig spähte ich durch die beiden Zimmertüren am Ende der Küchenzeile. Dahinter befanden sich ein Bad und das Schlafzimmer. Wie der Rest der Wohnung schlicht, aber komfortabel.

Mein Blick in den Standspiegel neben dem Kleiderschrank brachte Schreckliches zu Tage. Ich sah aus, als käme ich geradewegs von einer Halloweenparty – was dem Irrsinn der vergangenen Stunden sogar ziemlich nahegekommen wäre.

Ich war ja immer blass, aber nun war ich fast schon durchsichtig. Mein Lidstrich hatte sich rund um meine Augen verteilt und mit der verlaufenen Wimperntusche zu dunklen Ringen vereint. Das, was mal ein Dutt im Nacken gewesen war, hing irgendwo über meine Schulter. Die meisten Haare hatten sich daraus befreit und verliehen mir die Eleganz einer Vogelscheuche. Meine Klamotten passten recht gut zu diesem Look. Völlig verdreckt und stellenweise zerrissen.

Schönen Dank auch, dass mich niemand auf meinen Aufzug hingewiesen hat!

Zumindest von Samira hätte doch ein kleiner Hinweis kommen können.

Ich schlüpfte aus meiner Kleidung und zwang mich, nicht sofort ins Bett zu fallen, sondern einen Umweg unter die Dusche zu nehmen. Während das warme Wasser auf mich niederprasselte, fragte ich mich mehrmals, was ich hier eigentlich tat.

Doch ich fand keine Antwort darauf.

KAPITEL 8

Ein Klopfen schreckte mich auf.

Schlaftrunken zog ich das Kissen über meinen Kopf. War schon Zeit fürs Frühstück? Birgit sollte nicht so einen Affen machen. Heute war schließlich Sonntag. Den sollte man ja prinzipiell ruhiger angehen.

»Jay? Ich bin's. Lee.«

WAS?

Ich fuhr hoch und raffte die Bettdecke an mich. Völlig verwirrt fand ich mich nicht in meinem bescheidenen Kämmerlein im Maria-Ward-Heim wieder, sondern in einem modern eingerichteten Schlafzimmer aus heller Eiche.

Oh. Mein. Gott.

Ich hatte also nicht geträumt. Ich war immer noch gefangen in einer Welt aus kompliziertestem technischem Knowhow und sprechenden Katzen.

Scheiße ...

»Jay! Wenn du nicht endlich antwortest, dann komm ich rein!«

»WAG ES JA NICHT!«

»Ah ja.«

Verdammter Mist! Was hatte der Kerl vor meiner Schlafzimmertür zu suchen? Wie war er überhaupt in die Wohnung gekommen? Und warum, zum Teufel, war ich nackt?

Ach ja, meine Klamotten lagen irgendwo verstreut im Badezimmer. Nach der ausgiebigen Dusche hatte ich es gerade mal geschafft, mir ein Handtuch umzuwickeln und zurück ins Schlafzimmer zu wanken. Mehr wusste ich nicht mehr. Ich war wohl schon eingeschlafen, bevor mein Kopf das Kissen berührte. Ich hatte also nichts am Leib außer ein weißes Badetuch, das sich während der Nacht um mein rechtes Bein geknotet hatte.

»Ich warte im Wohnzimmer auf dich«, verkündete Lee auf der anderen Seite der Tür.

»Kannst du bitte ganz rausgehen?«, rief ich.

»Warum?«

Grrr ... »Weil meine Sachen im Bad liegen.«

»Was?«

»ICH BIN NACKT, VERDAMMT!«

Kurzes Schweigen.

»Na ja«, begann Lee gedehnt, »dann solltest du dir vielleicht was anziehen.« *Ach was?* »Wie wär's, wenn du mal in den Kleiderschrank schaust?«

Okay, interessanter Hinweis. Das Laken schützend um meinen Körper geschlungen, wälzte ich mich aus dem Bett. Dabei verhedderte ich mich in dem Handtuch und stolperte unsanft gegen die Wand. Mein verletzter Ellenbogen explodierte förmlich vor Schmerz, so dass ich kurz Sternchen vor meinen Augen tanzen sah. Ich ächzte verhalten und musste mich einen Moment anlehnen.

»Alles in Ordnung?«, fragte Lee besorgt.

»Ja«, sagte ich schnell. »Komm bloß nicht rein!«

»Ich würde im Traum nicht daran denken!«

Was für ein toller Start in den Tag!

Ich beäugte meinen Ellenbogen im Spiegel und verzog das Gesicht. Er war extrem geschwollen und grünblau verfärbt. Bewegen konnte ich ihn noch, daher ging ich davon aus, dass es sich um eine starke Prellung handelte. Die Verletzung an meinem Knie war halb so wild. Dunkler Schorf bedeckte die Wunde, die zwar bei jeder Bewegung brannte, was sich aber aushalten ließ.

Das Orinion blitzte im Schein des hereinfallenden Sonnenlichts. Ich strich mit den Fingerspitzen über die feinen Konturen der eingearbeiteten Linien. Was hatte der Chief gestern gesagt? Mit dem Orinion könne man die Kräfte der Natur beherrschen, es sei die mächtigste Waffe der Welt.

Was für ein wirres Gefasel!

Erwartungsvoll öffnete ich die Türen des Kleiderschranks. Er war tatsächlich gefüllt. Und zwar mit gelben Klamotten.

Klasse.

Es war eher ein dunkles Gelb, bierfarben oder besser kotzgelb. Richtig hässlich eben. Leider hatte ich keine andere Wahl, darum zog ich mit spitzen Fingern eine Hose und die dazugehörige Jacke heraus. Wenigstens gab es ein schwarzes Tanktop zum Drunterziehen. In den Schubladen fand ich fein säuberlich zusammengelegte Unterwäsche und Socken. Es war wirklich alles da, was ich brauchte. Und zu meiner Überraschung passte mir auch alles wie angegossen.

Für meinen Geschmack etwas zu angegossen, denn die zweiteilige Uniform saß sehr eng am Körper. Ich musste allerdings zugeben, dass sich der softshellartige Stoff extrem gut anfühlte. Er war kräftig und bot gleichzeitig erstaunliche Bewegungsfreiheit.

Ich drehte mich ein paarmal vor dem Spiegel und befand mich als einigermaßen passabel. Bis auf das Kotzgelb natürlich. Und bis auf meine Haare, die völlig chaotisch von meinem Kopf abstanden. Mit nassen Haaren ins Bett zu gehen, war noch nie eine kluge Entscheidung gewesen.

Ich fuhr mir rasch mit den Händen durch meine Mähne, um sie wenigstens notdürftig in Form zu bringen, und stellte mich schließlich meinem Schicksal, das in Form von Lee am Küchentresen lehnte. Mein erster Blick galt seiner Augenbraue, an der keinerlei Spuren einer Platzwunde mehr zu sehen waren. Nichts. Nicht mal ein Kratzer. Das überraschte mich. Und warum durfte er eine dunkelblaue Uniform anziehen, während ich mich mit dem Kotzgelb herumschlagen musste?

Lee sah mich gelangweilt an. »Bist du endlich fertig?«

»Nein«, sagte ich und ging schnurstracks ins Badezimmer.

Auch hier fand ich alles, was man so brauchte. Zahnputzzeug, eine Haarbürste, Pflegelotion, die nach Rosen duftete … nur Make-up suchte ich vergeblich, was für mich einer mittleren Katastrophe gleichkam.

Ich knotete meine Haare im Nacken zusammen und starrte eine Weile mein Gesicht im Spiegel an. Nackt, blass, verletzlich … So wirkte es auf mich. Ein schreckliches Gefühl.

Meine Klamotten lagen auf einem Haufen in der Ecke. Ich kramte darin herum und zog mein Handy aus der Hosentasche, doch es hatte keinen Empfang. Da befand ich mich mitten in einer technologischen Hochburg – und dann so was! Da der Akku bereits zur Neige ging, schaltete ich das Gerät aus. Obwohl ich immer noch nicht wusste, wen ich eigentlich anrufen wollte, steckte ich das Handy vorsorglich in die Innentasche meiner Uniformjacke. Vielleicht tat sich ja bald eine Gelegenheit auf, Hilfe zu rufen. In welcher Form auch immer. Momentan bot sich noch kein Raum für ausgereifte Fluchtpläne, aber aufgeben würde ich ganz sicher nicht.

So ganz ohne meine Maske fühlte ich mich unwohl, als ich aus dem Badzimmer trat. Lee hatte sich keinen Zentimeter von der Stelle bewegt und sah mich noch gelangweilter an als zuvor.

»Bist du jetzt endlich fertig?«

»Kommt drauf an, wofür.«

»Fürs Mittagessen. Das Frühstück hast du bereits verpasst, aber der Chief meinte, du solltest vielleicht doch mal etwas zu dir nehmen.«

Tatsächlich machte mein Magen einen deutlich spürbaren Freudensprung, doch ich nickte nur.

Lee stieß sich vom Tresen ab und öffnete die Wohnungstür.

»Wie bist du eigentlich hier reingekommen?«, fragte ich ihn.

»Ich hab mich gestern in deiner Einheit registriert«, erwiderte er gelassen.

Ich blieb wie angewurzelt stehen. »Das heißt, du kannst hier jederzeit rein und raus?«

»Natürlich, wie soll ich sonst auf dich aufpassen?«

Ich hörte wohl nicht recht!

»Du kannst doch hier nicht reinspazieren, wann immer es dir passt! Und wer hat gesagt, dass du auf mich aufpassen sollst?«

Lee verdrehte genervt Augen. »Der Chief hat es vielleicht nicht laut ausgesprochen, aber er hat dich bestimmt nicht zufällig neben mir einquartiert.«

»Vielleicht hat er das ja gemacht, weil wir uns so sympathisch sind?«, meinte ich mit zuckersüßem Augenaufschlag.

»Aber sicher«, schnaubte Lee.

Ich stemmte die Arme in die Hüften und nickte mit dem Kopf zu dem Bedienelement an der Wand. »Mach deine Registrierung rückgängig, und zwar sofort!«

»Ich denke nicht daran.«

Wir stierten uns an und fochten einen stummen Machtkampf aus, bei dem ich leider den Kürzeren zog.

»Mach das jetzt weg«, fauchte ich trotzdem.

»Und wenn du mich noch drei Tage lang so anglotzt – nein!«, zischte Lee mir zu.

Er fasste mich am rechten Ellenbogen und wollte mich mit sich ziehen. Mit einem unterdrückten Schmerzenslaut riss ich meinen Arm von ihm weg und presste ihn an meine Brust. Sofort veränderte sich Lees genervte Miene in offenkundige Besorgnis. »Was ist mit deinem Arm?«

»Nichts.«

»Zeig ihn mir.«

»Es ist nichts!«, presste ich hervor und stapfte an ihm vorbei. »Gehen wir jetzt oder was?«

»Jay …« Lee seufzte schwer und sah zum ersten Mal, seit ich ihn kennengelernt hatte, nicht aus wie die Arroganz in Person. »Bitte zeig mir deinen Arm. Ich kann dir bestimmt helfen. Du brauchst wirklich keine Schmerzen zu ertragen.«

Ich haderte einige Augenblicke mit mir selbst. Eigentlich wollte ich mich ihm gegenüber keinesfalls verletzlich zeigen, andererseits war das wilde Pochen in meinem Ellenbogen wirklich kaum mehr auszuhalten. Am Ende gab ich mir einen Ruck und schlüpfte aus dem Ärmel.

Lee runzelte beim Anblick des grünblauen Etwas die Stirn. »Komm mit.«

Er führte mich quer über den Flur zu seiner Wohnung. Sie war identisch mit meiner, nur spiegelverkehrt. Und bis auf die Tatsache, dass Lee sein Apartment zu einem Gewächshaus umgestaltet hatte.

Überall waren Pflanzen. Wuchtige Palmen am Boden, Kletterpflanzen, die an den Wänden emporwuchsen, Blumen, die von der Decke herabhingen, Kräuter, die aus der Regalwand hervorquollen … Es war unglaublich.

Wie in einem Dschungel. Mich hätte es kaum verwundert, wenn ein Papagei quer durch den Raum geflogen wäre.

»Wow«, staunte ich. »Da hat wohl jemand einen grünen Daumen.«

»Das könnte man wohl so sagen«, erwiderte Lee mit einem angedeuteten Schmunzeln. Er bedeutete mir, mich an die Küchentheke zu setzen.

Ich erklomm einen der Hocker und betrachtete interessiert das Sammelsurium aus Glasflaschen und Tontöpfen, die über die gesamte Küche verteilt waren.

»Unterhältst du hier etwa ein Drogenlabor?«, fragte ich scherzhaft.

»Definiere ›Drogen‹.«

Ich antwortete spontan: »Bewusstseinserweiternde Substanzen, die einen nach und nach von innen heraus zerfressen und das gesamte soziale Umfeld mit ins Verderben reißen.«

Lee sah mich neugierig an. »Du klingst, als würdest du aus Erfahrung sprechen.«

Richtig, immerhin hatte ich jahrelang mit Kindern aus einem solchen Umfeld zusammengelebt. Allerdings hatte ich keine Lust, mich mit Lee darüber zu unterhalten, auch wenn er plötzlich so merkwürdig freundlich zu mir war.

»Das sollte eigentlich jeder über Drogen wissen«, erwiderte ich knapp.

Lee begann, verschiedene Lösungen und Pulver in eine Schale zu füllen. Interessiert beobachtete ich ihn dabei, wie er routiniert vor sich hin arbeitete. Dabei fiel mein Blick auf sein rechtes Handgelenk.

»Was bedeuten eure Tätowierungen eigentlich?«, fragte ich und bereitete mich innerlich schon auf irgendeine dämliche Auskunft vor. Als ich tatsächlich eine normale Antwort bekam, fiel ich vor Überraschung beinahe von meinem Hocker.

»Diese Zeichen entstammen der alten Schrift«, erklärte Lee, ohne von seiner Schale aufzublicken. »Also nicht irgendeiner alten Schrift, sondern *der* alten Schrift. Die erste Sprache auf Erden. Sie heißt ›Antuerra‹.«

»Antuerra«, wiederholte ich leise. »Noch nie gehört.«

Lee nickte. »Antuerra wurde nach dem großen Krieg völlig aus der Welt der Menschen gelöscht. Sie ist einzig den Bewohnern der Anderswelt vorbehalten.«

»Man kann doch nicht einfach eine ganze Sprache löschen«, wandte ich skeptisch ein.

»Kann man schon. Es war sehr aufwendig, aber wie du siehst, hat es funktioniert.«

»Hm, und was steht nun da auf deinem Handgelenk?«

»Es zeigt Art und Grad meiner Begabung an. Jeder Tuatha trägt ein solches Erkennungszeichen am rechten Handgelenk.«

Ach ja, diese Tuatha-Sache ... das Volk der Danu.

Ich schluckte einen entsprechenden Kommentar hinunter. »Darf ich fragen, welche *Begabung* du hast, oder ist das irgendwie intim?«

»Das ist überhaupt nicht intim, sonst würde es ja nicht auf der Hand stehen. Und die Begabungen gibt es wirklich. Genau das unterscheidet uns nämlich von den Menschen. Aber das wirst du schon bald selber merken.«

Ich beugte mich ein Stück weiter vor, um ihm genauer bei seiner Arbeit zuschauen zu können.

»Okay, ihr habt also Begabungen«, fuhr ich fort und versuchte dabei meine Skepsis zu verbergen. »Welche Begabungen sind das denn?«

Lee hatte inzwischen eine zähe Masse in seiner Schale zusammengerührt. Er strich sie mit einem Spatel auf ein rechteckiges Tuch und wies mich an, den Arm auszustrecken.

»Es gibt mehrere Arten von Begabungen«, sagte er, während er das Tuch um meinen Ellenbogen legte. Es fühlte sich angenehm kühl an. »Jeder Tuatha hat eine bestimmte Begabung von ganz unterschiedlicher Ausprägung. Man unterteilt diese in Grad eins bis vier, wobei vier schon sehr schwach ist. Manchmal weist ein Grad vier gar keine Begabung mehr auf.«

»Und wenn er keine Begabung hat, ist er dann ein Mensch?«

»Zum Großteil, ja.« Lee begann, meinen Arm mit einer elastischen Binde einzuwickeln. »Weißt du, im Grunde wird unsere Begabung von einem einzigen Gen bestimmt. Durch die Vermischung mit menschlichem Blut wird diese Ausprägung schwächer. Es ist also alles eine Sache der Vererbung.«

»Verstehe. Jetzt hast du mir aber immer noch nicht verraten, welche Begabung du hast.«

Er fixierte die Binde mit einem Pflasterstreifen. »Ich bin ein ›Garróiar‹ ersten Grades.«

»Garra-was?«

»Garróiar«, wiederholte er. »Ein Gärtner. Ich kann mit Pflanzen sprechen.«

Lee räumte gemächlich die Arbeitsfläche seiner Küche auf, während ich ihn ungläubig anstarrte.

»Das ist nicht dein Ernst, oder?«, sagte ich vorsichtig und zog langsam meine Jacke wieder an.

Er stützte sich mit beiden Händen auf dem Tresen ab und sah mich fest an. »Doch.«

Ich verlor mich unwillkürlich in seinen Augen. Sie waren atemberaubend schön. Dunkelblau, mit einem beinahe schwarzen Rand. Warum mir das jetzt erst auffiel, war mir ein Rätsel.

»Du kannst mir glauben oder nicht«, sagte Lee. »Jedenfalls hat mich dieses Kristallkraut hier gerade eben darauf hingewiesen, dass ich mir dein Knie anschauen soll.«

»Wie bitte?«

»Dein linkes Knie. Es blutet.«

»Woher …?«

Lee deutete auf ein gräuliches Gewächs neben sich. »Kristallkraut ist eine Heilpflanze. Sie hat so was Ähnliches wie ein Helfersyndrom. Wenn sie Blut in ihrer Nähe wahrnimmt, wird sie richtig nervös und möchte sofort helfen. Also zeig mir bitte dein Knie, damit wir sie beruhigen können.«

Eine interessante Geschichte, die er mir da auftischte. Wahrscheinlich war Lee jedoch einfach nur ein guter Beobachter und hatte gemerkt, dass ich leicht humpelte.

Ich beugte mich ein wenig vor. »Verstehe. Richte deinem Kraut bitte aus, dass es sich keine Sorgen machen soll. Es ist nämlich nur ein Kratzer.«

»Das Kraut kann dich hören«, erwiderte er ruhig, wobei er eine aufkeimende Verärgerung nicht ganz verbergen konnte. »Und selbst wenn es nur ein Kratzer ist – ich kann ihn in wenigen Stunden heilen. Es ist deine Entscheidung.«

Na gut, ich musste zugeben, dass diese Paste meinem Ellenbogen extrem guttat. Das Pochen hatte sich in der kurzen Zeit unseres Gesprächs zu einem leichten Ziehen verringert, und das war wirklich eine Wohltat. Ob es nun eine Pflanze war, die ihm die Behandlung angeraten hatte, oder nicht – schaden würde sie mir jedenfalls nicht.

Nachdem ich überprüft hatte, ob mein Hosenbein auch weit genug war, um es übers Knie zu krempeln, legte ich meinen Fuß auf den zweiten Barhocker. Lee kam um den Tresen herum und warf einen Blick auf die handtellergroße Schürfwunde, die tatsächlich an einer kleinen Stelle wieder zu bluten angefangen hatte.

»Stimmt, ist wirklich nur ein Kratzer«, bemerkte er. Er zupfte ein paar Blätter von dem ominösen Heilkraut ab. »Das brennt jetzt ein bisschen.«

Er zerrieb die Blätter mit den Händen und streute das Kraut wie Konfetti auf die Wunde. Zuerst geschah gar nichts. Kurz darauf stand mein ganzes Knie in Flammen.

Zumindest fühlte es sich so an. Ich sog scharf die Luft ein und krallte mich mit einer Hand am Küchentresen fest. »Verdammt!«, entfuhr es mir.

»Stell dich nicht so an«, murmelte Lee, wofür er vermutlich eine Ohrfeige von mir kassiert hätte, wenn ich nicht gerade mit herzhaftem Fluchen beschäftigt gewesen wäre. »Ist doch schon wieder vorbei.«

Tatsächlich. Kaum hatte er es ausgesprochen, verschwand der flammende Schmerz. Mein Knie fühlte sich an wie zuvor. Und es sah auch so aus wie zuvor. Nur dass die Blutung aufgehört und das Kraut sich in Luft aufgelöst hatte. Oder war es in meiner Schürfwunde versiegt? Äußerst seltsam.

»Gut«, sagte Lee, »den Rest muss die Zeit erledigen.«

Ich rollte mein Hosenbein wieder herunter. »Danke.«

»Du brauchst mir nicht zu danken. Es ist mein Job, für dein Wohlergehen zu sorgen.«

»Na dann ... gut gemacht, Soldat?«, meinte ich schnippisch.

»Special Agent.«

»Ah ja.«

»Ich werde übrigens andere Oberteile für dich anfordern«, sagte er ganz nebenbei. »Es ist nicht gut, dass das Orinion frei zu sehen ist.«

Überrascht sah ich an mir hinunter. Ich hatte gar nicht bemerkt, dass Lee sich auch nur eine Millisekunde für meinen Ausschnitt interessiert hatte, geschweige denn für das Amulett. Zumindest hatte er nicht derart fasziniert darauf gestarrt wie zum Beispiel der Kerl mit dem Rubinring.

»Sind diese Zeichen auch An...turrisch?«, fragte ich ihn. »Was bedeuten sie denn?«

»Anterrisch«, korrigierte Lee. Sein Blick huschte über das Amulett. Als würde er sich dessen schämen, begann er fahrig einige Töpfe in der Küche herumzuschieben. »Die Zeichen stehen für Feuer, Wasser, Erde und Luft. Die vier Elemente, aus denen jedes Leben hervorgeht. Es sind die Kräfte der Natur.«

Meine Finger strichen über die eingravierten Symbole. Das waren die Kräfte, die man durch das Amulett benutzen konnte? Die vier Elemente? Wie sollte das denn funktionieren?

Ich zog den Reißverschluss meiner Jacke hoch. »Warum ist es so wichtig, dass das Amulett geheim bleibt?«

Lee runzelte die Stirn. »Das fragst du noch? Nach dem Vorfall von gestern solltest du eigentlich wissen, dass es Leute gibt, die das Orinion für ihre eigenen Zwecke nutzen wollen und die dafür sogar bereit wären, dich umzubringen.« Er sah mich wieder eindringlich an. »Und genau deshalb müssen wir dich und das Orinion verstecken.«

Mir lief ein kalter Schauder den Rücken hinunter. »Wer sind diese Leute?«

»Die Anhänger des roten Ordens. Einer Organisation von sogenannten Freiheitskämpfern. In unseren Augen sind es bloß Terroristen, die schon seit geraumer Zeit unangenehm auffallen.«

»Freiheitskämpfer? Was wollen sie denn befreien?«

Er winkte ab. »Die Anderswelt, was auch sonst. Seit ich denken kann, tauchen immer wieder solche Gruppen von Spinnern auf, die glauben, alles würde besser werden, wenn man die Weltengrenze wieder öffnet. Ihrer Meinung nach haben die Menschen es nicht verdient, eine ganze Welt für sich allein zu beanspruchen, und sie haben es satt, sich ständig verstecken zu müssen.«

Unwillkürlich dachte ich an Sina. Ich hatte nie den Eindruck gehabt, dass sie etwas vor mir verbarg. Im Gegenteil – bis auf dieses Zeichen an ihrem Handgelenk war sie ein ganz normaler Mensch für mich. Sie arbeitete in einer Bar, um ihr Physikstudium zu finanzieren. Tuatha hin oder her, irgendwie konnte ich das Problem, das Lee hier schilderte, nicht ganz verstehen.

»Der rote Orden will mich also umbringen«, fasste ich zusammen. »Gleichzeitig klingst du aber nicht so, als würdest du diese Leute für wirklich gefährlich halten. Oder täusche ich mich da?«

»Du hast Recht. Wir haben den roten Orden schon eine ganze Weile im Visier und eigentlich ganz gut im Griff. Man könnte sie allenfalls als Ärgernis bezeichnen und eine ernst zu nehmende Bedrohung für die Anderswelt stellen sie tatsächlich nicht dar.«

Der Chief hatte mir erklärt, dass sie die Gefahr, die das Orinion herbeigerufen hat, noch nicht kannten. Also konnte es sich dabei nicht um den roten Orden handeln.

»Woher soll ich eigentlich wissen, dass ihr die Guten seid?«, fragte ich nachdenklich. »Ich meine, vielleicht seid ihr in Wahrheit ja die Terroristen und wollt mich nur täuschen.«

Lee hob eine Augenbraue. »Meinst du das etwa ernst?«

»Na ja, ihr habt mich ins Koma versetzt, entführt und eingesperrt. So richtig nett war das nicht.«

»Wir haben dich nicht entführt, sondern dein Leben gerettet. Und du warst auch nicht eingesperrt, denn deine Haustür besitzt auch innen eine Türklinke – und außerdem ist es ganz und gar nicht *nett*, jemandem ins Gesicht zu schlagen, der einem nur helfen will.«

Und schon waren wir wieder bei der Sache mit dem angekratzten Ego angekommen ...

Ich lächelte unschuldig. »Ich entscheide eben lieber selber, ob ich mir helfen lassen will oder nicht. Das solltest du dir vielleicht merken.«

»Oh, dann hatte ich also Glück, dass du mich heute ausnahmsweise nicht angefallen hast wie eine Furie, während ich dir geholfen habe?«

»Du hast mir geholfen?« Ich blinzelte in gespielter Überraschung. »Ich dachte, du hast nur deinen Job gemacht?«

»Richtig! So langsam frage ich mich aber, wie ernst ich meinen Job in Zukunft ausführen werde.«

»Meinen Segen hast du bei deiner Befehlsverweigerung. Dann kannst du auch gleich deinen Zugang zu meiner Wohnung löschen.«

»Netter Versuch, aber das kannst du vergessen«, schnaufte Lee mit zusammengekniffenen Augen. »Und jetzt steh auf. Ich brauche Nervennahrung.«

Ich glitt vom Hocker und schnippte mit den Fingern. »Kannst dir ja gleich einen Vorrat anlegen!«

»Ich fürchte, das sollte ich wirklich tun.«

KAPITEL 9

Der Innenhof des Wohnblocks war hübsch gestaltet, wie eine kleine Parkanlage. In der Mitte des symmetrischen Platzes plätscherte sogar ein Brunnen vor sich hin, den ich in der Nacht zuvor gar nicht bemerkt hatte. Auch hier hatte der Architekt Quadrate und Rechtecke als Gestaltungselemente verwendet. Die Leute der Agency hatten offensichtlich eine Abneigung gegen Kurven.

Der Würfelturm wirkte bei Tageslicht noch viel eindrucksvoller als bei Nacht. Massiv und irgendwie bedrohlich ragte er vor uns auf. Die Sonnenstrahlen, die sich in seiner metallisch glänzenden Fassade brachen, blendeten mich regelrecht.

Hinter dem hohen Eisenzaun zu meiner Linken erstreckte sich eine große Wiese, die sanft abfiel. Nie im Leben hatte ich derartig grünes Gras gesehen. Es war fast unnatürlich grün, als hätte jemand einen Farbeimer darüber geschüttet.

Ein breites Tor im Zaun öffnete sich auf eine Allee aus hohen Bäumen, die zum vorderen Teil des Würfelturms führte. Am Tor standen zwei Männer in schwarzer Kleidung vor einem Wachhäuschen und unterhielten sich. Meine Überlegung, Lee von hinten bewusstlos zu schlagen und durch das offene Tor zu fliehen, verwarf ich nach einem Blick auf die Waffengürtel der Wachposten wieder.

Zu meiner Rechten gab es noch ein weiteres Tor, das allerdings unbewacht war und zum Platz vor dem Hangar führte, wo wir am Tag zuvor gelandet waren. Ein perlmuttfarbener Jet setzte dort gerade zur Landung an. Fasziniert beobachtete ich, wie das dreieckige Flugzeug elegant und ungewöhnlich leise auf dem Boden landete.

Lee drehte sich zu mir um. »Brauchst du eine Verschnaufpause?«

»Ich habe mich gerade gefragt, wie die Antriebe eurer Jets funktionieren.«

»Das würdest du sowieso nicht verstehen«, meinte er abfällig.

Ich kaute erbost an der Innenseite meiner Wange. Ein Flugzeugingenieur war ich natürlich nicht, aber mein physikalisches Wissen reichte für eine einfache Erklärung völlig aus. Ich kannte das Prinzip eines Verbrennungsmotors und konnte mir durchaus vorstellen, wie ein Turbinentriebwerk funktionierte. Und jetzt wollte mich ein Typ für blöd erklären, der behauptete, mit Pflanzen sprechen zu können?

»Lass mich raten …«, begann ich gespielt nachdenklich und tippte mir dabei mit dem Zeigefinger an die Unterlippe. »Vielleicht mit Feenstaub?«

Er lachte trocken. »So viele Feen gibt es nicht, dass sie unseren Bedarf an Energie decken könnten.«

Wie bitte?

Lee quittierte meinen ratlosen Gesichtsausdruck mit einem Kopfschütteln und ging einfach weiter. Ich folgte ihm mit ein paar Metern Abstand und versuchte meinen Ärger herunterzuschlucken.

Im Inneren des Würfelturms erwartete uns ein Labyrinth aus verschlungenen Korridoren. Den ersten schmucklosen Flur waren wir in der Nacht zuvor auch entlanggegangen, sofern meine müdigkeitsumnebelte Erinnerung mich nicht täuschte. Doch bereits an der ersten Gabelung hatte ich die Orientierung schon wieder verloren. Die Kommandozentrale musste irgendwo links sein. Oder?

Lee bog nach rechts ab. Dann wieder links und noch mal rechts. Wahrscheinlich führte er mich nur im Kreis herum. Dem Kerl traute ich das durchaus zu. So ein heilloses Durcheinander aus Gängen und Fluren würde doch kein normaler Mensch entwerfen!

»Hey, jetzt mal im Ernst«, murrte ich, als wir schon wieder abbogen. »Verarschst du mich oder ist hier irgendein Labyrinthdesigner Amok gelaufen?«

»Ich weiß nicht, was du meinst«, antwortete Lee verständnislos. Er blieb vor einer Fahrstuhltür stehen und drückte den Knopf. »Wegen der Irrlichtfarbe?«

»Hä?«

Wir sahen uns an, als würden wir jeder am Verstand des anderen zweifeln. Wobei meine Zweifel hier ja wohl durchaus berechtigt waren. Was Lee zu einem solchen Blick berechtigte, war eher fraglich.

Ein leises »Dong« kündigte die Ankunft des Fahrstuhls an.

Ich wollte gerade hineingehen, als ein kleiner Schatten ganz knapp an meinem Kopf vorbeisauste. Erschrocken hüpfte ich ein Stück zurück.

»Was zum ... ? Was war denn das?«, rief ich und starrte dem schwirrenden Etwas hinterher, bis es um eine Ecke verschwand.

»Keine Panik, das war nur ein Memo.«

»Sah aus wie ein Kolibri!«

»Nun ja, eher ein naher Verwandter.« Lee hielt die Fahrstuhltür auf und winkte mich ungeduldig hinein. »Memos erledigen für uns Botengänge. Meistens überbringen sie kurze Nachrichten.«

»So wie eine Brieftaube?«

»Ja. Nur sind sie um einiges intelligenter und verlässlicher.«

»Hm.« Ich stieg zu Lee in den Fahrstuhl. »Habt ihr keine E-Mails?«

»Doch, natürlich. Aber die Memos haben einen Riesenspaß dabei und den lassen wir ihnen eben.«

Im Fahrstuhl gab es zahlreiche silberne Knöpfe, die mit eins bis zwölf beschriftet waren. Der unterste trug keine Ziffer und war aus mahnendem Rot. Was sich in den einzelnen Stockwerken befand, wurde nirgends erklärt. Lee drückte auf den obersten Knopf mit der Nummer zwölf.

»Achtung!«, sagte er, als sich die Türen schlossen.

Dann schnellte der Fahrstuhl mit ungeahnter Geschwindigkeit nach oben. Die Schubkraft zwang mich förmlich in die Knie und ich konnte mich gerade noch an einer Haltestange an der Wand festklammern, bevor ich gänzlich auf den Boden gedrückt wurde.

»Danke für den Hinweis«, ächzte ich angestrengt und kämpfte mich in eine aufrechte Position.

»Gern geschehen«, meinte Lee, der sich offenbar köstlich über meinen Kniefall amüsierte.

Ich setzte gerade zu einer heftigen Erwiderung an, als sich die energetischen Kräfte des Fahrstuhls schon ins Gegenteil verwandelten. Er hielt so ruckartig an, dass ich automatisch einen kleinen Hüpfer machte. Mein Magen genauso. Gott sei Dank hatte ich noch nichts gegessen, sonst hätte ich Lee vermutlich vor die Füße gekotzt. Ich wankte wie ein Grashalm im Wind und versuchte, wieder einigermaßen zu mir zu kommen.

Lee grinste schadenfroh. »Keine Sorge, man gewöhnt sich dran.« Er tätschelte meine Schulter und trat beschwingt an mir vorbei aus dem Fahrstuhl. Eilig stolperte ich hinterher, bevor dieses Höllengefährt wieder in die Tiefe stürzte.

Kurz darauf fand ich mich in einer Art Kantine wieder. Eine sehr luxuriöse Kantine, die es durchaus mit einem Szene-Restaurant hätte aufnehmen können.

Der Raum war offen und auf drei Seiten mit einer Fensterfront umgeben. Vor den Fenstern befand sich eine breite Terrasse mit vielen knuffigen Lounge-Sesseln, die zum Verweilen einluden. Die Inneneinrichtung dieses Speisesaals sah ebenfalls gemütlich aus. Es gab schwere Holztische in unterschiedlicher Größe, dazu hohe Polsterstühle aus braunem Leder. Dazwischen standen rund gestutzte Bäumchen in steinernen Töpfen. Jeder Esstisch war mit einem Metallkörbchen voller Kieselsteine verziert.

Gleich neben dem Aufzug erstreckte sich eine lange Selbstbedienungstheke aus dunkelbraunem Marmor, die sehr edel wirkte. Dahinter befand sich wohl die Küche, denn aus einer hölzernen Schwingtür erklang das Geklapper von Töpfen und das Zischen von heißem Fett.

Etwa ein Drittel der Tische war besetzt. Die meisten Gäste waren offensichtlich schon mit ihrem Mittagessen fertig, denn sie hatten nur noch leere Tabletts vor sich stehen oder rührten in einer dampfenden Tasse. Das Gemurmel von Unterhaltungen und das Geräusch von klapperndem Besteck erfüllte den Raum. In einer hinteren Ecke sah ich meine Entführer sitzen – oder Team 8, wie sie sich selbst nannten. Colin winkte uns erfreut zu.

Lee steuerte die Theke an und schnappte sich ein Tablett.

Ich tat es ihm gleich und betrachtete ratlos die Tafel, auf der die heutigen Speisen vermerkt waren. Zumindest vermutete ich, dass es die Speisekarte war, doch ich hatte einige Mühe, die krakelige Schrift darauf zu entziffern.

»Was willst du essen?«, fragte Lee.

Gute Frage, wenn man keine Ahnung hatte, was zur Auswahl stand. Ich versuchte mich am Standardangebot einer Kantine. »Pommes?«

»Pommes!«, schrillte es hinter dem Tresen hervor. »Zu spät kommen und dann noch eklige Sonderwünsche stellen? Das ist doch hier kein Wunschkonzert!«

Vorsichtig beugte ich mich über die Theke und suchte nach dem Ursprung des Gezeters. Ein sehr kleiner und sehr dicker Mann blickte erbost zu mir auf. Er trug eine weiße Schürze und ein Haarnetz, das über seine buschigen Augenbrauen und unter sein Kinn reichte, wo es seinen massigen Bart verdeckte. Hätte er nicht so wütend ausgesehen, hätte ich sicher laut aufgelacht, weil das so komisch aussah.

»Fettige Pommes, pfui Teufel!«, schimpfte er weiter. Er schöpfte eine dampfende Masse aus einem Topf vor sich und klatschte sie auf einen Teller. »Ihr bekommt Gorresch!«

Er knallte den Teller vor mir auf die Theke, wobei er sich ziemlich strecken musste, da er gerade mal einen Meter groß war.

»Schon wieder Gorresch?«, beschwerte Lee sich mit gerümpfter Nase. »Das gab's doch gestern erst.«

»Wenn dir was nicht passt, musst du früher aufstehen, Leannán! Entweder Gorresch oder gar nichts!«

Schon stand der nächste Teller auf der Theke. Lee sah ziemlich unglücklich drein, was ich beim Anblick der bräunlichen Masse nur zu gut nachvollziehen konnte. Doch der kleine Mann hatte wenig Mitleid mit uns. Er stapfte ohne weitere Diskussion davon, was man nur durch die Bewegung der Schwingtür erahnen konnte.

Lee warf mir einen vorwurfsvollen Blick zu, er gab eindeutig mir die Schuld an dem ganzen Desaster. Er packte den Teller auf sein Tablett, füllte sein Glas an einem Getränkeautomaten und ließ mich einfach stehen.

Hilflos studierte ich die Getränkeauswahl. »Quellwasser« konnte ich ja gerade noch verstehen, aber was »alkoholfreier Duruk« und »Kaloa« sein sollten, entzog sich meiner Kenntnis. Und da ich an diesem Tag nicht zu Experimenten aufgelegt war, wählte ich das Wasser. Das Zeug auf meinem Teller war Experiment genug.

Ich balancierte mein Tablett quer durch den Raum. Lee saß bereits am Tisch und stocherte mit grimmigem Blick in seinem Essen herum. Die anderen begrüßten mich freundlich.

»Guten Morgen, Schlafmütze«, meinte Joe mit einem Augenzwinkern. »Ich hoffe, du hattest eine geruhsame Nacht?«

Ich nickte und setzte mich auf den freien Stuhl, der am weitesten von Lee entfernt war. Es kostete mich einiges an Mühe, gute Miene zum schlechten Spiel vorzutäuschen. Immerhin änderte der lockere Umgangston meiner Tischgesellschaft nichts an der Tatsache, dass sie mich hierher geschleift hatten und nichts als wirres Zeug von sich gaben. Ich wollte hier weg. So schnell wie möglich. Doch ich durfte meine Fluchtgedanken keinesfalls verraten, um meine Entführer weiterhin in falscher Sicherheit zu wiegen.

Ich schenkte Joe ein Lächeln. »Ich hab geschlafen wie ein Stein.«

»Ocker steht dir«, stellte Samira fest, nachdem sie mich eingehend gemustert hatte.

»Ocker? Ich hätte es eher als Kotzgelb bezeichnet«, erwiderte ich.

Joe lachte herzhaft.

»Warum hab ich keine dunkelblauen Klamotten gekriegt?«, fragte ich und tauchte meinen Löffel in die braune Masse vor mir. Skeptisch beobachtete ich, wie sie in schweren Klumpen zurück auf den Teller plumpste.

»Weil du offiziell eine Praktikantin bist«, beantwortete Samira meine Frage. »Ocker ist bei uns die Farbe für Praktikanten. Dunkelblau ist den Agenten der Special Forces vorbehalten. Und im Übrigen kannst du das hier ruhig probieren, Gorresch schmeckt um Welten besser, als es aussieht.«

Ich nickte wieder. Der Hunger würde es schon runtertreiben. Augen zu und durch.

Ziemlich überrascht öffnete ich meine Augen wieder, als ich feststellte, dass ich den Geschmack zwar nicht definieren konnte, das Ganze aber wirklich lecker war. Warum Lee so einen Affen darum gemacht hatte, konnte ich ehrlich nicht nachvollziehen.

»Gut, oder?«, kommentierte Samira meinen Gesichtsausdruck.

»Sehr sogar. Was genau ist da drin?«

»Frag das ja nicht die Zwerge, die killen dich!«, mahnte Colin.

»Wie bitte?«

»Gorresch ist wahrscheinlich das bestgehütete Geheimnis des Zwergenvolks. Und die verstehen keinen Spaß, wenn es um ihre Geheimnisse geht.«

Ich senkte meine Stimme zu einem Flüstern. »Tut mir leid, aber ich finde es echt nicht in Ordnung, dass ihr Kleinwüchsige als Zwerge bezeichnet.«

»Deine politische Korrektheit in allen Ehren«, gluckste Joe. »Aber das sind nun mal Zwerge. Ein anderer Name für ihr Volk ist ›Mirraka‹. Und du solltest dich hüten, sie als Kleinwüchsige zu bezeichnen. Damit verstehen sie nämlich auch keinen Spaß.« Er überlegte kurz. »Eigentlich verstehen sie im Allgemeinen keinen Spaß.«

Zwerge, Irrlichter, Nachrichten überbringende Kolibris ... Es wurde wirklich immer verrückter hier.

Wie aufs Stichwort sprang der beigefarbene Kater, den ich bisher erfolgreich aus meiner Erinnerung verbannt hatte, auf den freien Stuhl neben mir.

»Hi, Jay«, begrüßte Ivan mich.

Seine tiefe Stimme mit dem russischen Akzent ließ mich zusammenzucken. Mit erhobenem Löffel starrte ich auf den Kater hinab und versuchte irgendeinen Hinweis darauf zu finden, ob er nicht doch nur ein raffinierter Roboter war. Seine Bewegungen waren allerdings extrem geschmeidig. So elegant wie die einer Katze. Keine Mechanik der Welt hätte so etwas imitieren können.

»Hast du gut geschlafen?«, wollte er wissen und leckte sich die Pfote. Als ich nicht antwortete, sah er zu mir auf und lachte schnurrend. »Du musst dich langsam mit mir arranigeren. Glaub mir, wir werden uns noch öfter begegnen.«

Ich war immer noch nicht fähig zu antworten. Ivan widmete sich wieder seiner Pfote. Mein Gehirn programmierte sich auf Verdrängungsmodus und ließ mich schweigend das Gorresch weiter löffeln.

»Weiß eigentlich jemand von euch, wie das Verhör vorangeht?«, fragte Samira in die Runde und nippte an einer übergroßen Kaffeetasse.

Colin wiegte den Kopf. »Nicht gut. Der Kerl steht unter einem gewaltigen Schweigebann. Etwas Vergleichbares habe ich bisher noch nie erlebt. Scheint eine völlig neue Rezeptur zu sein. Sogar die Erstgradigen beißen sich daran die Zähne aus.«

»Der rote Orden entwirft neuartige Banne. Interessant.«

»Ich finde etwas anderes interessant«, mischte Lee sich ein. »Und zwar wie es sein kann, dass er nicht im System erfasst ist.«

»Das ist wirklich außerordentlich seltsam. Die Administration springt schon im Dreieck deswegen. Sie vermuten, dass der Server gehackt wurde, aber sie können keinerlei Spuren finden.«

Ich aß gemächlich meinen Teller leer und lauschte dem Gespräch, ohne einen wirklichen Sinn darin zu erkennen. Anschließend schob ich das Tablett von mir weg und lehnte mich zurück. Keinen Augenblick später schnauzte mich jemand von der Seite her an. »Bist du fertig?«

Obwohl ich saß, reichte mir der bärtige Mann nicht einmal bis zur Schulter. Er hatte einen Servierwagen dabei und tippte ungeduldig mit einem Fuß auf den Boden.

»Ja, ich bin fertig. Es war wirklich sehr lecker.«

»Laber nicht rum und gib mir dein Geschirr, damit ich endlich fertig machen kann!«

»Okay, ähm ... danke?«

Er riss mir das Tablett weg und schob seinen Wagen brummend davon.

Samira kicherte. »Mach dir nichts draus. Die sind immer so schlecht gelaunt. Vor allem seit sie Bartnetze tragen müssen. Darin sehen sie nämlich eine Verletzung ihrer Mirraka-Ehre.«

»Mann, ich bin froh, dass die Kommission sich in diesem Punkt durchsetzen konnte«, seufzte Colin. »Jeden Tag Haare aus dem Essen zu fischen, ist echt nicht prickelnd.« Er sah auf seine Armbanduhr. »Lee, wir sollten uns langsam auf den Weg machen. Die Prüfung fängt in einer halben Stunde an.«

Lee trank sein Glas leer, das eine rosafarbene Flüssigkeit enthielt, und die beiden standen auf und gingen zum Fahrstuhl. »Bis später, Leute!«

Ich hielt mein Quellwasser umklammert und hatte das Gefühl, nicht dazuzugehören. Obwohl ich ja eigentlich auch nicht dazugehören wollte. Zu was auch immer.

Samira beobachtete mich über den Rand ihrer Tasse.

»Heute ist die Abschlussprüfung der angehenden Agenten. Colin und Lee gehören zu den Ausbildern«, erklärte sie ungefragt. »Colin unterrichtet Nahkampf und Lee Pflanzenkunde.«

»Scheint naheliegend«, bemerkte ich spitz.

»Lee hat dir wohl von seiner Begabung erzählt?«

»O ja.«

»Aber du glaubst ihm nicht.«

»Nein.« Ich atmete tief durch. »Entschuldige, aber ... er unterhält sich mit Pflanzen? Das ist doch lächerlich.«

Ivan streckte sich in Katzenmanier durch. »Ich stimme dir voll und ganz zu. Braucht mir keiner erzählen, dass man mit Pflanzen vernünftige Gespräche führen kann. Die stehen doch ständig am selben Fleck. Was wollen die schon von der Welt wissen? Man kann höchstens übers Wetter quatschen, aber das war's dann auch schon. Mit einer Unterhaltung hat das nichts zu tun.«

»Du hast vollkommen Recht«, pflichtete Joe ihm grinsend bei. »Gespräche über Mäusejagden und lustige Wollknäuel zeugen natürlich von weit mehr Intelligenz.«

»Solcherlei Dinge liegen unter meinem Niveau«, entgegnete Ivan beleidigt. »Das weißt du genau!«

»Ich erinnere dich daran, wenn du das nächste Mal einem Ball hinterherläufst.«

»So was nennt man Instinkt. Der lässt sich eben manchmal nicht unterdrücken.«

»Instinkt ... soso.«

Samira beendete das seltsame Streitgespräch, indem sie ihre Tasse auf dem Tisch abstellte und mich ernst ansah. »Lee hat nicht gelogen, Jay. Es ist wahr. Jeder Tuatha hat eine bestimmte Begabung. Manche kann man sehen, manche nicht. Ich kann dir meine ebenso wenig beweisen wie Lee seine. Aber vielleicht kann Joe dich überzeugen.«

Joe reckte sich und rieb sich die Hände. »Jaaa, vielleicht kann ich das!«

Ich schürzte die Lippen. »Na schön. Was kannst du denn Tolles?«

»Ach, weißt du, die korrekte Bezeichnung dafür ist ›Neadóir‹. Oder ›Glaser‹, wobei das eigentlich nicht richtig ist. Es hat mit Glas nämlich gar nichts zu tun, sondern ...«

Samira rollte mit den Augen. »Joe, zeig's ihr einfach!«

»Zu Befehl, Ma'am!« Er salutierte grinsend und ... verschwand.

Zumindest sein Körper war nicht mehr zu sehen. Seine Kleidung saß nach wie vor auf dem Stuhl und sein Jackenärmel salutierte. Dann senkte sich der Ärmel herab und drehte sich.

»Schade«, hörte ich Joe aus dem Nichts sagen, »ich hab heute die falsche Garnitur an. Meine Einsatzuniformen sind alle in der Reinigung. Der Chief sollte mir wirklich noch ein oder zwei mehr davon genehmigen. Kann doch nicht sein, dass ich im Ernstfall nackt rumrennen muss, nur weil der Ausschuss Geld sparen will. Egal ... Eigentlich passt sich meine Uniform nämlich meiner Haut an, verstehst du?«

Ich verstand überhaupt nichts mehr. Mein Mund klappte auf, doch heraus kam nur eine Art schockiertes Fiepsen.

»Ich bin nicht wirklich durchsichtig«, erklärte Joe. Jetzt wedelten beide Ärmel in der Luft herum. »Wenn du genau hinschaust, solltest du meine Umrisse erkennen. Ich bin leider nur Grad zwei, darum ist die Reflexion nicht ganz perfekt.«

Tatsächlich nahm ich ein Flimmern in der Luft wahr, das zu Joes Kontur passen könnte. Allerdings nur, wenn er sich bewegte. Auf einmal wurde das Flimmern stärker, und dann saß der normale Joe wieder vor mir.

»Na? War das Beweis genug?«, fragte er amüsiert.

»Das ... das ist ...«, stammelte ich völlig von der Rolle.

»Cool, oder?«

Ich kratzte mich am Kopf. »Wie ...?«

»Im Grunde funktioniert es ähnlich wie bei einem Chamäleon. Ich kann meine Hautfarbe der Umgebung anpassen. Ein simpler biochemischer Prozess.«

»Simpel«, wiederholte ich tonlos.

Mein Verstand suchte verzweifelt nach einer Erklärung, mit dem Ergebnis, dass mir vor Anstrengung ganz schwindelig wurde.

Samira lächelte mich an. »Fantastisch, nicht wahr? Und jetzt komm mit, wir müssen deine Tarnung noch ein bisschen glaubhafter gestalten.«

Automatisch stand ich auf und folgte ihr und dem Kater zum Fahrstuhl des Grauens. Erst als wir an der Tür zur Toilette vorbeikamen, gelang es mir, einen klaren Gedanken zu fassen.

»Samira? Kann ich mal kurz?« Ich deutete auf die Tür.

»Klar. Ich warte hier. Ihr anderen könnt schon vorgehen.«

Völlig benommen betrat ich die Damentoilette und schloss mich in der ersten Kabine ein. Mit bebenden Händen zog ich mein Handy aus der Jackentasche. Ich schaltete das Gerät ein und brach beinahe in Tränen aus, als es erneut keinen Empfang gab. Da wir uns im zwölften Stock befanden, war eine Flucht aus dem Fenster wohl ausgeschlossen. Ich musste eine andere Lösung finden.

Ich steckte das Handy zurück und atmete ein paarmal tief durch, bis sich das Zittern meiner Beine wieder einigermaßen gelegt hatte. Es mochte durchaus Menschen geben, die das Ganze hier als spannend und erstaunlich bezeichnet hätten. Doch mir persönlich jagte es einfach nur tief gehendes Entsetzen ein, wobei ich nicht einmal benennen konnte, was genau mich so sehr daran ängstigte. Ich wusste schlichtweg nicht, wie ich mit all dem umgehen sollte.

Albert Einstein hatte einst gesagt: »Das Schönste, was wir erleben können, ist das Geheimnisvolle.«

Und zum ersten Mal in meinem Leben stellte ich seine Genialität in Frage.

KAPITEL 10

Samira und ich traten im neunten Stock aus dem Aufzug. Die Fahrt war nicht so schlimm gewesen, wie ich befürchtet hatte. Vielleicht weil ich diesmal auf die rasante Geschwindigkeit gefasst war. Oder auch weil wir nur drei Stockwerke zu überwinden hatten und der Fahrstuhl dadurch erst gar nicht richtig in Schwung kam. Jedenfalls blieb das Gorresch dort, wo es hingehörte.

»Das hier ist die Mannschaftsebene«, erklärte mir Samira und führte mich einen breiten Flur entlang. »Hier befinden sich die Bereitschaftszimmer aller Spezialeinheiten. In der Hauptzentrale der Agency sind insgesamt zwanzig Teams stationiert, mehr als sonst irgendwo.« Wir hielten vor einer Tür mit der Ziffer acht und Samira öffnete sie. »Das ist unser Bereich.«

Ich ließ meinen Blick durch den riesigen Raum gleiten. Er war wie ein Apartment ausgestattet. Auf der einen Seite stand eine Küchenzeile mit einem großen Esstisch. Eine breite Glastür führte auf einen Balkon hinaus. In einer Ecke befand sich ein Schreibtisch mit Computer. Außerdem entdeckte ich noch einen Crosstrainer, einen Tischkicker und eine Dartscheibe. An der Wand hing ein großer Fernseher, Joe und vermutlich auch Ivan saßen auf einem Sofa davor. Der Kater war von der Rückenlehne verdeckt, doch ich konnte ihn deutlich fluchen hören. Die beiden waren völlig in ein Videospiel vertieft. Autos preschten über den Bildschirm. Heulende Motoren und quietschende Reifen dröhnten aus zwei hohen Standboxen.

»Könnt ihr das mal leiser machen?«, schimpfte Samira. »Das ist ja nicht zum Aushalten!«

Joe stöhnte hingebungsvoll, kam ihrer Aufforderung jedoch nach. Ivan murmelte etwas. Es klang verdächtig nach »Spielverderberin«.

Samira ignorierte den Protest und wies auf den Esstisch. »Setz dich bitte.«

Ich betrachtete die vielen Filmposter an der Wand gegenüber. Irgendjemand im Team schien ein großer Freund von Actionfilmen zu sein.

»Das ist Joes Sammlung«, sagte Samira, als ob sie meine Gedanken erraten hätte. Dann klappte sie ein kleines Köfferchen auf und holte ein bleistiftgroßes Röhrchen hervor.

»Was ist das?«, fragte ich alarmiert, als sie damit auf mich zukam.

»Ich brauche eine Blutprobe von dir. Wir müssen eine Genanalyse machen.«

»Warum?«

»Um sicherzugehen, dass du nicht vielleicht doch eine Tuatha de Dannan bist.« Sie lachte über mein ungläubiges Gesicht. »Na, vielleicht kannst du dich ja auch unsichtbar machen und weißt es nur nicht?«

»Das kann ich mir nicht vorstellen«, sagte ich. Schließlich hatte ich mir in meinem Leben schon oft gewünscht, unsichtbar zu sein. Hätte ich das gekonnt, dann wäre es mir sicher nicht verborgen geblieben.

»Ach, sag das nicht. Du bist eine Vollwaise. Es ist durchaus möglich, dass du zumindest ein begabtes Elternteil besitzt. Du wärst bei weitem nicht die Einzige, die ihre Begabung erst relativ spät entdeckt.« Sie lächelte schief. »Bei mir war das auch so.«

Ich horchte auf. »Wie das?«

»Komm, gib mir erst einmal einen Finger, dann erzähl ich dir meine Geschichte.« Weil ich immer noch zögerte, fügte sie hinzu: »Es tut auch gar nicht weh.«

Samira setzte das Röhrchen an meinem Finger an. Der erwartete Stich blieb aus. Stattdessen spürte ich Kälte auf meiner Haut. Das Röhrchen füllte sich wie durch Zauberhand mit Blut. Meine Fingerspitze wurde wieder warm und Samira packte die Blutprobe in den kleinen Koffer. Fasziniert betrachtete ich meinen Finger, an dem nicht einmal eine winzige Wunde zu sehen war.

Samira zwinkerte mir zu und spähte auf den Flur hinaus. Ich zuckte zusammen, als sie einen schrillen Pfiff ausstieß. Kurz darauf kam einer der Kolibris angeflattert.

»Bring das bitte ins Labor«, sagte sie zu dem kleinen Vogel, der sofort den Henkel des Koffers, der immerhin doppelt so groß war wie er selbst, mit seinen winzigen Krallen packte. Das Gewicht zog ihn kurz nach unten, doch er schwirrte sofort wieder in die Höhe und verschwand im Flur.

Ich schüttelte ungläubig den Kopf und starrte wieder die Filmposter an. Etwas eindeutig Menschliches vor Augen zu haben, beruhigte mich ungemein.

Samira holte eine Schachtel aus dem Schreibtisch hervor und setzte sich damit zu mir an den Tisch.

»Und was kommt jetzt?«, fragte ich sie.

»Um deine Glaubwürdigkeit als Praktikantin noch etwas mehr zu stärken, brauchst du natürlich eine Tätowierung.«

»Du willst mich tätowieren?«, rief ich entsetzt und klemmte meine Hände zwischen die Knie. »Das kommt gar nicht in Frage!«

»Süße, doch nicht in echt«, beruhigte sie mich, während sie ein Tintenfass und einen altmodischen Federhalter hochhielt. »Ich male es dir nur auf. Aber das ist keine gewöhnliche Tinte. Die bekommst du nur mit einer speziellen Lösung ab.«

»Aha.« Ich zog langsam meine linke Hand zwischen meinen Knien hervor und legte sie auf den Tisch. »Na gut.«

»Andere Hand.«

»Okay.«

Samira zog meinen Arm zu sich heran und schraubte das Tintenfass auf. »Wir machen dich zu einem ›Fínniór‹, einem Wahrheitsfinder. Das ist so was wie ein wandelnder Lügendetektor. Colin ist auch einer. Also hüte dich davor, ihm was vorzulügen. Er durchschaut dich sofort und er kann bei Bedarf sogar in die Gedanken eines anderen eindringen. Gerade bei der Verbrechensbekämpfung eine extrem nützliche Gabe.«

Ich blinzelte ungläubig, doch sie lächelte milde.

»Keine Sorge, Colin ist nur ein Grad zwei, ihm ist das Gedankenlesen also ohne Hilfsmittel nicht möglich. Ein Grad eins kann das, aber die mischen sich nicht gerne unter Leute. Muss ja auch echt anstrengend sein, ständig zu wissen, was den anderen durch den Kopf geht.«

»Kann ich mir vorstellen«, meinte ich nachdenklich.

»Du wirst übrigens ein Grad drei. Das bedeutet, dass du nur ein gutes Gespür für Lügen hast …« Sie tauchte den Federhalter in die Tinte und setzte zur ersten Linie an. »Jetzt bitte ganz stillhalten.«

Die Farbe war tiefschwarz und schon trocken, als Samira den Federhalter erneut in das Fässchen eintunkte. Der feine Strich auf meiner Haut war von einer echten Tätowierung nicht zu unterscheiden.

»Welche Begabung hast du eigentlich?«, fragte ich.

»Ich bin ein ›Rólechaín‹ zweiten Grades. Ein sogenannter Funker. Ich kann mit jedem Rólechaín telepathisch kommunizieren. In dieser Welt wie auch in der anderen.«

»Auf der ganzen Welt?«

»Ja, aber da ich Grad zwei bin, ist mein Radius beschränkt und ich brauche einen Wellenverstärker, um ihn zu erweitern.« Sie strich die langen Haare über ihrem Ohr zur Seite. Ein kleines silbriges Objekt funkelte zwischen den Strähnen hervor. Es sah aus wie ein Edelstein, den sie sich auf die Haut geklebt hatte. Dann ließ sie ihr Haar wieder fallen. »Und da wir nun schon beim Thema sind, werde ich dir jetzt meine Geschichte erzählen.«

Gespannt rutschte ich in eine andere Sitzposition, bevor Samira zu einem weiteren Strich auf meiner Haut ansetzte. Während sie konzentriert weitermalte, begann sie zu sprechen:

»Die Begabung eines Tuatha erreicht ihre volle Kraft, wenn er vierzehn Jahre alt wird. Bis dahin hatte ich keine Ahnung von den Tuatha de Dannan, geschweige denn von der Anderswelt. Meine Mutter ist ein ganz normaler Mensch und sie wusste nicht, dass der Mann, der sie bei einem kleinen Techtelmechtel geschwängert hatte, ein Tuatha ist.«

Sie erwiderte meinen überraschten Blick mit einer wegwerfenden Handbewegung.

»Ach, schau nicht so. Ich bin kein Wunschkind, aber soll ich deswegen deprimiert sein? Jedenfalls ging es bei mir praktisch über Nacht los, dass ich fremde Stimmen in meinem Kopf flüstern hörte. Heute weiß ich, dass ich unkontrolliert die Gespräche anderer Funker aufgeschnappt habe, aber damals glaubte ich, einfach nur verrückt zu werden. Eine Zeit lang war ich davon überzeugt, Wesen aus dem Jenseits zu hören, die meine Hilfe brauchten, und schien kurz davor, in einer Irrenanstalt zu landen. Ich wusste nicht, wie ich diese Fähigkeit steuern konnte, und war den vielen Stimmen hoffnungslos ausgeliefert. Bis ein halbes Jahr später endlich mein Vater auf mich aufmerksam wurde, der bis dahin überhaupt nichts von meiner Existenz gewusst hatte.

Er stand eines Tages auf unserer Türschwelle und rettete mich vor dem nahenden Wahnsinn. Übrigens gab es auch für meine Mutter ein Happy End. Die beiden haben nämlich geheiratet und leben heute immer noch glücklich zusammen.«

Sie schwelgte in ihren Erinnerungen und tauchte mit einem seligen Lächeln den Federhalter erneut in das Tintenfass, während tausend Fragen durch meinen Kopf schwirrten.

»Ich dachte, Menschen dürfen nichts von der Anderswelt wissen?«, platzte ich heraus.

»Das dürfen sie auch nicht. Eine Liaison zwischen einem normalen Menschen und einem Tuatha ist eine heikle Sache. Es ist nicht direkt verboten, aber auch nicht gerne gesehen. Doch was kümmert das die Liebe? Sie lässt sich nicht lenken, sie geschieht einfach. Menschen, die in eine weltenübergreifende Beziehung geraten, werden aufgeklärt, registriert und streng beobachtet. Nur ein Fehltritt reicht aus, um sie aus der Anderswelt zu verbannen. Dann wird alles, was mit unserer Welt zu tun hat, aus ihrem Gedächtnis gelöscht und es wird ihnen jeglicher Kontakt zu ihrer Familie in der Anderswelt untersagt.«

Ich stockte. »Ihr könnt Gedächtnisse löschen?«

»Klar! Das machen wir sogar ständig. Sonst könnten wir die Anderswelt doch niemals geheim halten.« Samira grinste. »Weißt du, ich kann mich gut an meine Anfangszeit hier erinnern. Ich war schockiert und verängstigt. Genau wie du jetzt.«

»Wie hast du es geschafft, dich hier zurechtzufinden?«, fragte ich leise.

»Ich habe aufgehört zu zweifeln und gelernt, es einfach zuzulassen.« Sie schraubte das Tintenfass zu und wischte die Spitze des Federhalters mit einem Tuch sauber. »Das klingt einfacher, als es ist. Aber wenn du diesen Schritt schaffst, wirst du erkennen, wie wundervoll die Dinge sind, die dich hier umgeben. Der Mensch fürchtet sich vor dem Unbekannten. Erst wenn du diese Angst überwindest, kannst du es akzeptieren.« Sie lachte fröhlich über meinen wohl mehr als skeptischen Gesichtsausdruck. »Das wird schon. Glaub mir! Übrigens haben wir deinen Lebenslauf für dein Alibi nur ein kleines bisschen zurechtgebogen. In deiner Akte steht, dass Sina vor drei Tagen auf deine Begabung aufmerksam wurde und dies der Agency gemeldet hat, woraufhin wir dich in die Anderswelt geholt haben. Da du Vollwaise bist und auch keine Verwandten hast, hat die Agency dich aufgenommen, bis du in deinem neuen Leben Fuß gefasst hast. Du bist also eine stinknormale Praktikantin. Dass du im Besitz des Orinions bist, muss unbedingt geheim bleiben! Noch Fragen?«

»Ähm, ja. Zum Beispiel würde mich immer noch interessieren, warum ich eigentlich hier bin.«

Samira legte den Kopf schräg. »Na, du bist die Trägerin. Die Auserwählte. Du bist die Einzige, die das Orinion benutzen kann.«

»Aha. Ich soll das Amulett benutzen. Verstehe. Und wofür? Und wie soll das überhaupt funktionieren?«

»Punkt eins kann ich dir leider nicht beantworten, weil wir im Moment ja selbst nicht wissen, warum das Orinion hier ist. Punkt zwei wirst du noch früh genug erfahren.« Ich verzog zweifelnd das Gesicht, darum lächelte Samira milde. »Jay, komm erst mal hier an. Lern die Anderswelt kennen. Lass dir Zeit, solange du sie noch hast. Deine Aufgabe wird dir viel leichter fallen, wenn sich deine jetzige Verwirrung gelegt hat.«

Ich bezweifelte, dass sich meine Verwirrung jemals wieder legen würde. Das alles ergab meiner Meinung nach absolut keinen Sinn. Diese ganze Tuatha-Sache klang zwar auf eine erschreckende Weise logisch und die Ehrlichkeit in Samiras Stimme löste zusätzlich dumpfe Kopfschmerzen hinter meiner Stirn aus. Sie glaubte an das, was sie mir gerade erzählt hatte. Doch was davon konnte ich glauben? Stimmte es, was sie mir da erzählte und was diese Menschen von mir erwarteten?

Ich lehnte mich in meinem Stuhl zurück und beobachtete schweigend, wie Samira die Schachtel mit den Zeichenutensilien wieder im Schreibtisch verstaute. Mit schräg gelegtem Kopf betrachtete sie das oberste Papier des schwindelerregend hohen Stapels auf der Arbeitsplatte.

»Joe!«, rief sie zur anderen Seite des Zimmers hinüber, wo die beiden Gamer nach wie vor ihre Kräfte maßen. »Du hast ja den Bericht immer noch nicht geschrieben!«

»Wieso auch?«, antwortete Joe, ohne das Gehämmer auf den Controller des Videospiels zu unterbrechen. »Du bist dran. Schon vergessen?«

Samira verzog das Gesicht. »Nein. Aber ich hatte gehofft, du würdest das vergessen.«

»Sorry, mein Schatz, aber mein Gedächtnis ist einfach unschlagbar.«

»Das wär ja mal was ganz Neues …«

»Was soll dieser ironische Unterton?«

Ivan brach in triumphales Gelächter aus. »Ha! Schon wieder schneller! Du bist wirklich ein mieser Rennfahrer.«

»Bild dir ja nichts auf deinen kleinen Vorsprung ein«, knurrte Joe. »Ich hol dich gleich wieder ein.«

Samira schnaubte leise und setzte sich an den Schreibtisch. Der Computer erwachte blitzschnell aus dem Standby. Das Hintergrundbild war ein Gruppenfoto der gesamten Mannschaft von Team 8, die in Einsatzkleidung vor der Taranis posierten. Auf dem Bild trug sogar Ivan eine Art Weste aus dunkelblauem Stoff. Sie sah aus wie diese Regencapes, die man kleinen Hunden umschnallte, damit sie beim Spazierengehen nicht erfroren.

Die beiden Gamer vertieften sich wieder in ihr Rennspiel. Samira vertiefte sich in ihren PC und ich vertiefte mich darin, an meinen Fingernägeln herumzuknabbern. Ich kam mir vor, als wäre ich gar nicht wirklich anwesend, sondern würde die ganze Szene im Bereitschaftsraum nur durch eine Scheibe beobachten. Big Brother in 4D, sozusagen. Der unfreiwillige Livestream eines extrem seltsamen Alltags.

Ich fühlte mich wieder einmal fremd, und obwohl ich keineswegs allein in diesem Raum war, kam ich mir doch verloren vor. Zu Hause hatte ich mich immer nach Einsamkeit gesehnt. Ich kam mit mir selbst einfach besser klar als mit anderen. Doch jetzt hätte ich gerne einen ganz normalen Menschen bei mir gehabt. Vielleicht Birgit oder sogar den dämlichen Dennis. Irgendjemanden, der mich daran erinnerte, dass es eine reale Welt immer noch gab und ich nach wie vor Teil davon war.

Vorsichtig strich ich über die schwarzen Linien auf meinem inneren Handgelenk. Die Tinte war bereits vollständig getrocknet und nicht auf meiner Haut zu spüren.

Fínnióг. Wahrheitsfinder …

In diesem Moment hätte ich viel dafür gegeben, diese Begabung tatsächlich in mir zu tragen. Sie hätte mir gewiss helfen können, das Durcheinander in meinem Kopf zu bewältigen.

Wie von selbst fand meine Hand zu der Stelle an meiner Brust, wo das Orinion ruhte. Der kräftige Stoff der Jacke verbarg die feinen Konturen des Schmuckstücks, doch es kam mir so vor, als könnte ich sie mit allen Einzelheiten an meinen Fingerspitzen spüren.

Feuer. Wasser. Erde. Luft.

Es war seltsam. Lee hatte mir nicht erklärt, welches der vier Symbole für welches Element stand, und doch glaubte ich, es zu wissen. Was ich allerdings keineswegs glauben konnte, war, dass man mit diesem Schmuckstück ebenjene Elemente auch beherrschen konnte. Wie sollte das denn funktionieren?

Zugegeben, das Orinion besaß Macht. Und zwar die Macht, Stromstöße durch meinen Körper zu jagen. Das war glücklicherweise bisher nur einmal passiert, aber vergessen würde ich diesen Vorfall bestimmt niemals.

Während ich weiter über das Orinion und meine ungewöhnliche Situation nachdachte, ertönte plötzlich eine verzerrte Stimme im Bereitschaftsraum.

»Team 8 – Code 4! Melden Sie sich unverzüglich bei der Zentrale!«

Ich schrak zusammen und suchte nach dem Ursprung der elektronischen Stimme, die durch den Raum echote. Die Teammitglieder reagierten gelassen, ja sogar ein wenig unwillig auf den eindringlich klingenden Befehl. Vor allem Joe, der mit übertriebenem Stöhnen das Computerspiel unterbrach und den Controller beiseitelegte. Er drehte sich um und blickte genervt an die leere Wand mir gegenüber.

Samira sagte laut: »Team 8 – verstanden! Bitte um Details des Auftrags.«

Die weiße Wand verwandelte sich augenblicklich in einen Monitor. Eine Reihe grellgrüner Zahlen und Buchstaben raste darüber und es bildeten sich mehrere Fenster. In dem einen erkannte ich eine Landkarte, auf der ein kleiner Punkt alarmierend blinkte. Schräg darunter befand sich eine Art Steckbrief mit einem grimmig dreinblickenden Mann, der dem grantigen Kerl aus der Kantine erstaunlich ähnlich sah. Die übrigen Fenster waren vollgestopft mit Schriftdokumenten.

»Na, sieh mal an«, meinte Joe. »Den kennen wir doch.«

Samira überflog in Windeseile die Informationen an der Wand. »Seine Verwarnung beim letzten Mal hat offensichtlich nicht gereicht … Zentrale – Team 8 ist derzeit nicht vollständig.«

»Das ist uns durchaus bewusst«, antwortete die elektronische Stimme. »Haben Sie Bedenken, den Auftrag zu zweit zu erledigen?«

Joe schnaubte lautstark und stand auf. »Das sollte wohl ein Scherz sein!«

»Der Zentrale ist es nicht erlaubt zu scherzen.«

»Ach ja?« Joe kniff die Augen zusammen. »Steven? Bist du das etwa? Ich wusste gar nicht, dass du schon wieder im Dienst bist!«

»Wunder geschehen immer wieder …«

Joe lachte. »Willkommen zurück, alter Knabe!«

»Vielen Dank, ich freue mich auch. Leider habe ich momentan keine Zeit zum Plaudern. Nehmt ihr den Auftrag nun an, oder wie?«

»Natürlich«, sagte Samira. Sie warf ihr langes Haar zurück. »Wir sind schon unterwegs.«

»Verstanden.«

Geräuschlos verschwanden die digitalen Fenster wieder und zurück blieb eine stumme weiße Wand. Ich kratzte mich ratlos am Kopf.

»Wir werden nicht lange brauchen«, sagte Samira zu mir. »Du bleibst inzwischen mit Ivan hier.«

Und ohne ein weiteres Wort eilten sie und Joe aus dem Bereitschaftsraum. Ich gaffte noch eine Weile an die weiße Wand, bis ich es wagte, mich zu der Couch umzudrehen.

Der Kater hatte seine Vorderpfoten auf die Rückenlehne gelegt, starrte mich mit seinen gelben Augen an und

zeigte seine spitzen Zähne. Ich atmete tief durch.

Du musst die Angst vor dem Unbekannten überwinden …

Okay. Das konnte doch nicht so schwer sein!

»Ähm«, begann ich vorsichtig. »Was müssen die denn jetzt machen?«

Ivan streckte sich in Katzenmanier durch und grub dabei hörbar seine Krallen in den Stoff des Sofas. »Sie sollen den Zwerg verhaften. Er hat gerade unerlaubt die Dortwelt betreten. Also die Menschenwelt. Sein letzter Übertritt war auch schon unregistriert. Dafür hat er eine Verwarnung bekommen. Aber jetzt wird ihm wohl ein Strafverfahren blühen.«

»Ein Strafverfahren? Bußgeld, Gefängnis und so was?«

»Ja. Und wie hoch die Strafe ausfällt, entscheidet natürlich die Instanz, das Gericht der Anderswelt.«

»Aha.«

Ivan entblößte abermals seine spitzen Zähne. Allmählich begriff ich, dass es seine Art war zu grinsen, die ziemlich grotesk aussah.

»Sag mal, Jay«, meinte der Kater. »Stehst du zufällig auf Autorennen?«

KAPITEL 11

Es war erstaunlich, doch nach einigen Runden Straßenrennen hatte ich schon beinahe vergessen, dass mein Gegenspieler vier Beine und geschmeidig glänzendes Fell hatte. Man konnte mich fast als entspannt bezeichnen.

Ganz im Gegensatz zu Ivan, der seine anfängliche Coolness schnell abgelegt hatte, nachdem er mein Talent bei Computerspielen bemerkt hatte. Seit einer Weile gab er nur noch russische Kommentare zum Renngeschehen ab, die nicht sehr nett klangen. Er war ein schlechter Verlierer, was mich jedoch nicht davon abhielt, ihn gnadenlos in Grund und Boden zu zocken.

»Yeah!«, jubelte ich, als mein Goldpokal über den Bildschirm tanzte. »Nenn mich Hamilton!«

»Keine Ahnung, wer das ist«, murrte Ivan. Er hob eine Pfote. »Ich möchte noch einmal darauf hinweisen, dass es kein Kunststück ist, gegen jemanden zu gewinnen, der keine Daumen an seinen Pfoten hat.«

»Dafür hast du Joe vorhin aber ganz schön niedergemacht.«

Ivan reckte das Kinn. »Stimmt.«

»Willst du eine Revanche?«, fragte ich schmunzelnd.

»Hat ein Fangor grüne Zähne?«

Ich kratzte mich am Kopf. »Ähm, keine Ahnung?«

»Und wie er die hat!«

»Soll das jetzt Ja heißen?«, hakte ich verständnislos nach.

»Genau das heißt es. Ach, warte mal.« Auf dem Couchtisch lag eins dieser durchsichtigen Tablets, das in diesem Moment eindringlich zu blinken begann. Ivan sprang elegant auf den Tisch und tappte mit seiner Pfote auf das gläserne Display. »Wir müssen unser Spielchen leider verschieben. Der Chief will dich sprechen. Wir sollen in sein Büro kommen.«

Automatisch rümpfte ich die Nase.

»Was machst du denn für ein Gesicht?«, fragte Ivan verwundert. »Hast du was angestellt?«

Ich legte unwillig meinen Controller auf den Tisch. »Ich glaube nicht.«

»Warum schaust du dann, als würdest du eine Standpauke erwarten?«

»Ist wohl eine Art Reflex«, meinte ich schulterzuckend.

Das war es wirklich. Bisher hatte man mich nur in irgendwelche Büros zitiert, um mir zu erklären, dass ich wieder einmal etwas falsch gemacht hatte. Darum überkam mich automatisch ein schlechtes Gewissen, als wir uns auf den Weg zu General Stanson machten.

Ivan führte mich auf lautlosen Pfoten durch den Flur zum Fahrstuhl. Er musste sich auf die Hinterbeine stellen, um den untersten Knopf fürs Erdgeschoss zu erreichen. Ich fragte mich, wie er es wohl anstellte, wenn er in die höheren Etagen fahren wollte.

Als der Aufzug kurz darauf geradewegs in die Tiefe stürzte, entfuhr mir ein erstickter Schrei.

»Mein Gott!«, keuchte ich, denn schon war er genauso abrupt wieder zum Stillstand gekommen. »Das ist doch nicht normal!«

»Na ja, es gibt Schlimmeres«, erwiderte Ivan und schritt lässig an mir vorbei, während ich noch mein Gleichgewicht suchte. »Fliegen zum Beispiel. Ich hasse fliegen.«

Leicht wankend folgte ich ihm durch das Labyrinth aus Gängen und Fluren im Erdgeschoss. »Das ist aber keine gute Voraussetzung für einen Special Agent, oder? Müsst ihr denn nicht häufig fliegen?«

»Meine Einsätze beschränken sich hauptsächlich auf den Innendienst«, erklärte Ivan leicht pikiert. »Und meine Flugangst ist ärztlich bestätigt.«

»Verstehe.«

»Und auch wenn manche etwas anderes behaupten – ich bin ein vollwertiger Agent. Von wegen Quotenbesetzung. Es gibt keine Quote bezüglich benachteiligter Geschöpfe in der Anderswelt! Ich habe genau die gleiche Ausbildung absolviert wie jeder Zweibeiner hier. Und die hab ich sogar mit Bravour bestanden!«

Oje. Da hatte ich wohl einen wunden Punkt getroffen. Ich hob beschwichtigend die Hände. »Tut mir leid, Ivan. Ich will deine Eignung überhaupt nicht anzweifeln. Ich war nur neugierig.«

»Schon gut. Jetzt weißt du Bescheid.«

Er stolzierte mit erhobenem Kopf voran. Ich versuchte mir diesmal den Weg genau einzuprägen, mit dem Ergebnis, nach wenigen Metern schon wieder vollständig meine Orientierung zu verlieren. Ich hatte keine Ahnung, wie ich mich jemals hier allein zurechtfinden sollte, geschweige denn wie ich mich hier rausschleichen konnte, ohne nach dem Weg fragen zu müssen.

»Gibt es eigentlich nur diesen einen Aufzug?«, wollte ich wissen.

»Natürlich nicht. Das ist der Zentralaufzug. Es ist der einzige, der alle Etagen einschließlich der obersten drei erreicht. Es gibt noch vier weitere, die reichen aber nur bis Ebene neun. Von dort führen noch ein paar spezielle Fahrstühle direkt zum Hangargelände. Die sind wichtig, um einen schnellen Einsatz der Teams zu ermöglichen.«

Wir erreichten die Galerie, unter der die große Einsatzzentrale lag. Hier herrschte die gleiche Betriebsamkeit wie in der Nacht zuvor. Was auch immer dort unten vor sich ging – es schien nicht von der Tageszeit abhängig zu sein.

Als wir vor General Stansons Büro angekommen waren, beobachtete ich verdutzt, wie Ivan sein Hinterteil der geschlossenen Tür zuwandte. Bevor ich fragen konnte, was das werden sollte, holte er mit einem Hinterbein aus und schlug ein paarmal wie ein Pferd aus. Seine Pfote traf dumpf auf das Holz der Tür.

»Noch nie 'ne Katze anklopfen sehen, was?«, feixte Ivan.

»Herein!«, erklang es von der anderen Seite.

Der Kater reckte sich, um nach der Türklinke zu greifen. Er musste ein wenig hüpfen, damit er sich anschließend daran hängen konnte. Das sah ziemlich witzig aus, aber ich verkniff mir ein Grinsen. Nicht dass ich ihn wieder aus Versehen beleidigte.

Wir traten ein und sobald der Blick des Generals auf mich fiel, verging mir das Lachen. Obwohl er mir freundlich entgegensah, erfasste mich seine unerschütterliche Autorität sofort. Automatisch verschränkte ich meine Arme vor der Brust und schob mein Kinn vor.

»Bitte setzt euch«, sagte der Chief, wobei Ivan bereits unaufgefordert auf einen Stuhl gesprungen war. »Jay, ich hoffe, du konntest dich einigermaßen von den gestrigen Strapazen erholen?«

»Ja«, antwortete ich knapp und ließ mich steif nieder.

»Schön. Das war eigentlich auch schon der einzige Grund, weshalb ich dich zu mir gerufen habe.«

»Oh. Ähm, okay?«, stotterte ich verwundert.

»Dass du dich hier bei uns wohlfühlst, hat nämlich oberste Priorität«, meinte der Chief augenzwinkernd.

Ich würde mich um einiges wohler fühlen, wenn ich gar nicht erst in diesem Irrsinn gelandet wäre …

Ich schluckte den bissigen Kommentar hinunter und legte meine Hände schweigend auf die Oberschenkel. Der Chief betrachtete mich aufmerksam, was mich nur noch nervöser werden ließ.

»Wurdest du über deine Tarnung aufgeklärt?«, wollte er nun wissen.

»Ja.« Ich hob meine Hand und zeigte ihm kurz meine gefälschte Tätowierung. »Ich bin ein Wahrheitsfinder dritten Grades und wurde von euch in der Anderswelt aufgenommen.«

»Na, das klingt doch schon äußerst überzeugend. Gegenüber echten Wahrheitsfindern solltest du dieses Thema allerdings meiden. Ich hoffe, du verstehst, dass das Orinion unbedingt geheim bleiben muss.«

»Ja. Damit keiner auf die Idee kommt, mich umzubringen«, erwiderte ich trocken.

»Nun, das ist der Hauptgrund. Dir sollte aber auch bewusst sein, dass die Gegenwart des Amuletts eine wahre Massenpanik hier auslösen könnte. Immerhin weist es auf eine bevorstehende globale Bedrohung hin. Ich brauche wohl nicht zu erklären, dass wir einen solchen Aufruhr vermeiden müssen.«

»Verstehe.«

»Ich hoffe, du verstehst auch, dass du dich deshalb nicht ohne Begleitung von der Agency entfernen darfst.«

»Klar«, sagte ich, wobei ich einen angesäuerten Unterton nicht ganz vermeiden konnte.

Der Chief lächelte milde. »Das Gelände der Agency ist groß und du kannst dich überall frei bewegen. So schnell dürfte es dir hier also nicht langweilig werden. Falls du einen Spaziergang in der Umgebung machen willst, kann dich jederzeit ein Mitglied von Team 8 begleiten. Bitte akzeptiere diese Vorschrift und versuche nicht, sie zu umgehen. Du würdest einen Großalarm auslösen.«

Ich nickte nur. So viel zum Thema Wohlfühlen. Der General konnte es in noch so schöne Worte packen, doch die änderten nichts an der Tatsache, dass ich eine Gefangene war.

»Wann kann ich wieder nach Hause?«, fragte ich tonlos, obwohl ich nicht sicher war, ob ich die Antwort auch wirklich hören wollte.

»Es tut mir leid, aber das kann ich dir nicht sagen, da wir noch gar nicht wissen, womit wir es überhaupt zu tun haben. Aber du musst dich wohl auf mehrere Wochen, wenn nicht Monate einstellen.«

Ich musste mein Gesicht abwenden, weil ich nicht wollte, dass der General die Tränen in meinen Augen schimmern sah. Stattdessen fixierte ich mit verhangenem Blick eine Ecke des Zimmers und dachte an meine Erzieherinnen, die vermutlich bereits panisch nach mir suchten. Mein Verschwinden war ihnen sicher seit mindestens zehn Stunden bekannt. Vielleicht hatten sie inzwischen die Polizei informiert und durchforsteten die ganze Stadt nach mir. Ich fragte mich, wie die Behörden mit meiner Abwesenheit umgehen würden. Ich war für sie ja kein unbeschriebenes Blatt. Wahrscheinlich würden sie mich als Ausreißerin deklarieren und ihre kostbare Zeit nicht weiter mit meinem Fall vergeuden.

Meine Zimmergefährtin Birgit wäre vermutlich die Einzige, die sich Sorgen um meinen Verbleib machen würde. Sie sollte mich inzwischen gut genug kennen, um zu wissen, dass ich meine Zukunftspläne niemals gefährden würde. Nicht jetzt, wo mein Abitur zum Greifen nahe war.

Was wohl der Schuldirektor zu meinem Verschwinden sagen würde? Ich konnte sein Gesicht förmlich vor mir sehen, wie er seiner Sekretärin überheblich erklärte, dass ihn mein Verschwinden kaum verwunderte. Ich wäre ja schon immer ein Problemfall gewesen.

Dieser Gedanke machte mich unheimlich wütend. Es gab einige Leute in meinem Leben, die mir eine Zukunft als Sozialfall prophezeit hatten und die sich nun sicher darin bestätigt sahen. Es kotzte mich an, diesen besserwisserischen, weltfremden Oberstudierten jetzt auch noch Genugtuung zu verschaffen.

»Jay, mach dir keine Sorgen um deine Freunde zu Hause. Sie werden rund um die Uhr von der Agency bewacht.«

»Was?« Ich blinzelte irritiert.

»Das Heim, deine Schule und auch Sina stehen unter ständiger Beobachtung. Der rote Orden hat also keine Chance.«

»Was sollte der rote Orden ihnen denn antun wollen?«, fragte ich erschrocken. Bei meinem gesamten persönlichen Elend war mir überhaupt nicht in den Sinn gekommen, dass die Leute in meinem Umfeld in Gefahr sein könnten.

Der General neigte sich ein wenig vor und sah mich fest an. »Es geht primär nicht um sie, sondern um dich. Der rote Orden würde alles dafür tun, dich und somit auch das Orinion in seine Finger zu bekommen. Entführungen geliebter Mitmenschen waren schon immer gebräuchliche Druckmittel solcher Verbrecher. Aber wie gesagt – mach dir keine Sorgen. Die Mitarbeiter der Agency sind hervorragend im Personenschutz ausgebildet.«

Ach ja, ich sollte mir also keine Sorgen machen. Dann hätte der Chief mich wohl besser gar nicht erst darauf hingewiesen. Von selbst wäre ich nämlich niemals auf die Idee gekommen, dass jemand meinetwegen entführt werden könnte. Wobei mir das völlig absurd erschien. Mein Leben lang hatte sich niemand für mich interessiert und innerhalb weniger Stunden sollte sich das derart grundlegend ändern? Nur wegen dieses ominösen Amuletts um meinen Hals? Das war einfach nur grotesk.

»Mein Verschwinden wird sicher nicht unbemerkt bleiben«, sagte ich, weil ich nicht länger über Entführungen oder Sonstiges nachdenken wollte.

»Auch das wurde bereits geregelt. Offiziell wurdest du von einem Auto angefahren und liegst derzeit im Koma.«

»Bitte was?«

Der General tippte auf das Tablet, das vor ihm auf dem Tisch lag. »Uniklinikum, Zimmer 308 auf der Intensivstation, um genau zu sein.«

»Ähm, ja. Und was ist, wenn mich jemand besuchen will?«

Als würde jemand auf diese Idee kommen …

»Das ist kein Problem«, meinte der Chief gelassen. »Dein Alibi in der Dortwelt ist geregelt, glaub mir.«

Eine genauere Erläuterung gab er mir nicht. Was aber auch gar nicht nötig war. Irgendwie war ich überzeugt davon, dass dieser Verein namens Agency in der Lage war, mein Koma vorzutäuschen. Immerhin saß eine sprechende Katze neben mir. Und es gab Leute hier, die sich unsichtbar machen konnten.

Oder aber ich lag tatsächlich im Koma und das Einzige, was mir hier irgendwas vorspielte, war mein verwirrtes Unterbewusstsein.

Nein, Jay. Nicht wieder aufregen. Einfach akzeptieren …

Ich kämpfte meine aufkeimende Verwirrung nieder. Das war zwar eher Verdrängen als Akzeptieren, aber es bewahrte mich vor einem Nervenzusammenbruch.

»Nun gut«, sagte der Chief und warf einen Blick auf die Uhr, »es ist Zeit zum Abendessen, wovon ich euch nicht länger abhalten will. Samira und Joselion sind auch schon zurück, ich denke, sie werden im Restaurant zu euch stoßen. Ich wünsche euch beiden noch einen schönen Abend.«

»Danke, ebenfalls«, antwortete ich automatisch.

»Bis morgen, Chief«, sagte Ivan salopp, der sich die ganze Zeit über mit der Pflege seines Fells beschäftigt hatte. Er sprang lautlos vom Stuhl und ging vor mir zur Tür.

»Ach, Jay«, meinte der General noch, »das hätte ich jetzt beinahe vergessen. Deine Genanalyse ist fertig. Du bist zu hundert Prozent ein Mensch.«

Tja, das war wohl zu erwarten gewesen. Was ich jedoch nicht erwartet hatte, war, dass ich in diesem Moment einen Anflug von Enttäuschung verspürte – warum auch immer.

Ich zuckte unbekümmert mit den Schultern. »Hab ich doch gesagt.«

***

Das Abendessen verlief erfreulich unkompliziert. Das lag zum einen wohl daran, dass ich alle angebotenen Speisen kannte, und zum anderen daran, dass meine Begleitung diesmal um Welten sympathischer war. Ivan erklärte mir geduldig, was es mit den Getränken mit den seltsam klingenden Namen auf sich hatte. Kaloa war eine rosafarbene Blütenlimonade und Duruk eine spezielle Bierart. Beides erfunden und gebraut vom Zwergenvolk, und zwar nach einer absoluten Geheimrezeptur, versteht sich.

Sehr interessant fand ich, dass der Kater sich für Gnocchi mit Pilzrahmsoße entschied, weil heute angeblich sein vegetarischer Tag war. Einen solchen pflegte er einmal pro Woche einzuhalten, um auf seine Linie zu achten. Dass seine Wahl nicht unbedingt kalorienarm war, behielt ich vorerst für mich.

Ivan und ich saßen noch nicht lange auf unseren Plätzen, als Samira und Joe zu uns stießen. Ehe ich michs versah, hatte Joe mich in ein Gespräch über Actionfilme verwickelt, ein Thema, zu dem ich durchaus etwas beisteuern konnte. Wenn auch nicht in dem gleichen Ausmaß wie er.

Ob mit Absicht oder unbewusst, die Gesprächsthemen des Abends drehten sich ausschließlich um die »Dortwelt«. Das zwanglose Geplauder ließ mich beinahe vergessen, wo und in welcher Lage ich mich eigentlich befand. Nur die Anwesenheit des Katers erinnerte mich ab und an daran. Leider war ich nicht sehr geübt darin, entspannten Smalltalk mit flüchtigen Bekannten zu betreiben, darum gab ich hauptsächlich den interessierten Zuhörer. Joe schaffte es trotzdem mit Leichtigkeit, mich immer wieder in das Gespräch mit einzubeziehen, und erst als zwei Zwerge mit griesgrämigen Gesichtern an unserem Tisch auftauchten, bemerkte ich, dass wir die Letzten im Restaurant waren.

»Könntet ihr euren Tratsch vielleicht woanders veranstalten?«, maulte der eine. »Wir sperren jetzt zu.«

»Ja, schon gut.« Samira streckte sich und gähnte herzhaft. »Ich will mich sowieso auf die Couch hauen.«

»Wo sind Colin und Lee?«, fragte ich.

»Ach, wahrscheinlich im *Klabautermann.*« Auf meinen verständnislosen Blick hin erklärte sie: »Das ist eine Kneipe in der Stadt. Dort wird traditionell der Abschluss der Agentenprüfung gefeiert. Sogar die Ausbilder sind dazu eingeladen.«

Joe gackerte. »Hey, weißt du noch? Nach deiner Abschlussfeier hast du zwei Tage lang gekotzt.«

»Vielen Dank, dass du mich daran erinnerst«, ächzte Samira und verzog das Gesicht. »Seither kann ich Duruk nicht mehr riechen.«

Wir betraten den Höllenaufzug und ich nahm instinktiv eine breitbeinige Position ein. Wie die anderen es schafften, während der Fahrt ganz normal stehen zu bleiben und nicht einmal ansatzweise ins Wanken zu geraten, war mir ein Rätsel.

»Du musst die Beschleunigung mit den Knien abfangen«, erklärte Joe, als wir unten ankamen. »Aber das lernst du noch.«

»Das möchte ich bezweifeln.« Ich sah durch die offene Fahrstuhltür in den Flur, der nach ein paar Metern um die Ecke bog. »Und in diesem Irrgarten hier werde ich mich wohl auch nie zurechtfinden.«

Samira lächelte nachsichtig. »Keine Sorge, ich hab mich am Anfang auch ständig verlaufen. Das wird schon. Ivan? Begleitest du Jay zu ihrer Wohneinheit?«

»Aber sicher.«

»Wo geht ihr denn noch hin?«, fragte ich überrascht.

»Nach Hause.« Sie zwinkerte mir zu. »Wir wohnen in der Stadt. Die meisten Agenten der Agency haben ihren Hauptwohnsitz woanders.«

Eigentlich hätte ich auch selbst darauf kommen können: Die Agency war riesig und der Wohnblock, in dem ich untergebracht war, konnte keineswegs für sämtliche Mitarbeiter ausreichen.

Joe und Samira winkten fröhlich zum Abschied, bevor sie in den Tiefen des Flurlabyrinths abtauchten.

Ich beugte mich zu Ivan hinunter und fragte mit gesenkter Stimme: »Sag mal, sind die beiden eigentlich zusammen?«

»Wie meinst du das?«

»Na, ob sie ein Paar sind.«

»Gnah …« Er winkte mit seiner Pfote ab. »Was weiß ich! Aus den komplizierten Beziehungen der Zweibeiner bin ich noch nie richtig schlau geworden.«

Kompliziert sah das bei Samira und Joe eigentlich nicht aus. Ich fand den Umgang der beiden miteinander sogar sehr harmonisch. Ich war ehrlich überrascht und freute mich, dass es so etwas jenseits von Filmen und Büchern noch gab. Vielleicht war ja doch etwas dran an dem Phänomen, das man Liebe nennt. In meinem bisherigen Leben hatte ich noch nicht allzu viel davon zu spüren bekommen.

Als wir aus dem Gebäude traten, stand die Sonne schon tief am Horizont und bereitete sich darauf vor, allmählich gänzlich darin unterzutauchen. Die Luft war von kühlen Schlieren der kommenden Nacht durchzogen.

Verstohlen beobachtete ich die Wachposten des äußeren Tors. Ich zweifelte nicht an der Warnung des Chiefs, dass sie Alarm schlagen würden, falls ich versuchen würde, mich hinauszuschleichen. Da ich mich nicht unsichtbar machen konnte wie Joe, war das ohnehin absolut aussichtslos. Die Wache schien ihren Job nämlich sehr ernst zu nehmen.

Der Kater begleitete mich bis zur Eingangstür meines Wohnblocks.

»Danke, ab hier komm ich allein klar.« Ich legte meine Hand auf die Scanfläche neben der Tür, die kurz darauf mit leisem Klicken aufsprang. »Wo wohnst du eigentlich?«

Ivan wies mit einer Kopfbewegung hinter das Haus. »Im Smaragdwald. Ich kann es dir gerne mal zeigen, wenn du willst. Ich habe sogar einen Teekocher.«

»Oh, tatsächlich? Na, da kann ich natürlich nicht Nein sagen.«

»Wunderbar! Wir sehen uns morgen, Jay. Gute Nacht!«

Er stolzierte von dannen, wobei das vermutlich seine normale Gangart war. Katzen sahen ja meistens so aus, als würden sie würdevoll durch ein Hoheitsgebiet schreiten.

Nachdenklich erklomm ich die Stufen zu meinem Apartment. War ich gerade wirklich von einer sprechenden Katze zum Tee eingeladen worden? Echt schräg.

Das Licht ging automatisch an, sobald ich die Tür öffnete. Mir war es in der Nacht gar nicht aufgefallen, aber die gesamte Wohnung schien mit Bewegungsmeldern ausgestattet zu sein. Bei näherer Betrachtung fand ich keinen einzigen Lichtschalter an den Wänden.

Eine Weile stand ich unschlüssig am Küchentresen und knibbelte an meinen Fingernägeln herum. Was sollte ich jetzt tun? Eine schlichte Wanduhr verkündete, dass es kurz nach acht war. Vielleicht sollte ich ein wenig fernsehen? Doch dazu hatte ich nicht wirklich Lust. Mein Blick fiel auf die breite Glastür, durch welche die Abendsonne hindurchschimmerte. Es kam mir wie eine Einladung vor, den Balkon zu erkunden.

Der Ausblick nahm mich sofort gefangen. Die Landschaft war atemberaubend schön. Nichts durchbrach das satte Grün der sanft ansteigenden Wiese vor mir. Kein Betonklotz, keine Strommasten, nichts. Es gab nur unberührte Natur, so weit das Auge reichte.

Hinter der weitläufigen Wiese begann ein Wald, der von hier oben schier unendlich erschien. Ich wusste sofort, warum er »Smaragdwald« hieß. Die Farbe der Bäume strahlte so intensiv, dass sie problemlos mit dem Funkeln von Edelsteinen mithalten konnte. Eine Windbö strich über die gewaltigen Wipfel und löste eine wogende Welle in den Baumkronen aus. Obwohl der Wald ein ganzes Stück entfernt war, konnte ich das sanfte Rauschen der Blätter hören. Es klang herrlich.

Angesichts dieser Idylle musste ich unwillkürlich wieder an mein Zuhause denken und an diese merkwürdige Parallelwelt, in der ich angeblich hier steckte. Bisher hatte ich die ganze Sache ja als Humbug abgetan. Doch die Relativitätstheorie, die Quantenmechanik und die Stringtheorie zogen die Existenz eines Multiversums durchaus in Betracht – theoretisch zumindest. Allerdings hatte es nie auch nur ansatzweise nachgewiesen werden können.

Nein, eine künstlich erschaffene Welt war einfach unmöglich. Wahrscheinlich befand ich mich nur auf irgendeinem entlegenen Teil der Erde mit extrem niedriger Besiedlungsdichte.

Nur, wo konnte das sein?

Das viele Grün und die unberührte Natur erinnerten mich spontan an Irland. Nicht dass ich dort schon einmal gewesen wäre, aber ich kannte Bilder aus dem Erdkundeunterricht.

Ich zog mein Handy aus der Innenseite meiner Jacke und versuchte mich daran zu erinnern, in welcher Zeitzone sich Irland befand.

Mein Handy zeigte 14:54 Uhr.

Okay. Das lag knapp fünf Stunden zurück, und damit war Irland wohl ausgeschlossen. Aber wo war ich dann? In Russland? In der Mongolei?

Russland war ein riesiges Land und vergleichsweise gering besiedelt. Außerdem sprach der Kater Russisch. Nur die Landschaft passte nicht so recht zu dem Bild, das ich von Russland hatte.

Ich war also wieder einmal ratlos. Und Handyempfang hatte ich auch keinen. Mit einem Seufzen schaltete ich das Gerät aus und lugte über das Balkongeländer. Unter mir befand sich ein kleiner Garten, der durch eine dichte Hecke von der Wiese abgetrennt war. Ich kniff die Augen zusammen und erkannte, dass es keine normale Hecke, sondern der Zaun des Agency-Geländes war, der wohl aus ästhetischen Gründen mit Kletterpflanzen berankt war. Neugierig beugte ich mich noch ein wenig tiefer über die Brüstung. Vielleicht konnte ich ja springen und irgendwie …

»Denk nicht mal dran!«

Vor Schreck ließ ich beinahe mein Handy fallen. Ich fuhr herum und bemerkte erst jetzt, dass sich wenige Meter neben mir ein weiterer Balkon befand. Darauf saß Lee mit einem Buch in den Händen in einem gemütlich aussehenden Schaukelstuhl, umgeben von zahlreichen Tontöpfen voller Pflanzen.

Ich kaute angesäuert an der Innenseite meiner Wange. Dieser Idiot hätte sich doch schon früher bemerkbar machen können.

»Du hast doch keine Ahnung, was ich denke«, erwiderte ich patzig.

»Glaubst du? Es war ziemlich offensichtlich, dass du gerade die Entfernung zum Boden abgeschätzt hast. Oder täusche ich mich etwa?« Lee legte das Buch auf seine lässig übereinandergeschlagenen Beine und sah mich an. »Im Übrigen kannst du dir das Risiko eines verstauchten Knöchels sparen. Das ist nämlich kein normaler Zaun. Er wird durch ein Energiefeld unterstützt, das deinen Fluchtversuch sofort aufzeichnen würde. Dass du auf dieser weitläufigen Ebene außerdem nicht weit kommen würdest, brauche ich nicht näher zu erläutern.«

»Solltest du nicht eigentlich bei einer Abschlussparty sein?«, entgegnete ich genervt und fuhr mit einem Finger über den Sprung des Handydisplays.

»Ich hab's nicht so mit sinnlosen Besäufnissen. Und das Ding kannst du nebenbei bemerkt in die Tonne treten. Es gibt in der gesamten Anderswelt keinen Handyempfang.«

Na toll ...

Ich blickte wieder auf die unberührte Landschaft jenseits des Zauns. Die untergehende Sonne färbte den Himmel allmählich in ein interessantes Lila. Zusammen mit dem Smaragdgrün des Waldes ergab das ein aufregendes Farbenspiel. In diesem Moment hätte ich viel dafür gegeben, gemächlich über die Wiese wandern und den Abend einfach genießen zu können. Frei von Zäunen und Mauern. Frei von Sorgen und wirren Gedanken ...

»Warum willst du weglaufen?«, fragte Lee leise.

»Was?«

»Dir fehlt es hier an nichts. Du bist in Sicherheit. Zu Hause erwartet dich nichts. Also, warum?«

»Da irrst du dich. Mich erwartet sehr wohl etwas. Und zwar mein Leben.«

»Ich kenne deine Akte. Dein ...«

»Ach! Der werte Herr kennt also meine Akte!«, platzte es aus mir heraus. »Dann brauchen wir ja gar nicht weiterzureden. Du weißt eh alles über mich!«

»Jay, so war das ...«

»O doch. Das war so gemeint. Du hast meine Akte gelesen und bist dir sicher, dass meine Vergangenheit meine gesamte Zukunft vorherbestimmt. Dass ich keine echte Perspektive habe. Das wolltest du doch sagen, oder?«

Lee blickte mich schweigend an, was mich nur noch wütender machte.

»Eines sag ich dir ... du armseliger Gärtner«, zischte ich, »du weißt einen Scheißdreck über mich und mein Leben. Also wage es nie wieder, darüber zu reden!«

Lee blickte mich völlig gelassen an, während ich vor Zorn bebte, denn er hatte offenbar nichts Besseres zu tun, als mich durch seine ruhige Art zu provozieren. Was bezweckte er damit? Dass ich bei dem Versuch, auf seinen Balkon hinüberzuspringen, um ihm seine Nase zu brechen, üble Verletzungen erlitt? Das hätte er wohl gern.

»Leck mich, Lee«, fauchte ich abschließend, stapfte in meine Wohnung und knallte die Balkontür hinter mir zu.

KAPITEL 12

Ich saß an meiner Küchenbar und trommelte gelangweilt mit den Fingerspitzen auf dem Tresen herum. Das tat ich schon seit einer ganzen Weile.

Um Punkt sechs Uhr am Morgen hatte ich die Augen aufgeschlagen, was eine völlig ungewohnte Erfahrung für mich als Langschläferin war. Allerdings war ich auch schon um kurz nach neun Uhr ins Bett gegangen, da ich schlichtweg nicht wusste, wie ich mir die Zeit vertreiben sollte. Der Flachbildschirm an der Wand hatte sehr vielversprechend ausgesehen, aber leider hatte der Konstrukteur des Geräts vergessen, einen On/Off-Schalter beizufügen. Eine Fernbedienung hatte ich auch nicht gefunden, weshalb ich letztlich frustriert ins Schlafzimmer gewandert war, um an die Decke zu starren. Dass ich trotz all der Verworrenheiten des vergangenen Tages überhaupt einschlafen konnte, wunderte mich immer noch.

Ebenfalls äußerst verwunderlich war die Kaffeemaschine in meiner Küche, die über keinerlei Tasten verfügte. Das spiegelnde Schwarz des Geräts war übersät von meinen Fingerabdrücken, weil ich in der Hoffnung auf eine moderne Touchbedienung nahezu jeden Millimeter daran abgetastet hatte. Aber leider vergeblich.

Ich holte das Orinion hervor und beobachtete mein Spiegelbild in der Fensterscheibe, wie es die Konturen des Amuletts berührte. Das sollte die mächtigste Waffe der Welt sein … Mal davon abgesehen, dass sich noch niemand bemüßigt gesehen hatte, mich tiefer gehend in die Funktionen des Orinions einzuweihen, konnte ich mir überhaupt nicht vorstellen, was ich eigentlich damit anstellen sollte. Wie genau eine globale Bedrohung aussehen könnte, überstieg meine Vorstellungskraft. Und wie ausgerechnet ich gegen etwas derart Unvorstellbares vorgehen sollte, verursachte einfach nur ein Schwindelgefühl in mir.

Endlich vernahm ich ein klickendes Geräusch von meiner Wohnungstür her. Hastig ließ ich das Orinion zurück in meinen Kragen gleiten. Wir hatten zwar nichts vereinbart, aber ich rechnete damit, dass Lee mich abholen würde.

Und tatsächlich kam er schnurstracks in mein Apartment hereinmarschiert, als wäre es das Normalste der Welt. »Ach, du bist schon wach? Guten Morgen!«

Unseren kleinen Streit vom Abend zuvor schien er bereits vergessen zu haben, der mich allerdings auch nicht wirklich belastet hatte. Sollte der Schnösel doch von mir halten, was er wollte.

Ich kniff die Augen zusammen. »Echt jetzt? Du schneist einfach hier rein, ohne anzuklopfen.«

»Ich hatte erwartet, dass du noch schläfst«, erklärte er ungerührt.

»Und wenn ich gerade nackt durchs Wohnzimmer gesprungen wäre?«

»Dann wäre dir das jetzt vermutlich peinlich.«

Was für ein Blödmann!

Ich holte bereits Luft, um meinen Ärger kundzutun, als Lee beiläufig fragte: »Wie geht es deinem Ellenbogen?«

Die Schimpftirade löste sich in Luft auf und ich bemühte mich gezwungenermaßen um einen freundlichen Tonfall.

»Mein Ellenbogen ist wieder in Ordnung«, antwortete ich, während ich diese wundersame Heilung noch immer nicht ganz glauben konnte. »Und mein Knie fühlt sich auch wieder normal an.«

»Gut.«

»Ja. Gut.« Ich nahm mich zusammen und würgte ein kaum überzeugendes »Danke« hervor.

»Keine Ursache. Können wir jetzt los? Die anderen warten schon in der Kantine auf uns.«

Wir traten schweigend auf den Flur und gingen die Treppe hinunter, hinaus auf den Innenhof der Wohnanlage. Die Frühlingsluft war frisch und klar. Sie versprach einen schönen, sonnigen Tag. Mit einem Anflug von Wehmut schielte ich zu dem bewachten Tor hinüber. Ich fragte mich, wie es wohl wäre, um diese Tageszeit durch den Smaragdwald zu wandern. Bestimmt duftete es dort nach Moos und feuchtem Holz. Und ich war gezwungen, meine Zeit zwischen kilometerlangen Fluren und mörderischen Fahrstühlen zu verbringen.

»Hast du eigentlich deine neuen Oberteile bekommen?«, wollte Lee wissen.

Das hatte ich. Wie durch Zauberhand waren die weit ausgeschnittenen Tanktops aus meinem Schrank verschwunden und durch Shirts mit normalem rundem Ausschnitt ersetzt worden. Dieselbe Zauberhand hatte auch meine schmutzigen Klamotten vom Boden des Badezimmers aufgehoben, sie gewaschen und fein säuberlich zusammengefaltet auf mein ordentlich gemachtes Bett gelegt.

»Die sind angekommen«, bestätigte ich knapp.

Das sollte unsere einzige Unterhaltung bis zur Kantine bleiben. Ich hatte keine Lust, mit Lee zu sprechen, und ihn interessierte sowieso nicht, was ich zu sagen hatte. Schweigen und unauffällig jeden Augenkontakt vermeiden, schien uns beiden die beste Alternative zu sein.

Erst als wir mit vollbeladenen Tabletts zu den anderen an den Tisch traten, fanden wir unsere Sprache wieder.

»Guten Morgen!«, ertönte es von allen Seiten.

Nur nicht aus Joes Richtung. Da kam eher ein gemurmeltes »Moin« hergeweht. Mit verschlafenen Augen rührte er gemächlich in einer Müslischüssel und hatte für mich nur ein träges Nicken übrig. Der Spaßvogel war offensichtlich ein ausgewachsener Morgenmuffel.

Ich setzte mich neben Ivan, der Milch aus einer Schale schlabberte und dabei katzenartiger denn je aussah. Vor allem als er seinen Kopf hob und die Milch ihm von seinen Schnurrhaaren tropfte. Er leckte die Tröpfchen gewissenhaft auf und sah höchst zufrieden drein.

Samira langte zu dem Körbchen mit den Steinen, das ich gestern noch für Dekoration gehalten hatte. Sie ließ eins der Steinchen in ihren Kaffeebecher fallen und erklärte mir, dass es sich dabei um gepresstes Harz eines gewissen Lema-Baumes handele. Es habe die gleiche Süßkraft wie Zucker, sei nur um einiges kalorienärmer.

»Jay, wie ich sehe, sind wir jetzt Verbündete«, meinte Colin fröhlich und hielt seinen tätowierten Arm hoch.

Ich zwang mich zu einem Lächeln, obwohl ich seine Euphorie nicht einmal ansatzweise teilen konnte. Gleichzeitig wurde mir bewusst, dass Colin als echter Wahrheitsfinder mein Schauspiel ja sofort durchschauen musste. Für einen Moment wusste ich nicht, wie ich mich ihm gegenüber nun verhalten sollte. Nicht dass ich ein notorischer Lügner war, aber meine wahren Gedanken wollte ich nur mit jemandem teilen, wenn ich es auch für richtig hielt. Wenigstens konnte Colin als Grad zwei nicht einfach so in meinem Kopf herumstochern, zumindest wenn ich das richtig verstanden hatte.

Trotzdem wich ich vorsorglich seinem Blick aus und konzentrierte mich auf das Brötchen, das vor mir auf dem Teller lag. Ich war froh, als Samira sich bei Colin nach den Prüfungsergebnissen erkundigte und ihn damit von mir ablenkte.

»Der ganze Kurs hat bestanden, aber allesamt nur mittelmäßig«, erzählte er. »Zum Special wird es wohl keiner von ihnen schaffen.«

»Ganz bestimmt nicht«, kommentierte Lee.

Colin wiegte den Kopf. »Anfangs hatte ich ja noch auf Wilson und Ramirez gesetzt, aber ihr Durchhaltevermögen lässt wirklich zu wünschen übrig.«

»Ich hab dir gleich gesagt, dass die beiden viel zu viel Bindung an die Dortwelt haben«, meinte Lee ernst. »Das gibt immer Probleme.«

Samira hob eine Braue.

Lee legte versöhnlich den Kopf schräg. »Tut mir leid, Samy, aber diese Erfahrung habe ich eben gemacht. Je später die Leute zu uns stoßen, umso schwieriger ist es. Sie haben menschliches Fehlverhalten einfach viel zu tief verinnerlicht, als dass sie es überwinden könnten. Freilich gibt es Ausnahmen, aber ... wie viele Bréags kennst du innerhalb der Special Forces?«

Colin fiel scheppernd das Buttermesser aus der Hand. Ivan sog hörbar die Luft durch seine spitzen Zähne. Joe war mit einem Schlag hellwach. Und offensichtlich stinksauer. Was auch immer der Ausdruck »Bréag« zu bedeuten hatte – ein Kosewort war er gewiss nicht.

Einzig Samira schien überhaupt nicht schockiert zu sein, sondern fixierte Lee mit nach wie vor erhobener Augenbraue.

Joe legte seine geballten Fäuste auf den Tisch und beugte sich bedrohlich in Lees Richtung. »Samy hat dir nicht nur einmal den Arsch gerettet und du wagst es tatsächlich, sie nach all unseren gemeinsamen Erlebnissen als minderwertig zu bezeichnen?«

Lee trank gelassen einen Schluck Kaola, bevor er antwortete: »Natürlich nicht. Samira ist eine erstklassige Agentin und ich weiß sehr wohl, was ich ihr zu verdanken habe. Trotzdem ist es Fakt, dass sie eine Ausnahme ist.«

»Eine Ausnahme, was ihre armselige Herkunft betrifft?«, fauchte Joe. »Ich kann nicht fassen, dass du immer noch so denkst!«

Lee zeigte keine Spur von Reue. »Das ist eben meine Meinung«, sagte er steif. »Allerdings hat die nichts mit Samy zu tun. Tut mir leid, wenn das gerade so rübergekommen ist.«

Er und Joe starrten sich feindselig an. Allmählich begann ich zu verstehen, dass es um Samiras Kindheit ging. Sie war unter Menschen aufgewachsen, ohne über ihre Begabung Bescheid zu wissen, und diese Herkunft war es wohl, die Lee als minderwertig betrachtete. Plötzlich wurde mir klar, warum der Kerl mich von Anfang an wie einen Idioten behandelt hatte. Ich war nicht nur bei Menschen aufgewachsen, sondern ich war auch noch einer. In Lees Augen war meine Minderwertigkeit also kaum zu überbieten.

Schließlich beendete Samira die äußerst explosive Stimmung am Tisch. Sie legte Joe beruhigend eine Hand auf den Arm und schaute Lee ernst an. »Ich teile deine Meinung zwar keineswegs, aber ich akzeptiere sie, genauso wie du inzwischen meine Vergangenheit akzeptiert hast.«

Lee nickte schweigend.

»Und jetzt lasst uns dieses Gespräch bitte vergessen«, fuhr sie fort. »Ich möchte nicht, dass irgendwas zwischen uns steht. Wir sind ein Team und müssen uns uneingeschränkt vertrauen. Das ist alles, was zählt.«

Wow, ich war ehrlich beeindruckt von Samiras Reaktion. Ich wäre an ihrer Stelle vermutlich ohne Umschweife auf Lee losgegangen. Eine offenkundige Beleidigung einfach wegzulächeln, hatte ich noch nie fertiggebracht. Wobei ich es auch nie versucht hatte. Irgendwie hatte meine Faust stets schneller reagiert als meine Selbstbeherrschung. Samira schaffte es sogar, noch eine

Prise Mitleid in ihr Lächeln einzufügen, was Lee dazu brachte, wenigstens eine Spur beschämt zu wirken.

Faszinierend.

Die Atmosphäre blieb natürlich weiterhin angespannt, obwohl sich alle Mühe gaben, die vergangenen Minuten mit übertriebener Höflichkeit zu verdrängen. Ich atmete innerlich auf, als Colin das Frühstück schließlich für beendet erklärte.

»Wir müssen los, Leute. Team 5 hat bestimmt keine Lust auf Überstunden.«

»Wo gehen wir hin?«, fragte ich, als sich alle am Tisch gleichzeitig erhoben.

»Wir?«, wiederholte Lee belustigt.

Colin räusperte sich. »Also du bleibst hier bei Ivan. Wir anderen müssen unsere Kollegen bei einer Observierung ablösen.«

»Oh, ach so.« Verlegen wischte ich mir ein verirrtes Haar von der Wange. »Geht klar.«

»Du Glückspilz!«, meinte Joe und klopfte mir so fest auf den Rücken, dass ich beinahe unfreiwillig den Tisch küsste. »Observierungen sind nämlich so ziemlich das Langweiligste, was es gibt.«

»Zum Abendessen sind wir bestimmt wieder zurück«, versicherte mir Samira. »Macht euch einen schönen Tag!«

Die Agenten zogen von dannen. Sie gingen ihrer ganz normalen Arbeit nach – und ich sollte mir einen schönen Tag machen? Irgendwie passte das alles nicht zusammen. Ich wurde hierhergeschleift mit solch wunderlichen Aussagen wie »Wir brauchen dich« und »Du wurdest auserwählt«. Doch anstatt mir einfach mal zu erklären, was konkret von mir erwartet wurde, ließen sie mich hier sitzen? Neben einem sprechenden Kater, der mir trotz seiner sympathischen Art immer noch nicht ganz geheuer war?

Ivan schaute zu mir auf. Er wackelte mit seinen nicht vorhandenen Augenbrauen.

»Revanche?«

***

Nach drei haushohen Niederlagen auf der digitalen Rennbahn verlor Ivan die Lust am Motorsport. Weil es ihm bei einem Jump&Run-Duell auch nicht besser erging, wollte er das Computerspielen vorläufig lieber sein lassen. Es langweilte ihn. Zumindest behauptete er das.

Wir überlegten kurz, was wir stattdessen mit unserer Zeit anfangen sollten, und ich erinnerte mich an seine gestrige Einladung zum Tee bei ihm zu Hause. Ich freute mich wie ein Kind zu Weihnachten, als der Kater meinen Vorschlag sofort akzeptierte und sich mit mir auf den Weg zum Smaragdwald machte.

Ivan führte mich auf den Innenhof und marschierte schnurstracks zu dem Tor, hinter dem die Allee zu sehen war. Beim Anblick des Wachpostens wurde ich etwas nervös. Der General hatte zwar gesagt, dass ich in Begleitung eines Agenten jederzeit das Gelände verlassen durfte, aber ich befürchtete dennoch, gleich mit Sirenen und Großalarm begrüßt zu werden.

Doch bis auf einen äußerst eingehenden Blick der Wache passierte nichts dergleichen. Während Ivan ein paar Worte mit dem Wachmann wechselte, betrachtete der mich so durchdringend, dass ich mir sicher war, er würde auch nach zwanzig Jahren noch ein einwandfreies Phantombild von mir zeichnen können. Unruhig trat ich von einem Bein auf das andere und knackste unablässig mit meinen Fingerknöcheln.

Was redeten die so lange? Wollte er mich etwa nicht hinauslassen? Ich kam mir wie eine Gefängnisinsassin vor, die bibbernd auf die Genehmigung ihres Freigangs wartete.

Erleichtert atmete ich aus, als Ivan mich endlich mit einer Pfote zu sich winkte und wir gemeinsam das Tor passierten.

»Was war los?«, wisperte ich. »Gab's Probleme?«

»Nein. Seiner Frau und den Kindern geht es hervorragend.«

Hä?

Ich kratzte mich am Kopf. »Ah ja. Gut zu wissen.«

Die Straße, die von Bäumen gesäumt war, machte gleich hinter dem Tor eine scharfe Rechtskurve und führte am Zaun des Geländes entlang. Auf der anderen Straßenseite konnte ich einen langgezogenen Parkplatz sehen, auf dem seltsam geformte Autos standen. Futuristisches Kugeldesign hätte man es nennen können.

Ivan bog nach links ab, wo ein breiter Pfad zwischen den Bäumen der Allee zur offenen Wiese hin begann.

»Wohin führt die Straße?«, fragte ich und deutete in Richtung Parkplatz.

»Die führt hinunter nach Avalon.«

»*Avalon*?«

»Ja. So heißt die Stadt.«

Ich blieb stehen. »So wie Avalon aus der Artus-Sage?«

»Genau dieses Avalon, ja.« Ivan entblößte kurz seine Zähne. »Durch einen Übersetzungsfehler wurde aus der nebligen Stadt irgendwann eine ganze Insel. Was natürlich Quatsch ist.«

»Natürlich«, pflichtete ich ihm kopfschüttelnd bei.

Ivans Schwanzspitze zuckte. »Du glaubst mir nicht?«

»Na ja, weder die Existenz des König Artus noch die der Insel Avalon konnte jemals bewiesen werden.«

Der Kater lachte lauthals auf. Ein vibrierendes Schnurren begleitete sein Glucksen. Das klang ziemlich witzig und ich konnte gar nicht anders, als mitzugrinsen, obwohl ich nicht wusste, was überhaupt so lustig war.

»Weißt du, Jay, du hast gerade bestätigt, dass die Agency gute Arbeit macht.« Er zwinkerte verschmitzt und ging einfach weiter.

Ich folgte ihm auf den Pfad, zwischen den monströsen Bäumen der Allee hindurch. Er schlängelte sich in sanften Bögen durch die leicht abfallende Ebene in Richtung des Waldes.

Begierig sog ich die frische Luft ein. Mit tiefen Atemzügen ließ ich den reinigenden Sauerstoff in meine Lunge strömen. Mir war, als hätte ich nach einem langen Tauchgang die Wasseroberfläche durchstoßen und könnte nun endlich wieder Luft atmen. Das Gefühl von Freiheit erfasste mich.

Inmitten der Natur hatte ich mich schon immer unbeschwert und sorgenfrei gefühlt. Als ich noch nicht als »schwieriger Fall« galt, lebte ich in einem Kinderheim auf dem Land. Das waren die schönsten Jahre in meinem ganzen Leben. Unsere Erzieherinnen waren nett und unternahmen viele Spaziergänge und

Wanderungen mit uns. Außerdem hatte das Heim einen wunderschönen Obstgarten, in dem wir Kinder uns austoben konnten. Ja, in dieser Zeit war ich wirklich glücklich gewesen. Bis zu dem Tag, als ich mit acht Jahren zum ersten Mal an Pflegeeltern vermittelt wurde. Ab da ging es mit meinem Leben steil bergab.

»Gefällt es dir hier?«, fragte Ivan. Er ging neben mir her und beobachtete mich von unten herauf.

Ich schluckte den Schmerz der Vergangenheit herunter. »O ja! Es ist wunderschön.«

»Vermisst du dein Zuhause?«

»Ja und nein«, antwortete ich ehrlich. »Das Heim, also mein Zuhause, vermisse ich nicht wirklich. Allerdings möchte ich unbedingt Physik studieren, und mit jedem Tag, den ich an der Schule fehle, rückt mein Abitur immer weiter in die Ferne. Verstehst du?«

»Das ist das Einzige, was dir Sorgen macht?«

»Ist das so abwegig?«, fragte ich steif. Ivan schien meine Probleme nicht ernst zu nehmen. Tja, das hatte man davon, wenn man einer Katze von seinen Gefühlen erzählte.

»Ach, Jay. Über deinen Abschluss brauchst du dir wirklich keine Gedanken zu machen. Die Agency kann im Handumdrehen dafür sorgen, dass du an einer Schule deiner Wahl aufgenommen wirst. Egal, wie lange du aussetzen musst.«

»Das würden sie tun?«

»Natürlich!« Er gluckste wieder schnurrend. »Du bist immerhin die Trägerin. Ein bisschen Behördenquatsch ist das Mindeste, was die Agency dir schuldig ist. Ich bin mir sicher, dass du dein Abitur auch ohne weitere Schulstunden bekommen wirst. Wenn du verstehst, was ich meine.«

»Aber das wäre doch Betrug!«, rief ich aus. »Nein. Das will ich auf keinen Fall.«

Ivans bernsteinfarbene Augen blitzten. »Eine ehrenwerte Einstellung. Respekt. Aber bitte vergiss diese Sorgen um deinen Abschluss. Das ist völlig unnötig. Sobald du deine Aufgabe hier erledigt hast, werden dir alle Wege offenstehen.«

Ich kickte im Gehen einen kleinen Stein weg. »Meine Aufgabe …? Was soll das denn für eine Aufgabe sein? Wenn mir nur endlich mal jemand sagen würde, was ich eigentlich hier tun soll.«

Der Kater seufzte. »Das würden wir alle gern wissen«, sagte er.

Meine Hand fuhr wie von selbst zu der Stelle an meiner Brust, wo das Orinion lag. Die meiste Zeit bemerkte ich gar nicht mehr, dass es da war. Als würde es zu meinem Körper gehören. Doch jetzt fühlte ich die Konturen des Amuletts durch den Stoff meiner Jacke und fragte mich zum wiederholten Mal, wie so ein hübsches Schmuckstück als Waffe fungieren sollte.

»O nein!«, stöhnte Ivan plötzlich auf. »Arístos im Anflug!«

Ich folgte seinem Blick und erkannte einen ganzen Schwarm Schmetterlinge, die im Pulk auf uns zuflatterten. »Die sind ja schön!«, staunte ich.

»Pscht! Nicht reden!«

»Was? Warum nicht?«, fragte ich verwundert, als die handtellergroßen Schmetterlinge uns erreicht hatten. Sie schwirrten fröhlich um meinen Kopf.

»Was?« – »Warum nicht?« »Warum?« »Warum?« »Waaaaas?«

Ivan ächzte. »Darum!«

»Darum!« »Darum, darum!« »Daaaaarum!«

Ich lachte auf und betrachtete die bunten Tierchen, die mit piepsender Stimme durcheinanderriefen: »Darum!« »Warum?« »Waaas?« »Ha, ha, ha!« »Was?«

»Das ist ja verrückt«, kicherte ich. »Sie sprechen alles nach?«

»Sie sprechen alles naaach!« – »Verrückt, verrückt!« »Waaaas?«

Der Kater fand die Sache alles andere als lustig. Er sprang herum und versuchte die Schmetterlinge mit seinen Pfoten zu verscheuchen. »Weg mit euch!«

»Weg mit euch!« – »Waaaarum?« »Verrückt!«

Ich streckte meine Hand aus. Tatsächlich ließ sich eines der Tierchen darauf nieder. Seine Flügel schillerten blau und lila und waren mit einem gezackten goldenen Rand versehen. Die Facettenaugen wirkten im Vergleich zu dem schmalen Körper riesig. Es wetzte aufgeregt seine Vorderbeinchen und wackelte mit den Fühlern.

»Du bist ja ein putziges Kerlchen«, sagte ich zu ihm.

Sofort piepste er: »Ein putziges Kerlchen! Du bist ein putziges Kerlchen!«

Und mein darauffolgendes Kichern kopierte er ebenfalls.

»Hihihihi hihihi hihi hihihi!«

»Schnell weg hier, Jay!«, rief Ivan durch das Stimmengewirr hindurch. »Lauf!«

Der Kater galoppierte in Richtung Waldrand davon. Ich folgte ihm mit einigem Abstand, während ich von allen Seiten mit »Lauf, Jay!« – »Lauf!« angefeuert wurde und vor Lachen kaum noch Luft bekam.

Japsend und kichernd erreichte ich den Smaragdwald. Kaum hatte sich der Schatten der Bäume auf mich gelegt, flatterten die lustigen Schmetterlinge weg. Ivan erwartete mich mit einer äußerst genervten Miene.

»Was hast du denn?«, feixte ich. »Die sind doch süß!«

»Ein paar Minuten lang vielleicht«, murrte der Kater. »Aber ein Arísto hört von selbst nicht mit diesem Geschrei auf. Das kann Stunden dauern, wenn es einem nicht gelingt, dieses Ungeziefer im Dunkeln abzuschütteln. Sie können im Finstern nämlich nichts sehen, darum meiden sie die Schatten des Waldes.«

So richtig finster war es hier eigentlich nicht. Die Sonnenstrahlen bahnten sich ihren Weg durch das dichte Laub der Baumkronen und warfen goldenes Licht auf den mit Farn bedeckten Boden. An manchen Stellen war das Licht so stark gebündelt, dass ich fast glaubte, es anfassen zu können. Die beinahe mystische Anmut des Ortes jagte mir einen angenehmen Schauer über den Rücken.

»Wow«, hauchte ich und streichelte voller Ehrfurcht über einen bemoosten Stamm. »Es ist noch schöner, als ich es mir vorgestellt habe.«

»Ja, der Smaragdwald ist wirklich etwas ganz Besonderes. Der größte und älteste Wald der Anderswelt.«

Gemächlich wanderten wir den Weg entlang. Hie und da wurde er von einer Wurzel aufgeworfen, doch man konnte trotzdem bequem dahinschlendern. Die Geräusche des Waldes begleiteten uns. Vogelgesänge, das Rauschen der Wipfel, das Klopfen eines Spechts ... und ab und zu knackte es im

Unterholz. Vielleicht war das ein aufgeschrecktes Reh oder ein neugieriger Fuchs. Ich war völlig entspannt und verspürte keinerlei Furcht. Es war einfach nur abwegig, dass an einem solch wundervollen Ort Gefahr lauern könnte.

Kurz darauf bogen wir auf einen schmaleren und unscheinbaren Pfad ab. Ivan marschierte mühelos voran, während ich mich durch tief hängendes Geäst kämpfen musste. Kleine Zweige verfingen sich in meinen Haaren, aber auch das machte mir nichts aus. Ich fühlte mich wieder wie ein Kind auf einem spannenden Streifzug durch die Wildnis und voller Entdeckerlaune, einem ungewissen Abenteuer entgegen.

***

Als wir zum Abendessen wieder zurück waren, begrüßte Samira mich lachend und zupfte ein kleines Blatt aus meinem Zopf. »Wie siehst du denn aus? Hast du in einem Laubhaufen herumgetobt?«

Ich setzte mich neben sie und drapierte mein Besteck vor mir. »Nicht ganz. Ivan hat mir sein Haus gezeigt.«

»Ach, schön. Knuffig, oder?«

»Knuffig« war durchaus eine treffende Bezeichnung für Ivans Heim. Es war ein Konstrukt aus in sich verflochtenen Ästen und Hölzern, bedeckt mit einer Schicht Waldboden, so dass es auf den ersten Blick wie ein Mooshügel aussah. Das Haus war so klein, dass ich gerade mal meinen Kopf durch die unscheinbare Türöffnung stecken konnte, um hineinzusehen. Die Einrichtung bestand aus kuscheligen Kissen und einem Wasserkocher. Aus dem versprochenen Tee wurde dann allerdings doch nichts, weil Ivan nicht bedacht hatte, dass man für einen elektrischen Wasserkocher natürlich auch Strom benötigte.

»Das Haus ist klasse«, schwärmte ich und zwinkerte Ivan zu, der mir mit stolzgeschwellter Brust gegenübersaß. »Ich bin fast ein wenig neidisch.«

»Ihr hattet einen tollen Tag, was?«, meinte Samira.

Ich nickte eifrig. »Auf jeden Fall! Ich durfte sogar diese geschwätzigen Schmetterlinge kennenlernen. Wie heißen die noch gleich?«

»Arístos«, sagte Ivan.

Samira betrachtete mich lächelnd. Sie schien sich aufrichtig zu freuen, dass ich einen schönen Tag verbracht hatte, und wirkte irgendwie zufrieden.

»Arístos?«, sagte Colin, der sich gerade mit Lee zu uns gesetzt und den letzten Teil unseres Gespräches offenbar mitbekommen hatte. »Lästige kleine Biester.«

»Ach.« Ich winkte ab. »Ich fand sie wirklich witzig. Aber wir konnten sie auch recht schnell im Wald abschütteln.«

Joe lachte. »Sei froh! Sonst hättet ihr …«

»Ihr wart im Wald?«, unterbrach ihn Lee.

Alle, ich eingeschlossen, wandten ihm überrascht die Köpfe zu. Sein Gesichtsausdruck verriet überdeutlich, was er von meinem kleinen Ausflug hielt.

»Ja. Ivan und ich waren heute im Wald.« Ich reckte provokant mein Kinn vor. »Hast du vielleicht ein Problem damit?«

Ich genoss es, dabei zuzusehen, wie die kleine Ader an seiner Schläfe immer deutlicher hervortrat, während er mich grimmig anstarrte.

»Wir hatten wirklich einen wunderschönen Tag«, setzte ich noch obendrauf. »Falls es dich interessiert.«

Lee richtete seinen stechenden Blick auf Ivan. »Das war sehr leichtsinnig«, knurrte er.

Der Kater zuckte mit dem Rückenfell, als wollte er eine lästige Fliege verscheuchen. »Reg dich ab, Lee. Der Chief hat es erlaubt. Außerdem – wer sollte uns so nahe an der Agency schon auflauern?«

»Einen Angriff befürchte ich auch nicht.«

»Was dann?«, fragte Ivan verdutzt.

Lee sah wieder zu mir. Ich wusste sofort, worum es ihm ging. Dass ich den kleinen Kater niederschlagen und abhauen könnte. Genau das glaubte er. Er sprach seinen Verdacht jedoch nicht aus, sondern begann schweigend auf die unschuldigen Kartoffeln auf seinem Teller einzuhacken.

Ivan schüttelte irritiert den Kopf und tauschte einen Blick mit Colin, der ratlos mit den Schultern zuckte. Schließlich ergriff Samira das Wort, die offenbar beschlossen hatte, den angesäuerten Lee völlig zu ignorieren.

»Habt ihr euch den Waldsee angeschaut?«, fragte sie.

»Nein. Leider nicht.«

»Den musst du dir unbedingt mal ansehen«, stieg Joe mit ein. »Dort gibt es sogar kleine Boote, mit denen man hinausrudern kann.«

»Hmm«, summte Samira und sah Joe verträumt an. »Das haben wir schon lange nicht mehr gemacht. Warum eigentlich nicht?«

»Das habe ich mich auch gerade gefragt.«

Samy und Joe lächelten sich derart verliebt an, dass sogar mir warm ums Herz wurde.

»Den See kann ich dir morgen zeigen, Jay«, unterbrach Ivan die beiden Schmachtenden. »Wenn du Lust hast.«

»Natürlich!«, freute ich mich.

»Aber ich werde auf keinen Fall in so ein Boot steigen! Dass das klar ist!«

Colin seufzte. »Schade, dass wir morgen wieder die Tagschicht bei der Observierung haben. Sonst hätte ich gerne den Kapitän gespielt.« Seine hellbraunen Augen funkelten mich an. »Aber das können wir ja ein andermal nachholen.«

»Das wäre schön«, antwortete ich ehrlich und war nicht sicher, ob Colin da gerade einen kleinen Flirt startete. Doch sein Grinsen wirkte nur freundlich und unverbindlich, so dass für irgendwelche Hintergedanken kein Platz mehr blieb. Als er dann auch noch vorschlug, die Bootsfahrt mit einem kleinen Ruderrennen zwischen Joe und ihm zu verbinden, war die Sachlage für mich geklärt.

Meine Augen huschten automatisch zu Lee, der seine Pellkartoffeln inzwischen gänzlich zu Brei zermatscht hatte. Ich war froh, dass er mit seinem Verdacht, was meine geplante Flucht betraf, allein dastand.

KAPITEL 13

Am Morgen meines dritten Tages in der Agency nahm ich all meinen Mut zusammen und machte mich allein auf den Weg zum Frühstück. Ich hinterließ Lee absichtlich keine Nachricht. Sollte er ruhig glauben, ich wäre abgehauen. Dieser Idiot.

Vom Abendessen bis wir unser Stockwerk erreicht hatten, hatte er keinen Ton mehr von sich gegeben. Nur ein knappes »Gute Nacht« hatte er sich abgerungen, bevor er in seinem Apartment verschwand. Und das mit einem derart verkniffenen Gesichtsausdruck, dass ich ihn beinahe gefragt hätte, ob er vielleicht an Verstopfung litt. Leider knallte er die Tür zu, bevor ich einen entsprechenden Kommentar loslassen konnte.

Inzwischen wusste ich, dass er mich allein wegen meiner Abstammung verabscheute. Ich hatte ja schon mit allerhand Vorurteilen zu kämpfen gehabt, aber an meinem Menschsein hatte sich bisher noch niemand gestört. Das war irgendwie verquer. Immerhin war Lee auch nur ein Mensch, bloß mit einem besonderen Gen, das ihn zu einem Tuatha de Dannan machte. Genau genommen war er also ein Mutant – ein Freak, der glaubte, auf Grund seines Gendefekts etwas Besseres zu sein. Da konnte man mal sehen, wie bescheuert er eigentlich war.

Ich wanderte durch die Flure und versuchte mich genau auf den Weg zu konzentrieren. Am Abend zuvor hatte ich mir jede Abzweigung genauestens eingeprägt. Das Ganze nun in umgekehrter Reihenfolge zu wiederholen, stellte sich leider als etwas komplizierter dar.

Ratlos verharrte ich an einer Kreuzung und drehte mich so oft um die eigene Achse, dass ich fast vergaß, aus welcher Richtung ich gekommen war.

Mist.

Ein leises Surren ließ schließlich Hoffnung in mir aufkeimen. Ein Memo schwirrte in rasantem Tempo heran.

»Entschuldige bitte!«, rief ich ihm entgegen und hob meine Hand, als ob ich ein Taxi aufhalten wollte.

Der Memo verstand und bremste ab, bis er flatternd vor meinem Gesicht in der Luft schwebte. Seine Flügelchen bewegten sich dabei so schnell, dass man sie nur als Schemen wahrnehmen konnte. Er trug eine kleine Papierrolle in seinen Krallen.

»Könntest du mir bitte zeigen, wo der Zentralfahrstuhl ist?«, bat ich den winzigen Vogel.

Er stieß einen kurzen Pfiff aus und schwirrte in die Richtung davon, aus der er gekommen war. Das fasste ich als »Ja« auf. Ich rannte los, um den Memo nicht aus den Augen zu verlieren. Leider klappte das nur bis zur ersten Gabelung.

»Halt!«, japste ich. »Nicht so schnell!«

Der Memo wartete im nächsten Flur auf mich und sah höchst genervt drein. Ein wahres Kunststück, wenn man bedenkt, dass ein Vogel über keinerlei Mimik verfügt.

»Tut mir leid, aber ... du bist echt verdammt schnell«, schnaufte ich.

Nun wirkte er geschmeichelt. Wirklich erstaunlich.

»Wo musst du denn hin?«, ertönte da plötzlich eine Stimme hinter mir.

Ich fuhr herum und entdeckte ein Mädchen, das nur wenig jünger zu sein schien als ich und in den gleichen kotzgelben Klamotten steckte. Sie hatte kinnlange schwarze Wuschellocken, die ihr schmales Gesicht wie ein überdimensionaler Helm umgaben, und riesige dunkle Augen.

»In ... die Kantine«, antwortete ich, immer noch ein wenig außer Atem.

Das Mädchen wandte sich an den Memo. »Du kannst ruhig deiner Arbeit nachgehen. Ich bin nämlich auch auf dem Weg dorthin.« Sofort sauste der Vogel davon.

»Komm mit!«, forderte sie mich freundlich auf.

Erleichtert folgte ich ihr. »Danke. Du bist meine Rettung.«

»Kein Problem. Bist wohl noch nicht lange hier, was? Ich hab mich in der ersten Woche auch ständig verlaufen. Die haben hier wirklich an der Beschilderung gespart.«

Ich lachte beschwingt. »Ja. Und der Architekt hat wohl eine Schwäche für komplizierte Labyrinthe.«

»Wie meinst du das? Wegen der Irrlichtfarbe?«

O Mann …

»Ja, genau«, bestätigte ich, in der Hoffnung, dass meine Antwort auch einen Sinn ergab. Um weitere Peinlichkeiten zu vermeiden, lenkte ich rasch vom Thema ab. »Ich bin übrigens Jay.«

»Freut mich, ich heiße Lucy. In welcher Abteilung machst du denn dein Praktikum?«

»Ähm …«

Verdammt! Wie nannten sie sich noch gleich? Exekutives Dingsbums für irgendwas … Mist, ich hätte meine Rolle hier vielleicht noch ein bisschen besser einstudieren sollen.

»Team 8«, antwortete ich schließlich eilig. »Ich bin bei Team 8.«

Lucy blieb stehen und sah mich mit ihren großen Kulleraugen an.

O nein, hab ich mich jetzt doch verraten? Oder ist sie etwa ein Wahrheitsfinder?

»Du machst dein Praktikum bei Team 8?«, hakte sie nach.

Ich biss mir auf die Unterlippe. »Ja. Wieso?«

»Wow. Das ist ja krass – Team 8 ist eine Legende!«

»Ach ja?«

Lucys Haarschopf geriet in Bewegung, als sie aufgeregt nickte. »Aber klar! Sag bloß, du weißt das nicht?«

»Ehrlich gesagt war mir das nicht bewusst. Nein.«

»Meine Güte!«, rief sie aus und ging schnatternd weiter den Flur entlang. »Ich wusste gar nicht, dass die Praktikanten nehmen. Wenn ich das … Na ja. Team 3 ist natürlich auch nicht schlecht. Ich will echt nicht undankbar sein. Immerhin sind die Praktikumsplätze bei den Special Forces ziemlich begrenzt. Ich war ganz aus dem Häuschen, als ich die Zusage bekam. Und dann noch bei der A.S.S. …«

Der was?

»… aber Team 8 ist wirklich der Hammer. Das muss unheimlich spannend sein! Warst du schon bei einem tollen Einsatz dabei?«

»Hm, nee.« Ich überlegte verzweifelt, was ich sagen könnte, um mein Alibi nicht ins Wanken zu bringen. »Nur bei einer Observierung. Leider.«

Lucy nickte mitfühlend und bog beim nächsten Flur ab. »Na ja, gegen die langweiligen Jobs ist nicht einmal Team 8 gefeit, was?« Sie gluckste fröhlich. »Stell dir vor, wir mussten gestern Gnome einsammeln. Gehört auch nicht unbedingt zu den angenehmsten Aufgaben.«

Ich nickte wissend. »Echt nervig.«

Bald darauf erreichten wir den Fahrstuhl, den ich allein niemals gefunden hätte. Leider war ich durch das Gespräch so abgelenkt, dass ich wieder nicht richtig aufpassen konnte. Vielleicht sollte ich beim Rückweg einfach Brotkrumen streuen. Ob die Memos sie auffressen würden?

»Wann hast du deine Aufnahmeprüfung?«, wollte Lucy von mir wissen, als wir den Aufzug betraten.

»Oh, also, ich hab noch keinen Termin.«

Sie sah mich ungläubig an. »Was? Aber du hast dich doch bestimmt schon beworben.«

»Nein, ich bin noch ... unentschlossen.«

Hilfe, um was geht es hier überhaupt?

Lucy überstand die Höllenfahrt des Fahrstuhls wie eine Eins, während ich wieder einmal schwankte, als hätte ich gerade erst das Laufen gelernt.

Lucy schaute mich skeptisch an. »Viel Zeit hast du aber nicht mehr. Das Auswahlverfahren beginnt nämlich schon in drei Wochen.«

»Ja, ich weiß«, gackerte ich unbeholfen. »Langsam wird's knapp.«

Wir traten aus dem Fahrstuhl und gingen gemeinsam zur Essensausgabe. Ich betete im Stillen, dass ich die letzten Hürden unseres Gesprächs noch irgendwie meistern würde, ohne Argwohn zu erregen.

»Ich wollte schon immer Agent werden«, erzählte Lucy ungezwungen. »Special Agent, um genau zu sein. Keine Ahnung, warum. Ich fand das halt schon immer richtig cool. Und ich hab mich schon lange auf die Ausbildung vorbereitet, weil als Grad drei ...« Sie schielte auf meine Tätowierung. »Okay, dann weißt du ja, was ich meine.«

Wusste ich nicht, aber ich gab mich dennoch verständnisvoll. Gleichzeitig versuchte ich das Symbol auf Lucys Handgelenk richtig zuzuordnen, aber ich war mir nicht sicher, welche Begabung es anzeigte. Irgendwer musste mir da mal ein Merkblatt zusammenstellen.

Ich sah Lucy erstaunt dabei zu, wie sie ihr Tablett belud, und fragte mich, wo so ein zierliches Persönchen das ganze Essen hinpacken wollte. Sofort kam mir Birgit mit ihrer Essstörung in den Sinn, aber Lucys gesunder Teint und ihr glänzendes Haar ließen wirklich auf kein Bulimie-Problem schließen.

Mein Blick sprach offensichtlich Bände, denn Lucy lachte herzlich. »Du hast mich ertappt. Ich bin ein Gierschlund. Mein Arzt nennt das ›erhöhten Grundumsatz‹, aber ich nenne es gesunden Appetit.«

Dass Lucy vor Energie strotzte und dementsprechend Nachschub brauchte, stand außer Frage. Und ich kannte nicht viele Menschen, die mir von Anfang an so sympathisch waren wie sie. Es tat mir wirklich leid, dass ich trotzdem schnellstmöglich von ihr wegmusste, weil ich besorgt war, dass meine Tarnung während unserer Unterhaltung aufflog.

»Ah, mein Team ist schon da«, freute sie sich und verrenkte sich halb den Hals, um den gesamten Raum abzusuchen. »Und wo sind deine Leute?«

»Hm.« Ich sah mich ebenfalls um. »Ich schätze, ich bin heute die Erste.«

»Helden brauchen eben ihren Schlaf, was?« Sie grinste verschmitzt. »Hat mich gefreut, Jay. Mein Praktikum geht noch bis Ende dieser Woche. Wir sehen uns bestimmt noch mal.«

»Das wäre toll!«, erwiderte ich. »Schönen Tag wünsch ich dir. Und danke, dass du meinen Reiseführer gespielt hast.«

Sie balancierte mit wippenden Locken ihr überladenes Tablett zwischen den Tischen hindurch und setzte sich zu einer Gruppe von Leuten in dunkelblauer Kleidung. Ich wählte einen freien Tisch, der möglichst weit von ihnen entfernt war, und fühlte mich dabei irgendwie wie ein Verräter. Lucy war so ein nettes Mädchen und ich musste ihr etwas vorlügen, was nicht einmal meine eigene Entscheidung war.

Auch wenn ich die Geschichte um das Orinion immer noch nicht ganz begreifen konnte, kam es mir aber plausibel vor, die Sache zunächst geheim zu halten. Der Chief hatte von einer möglichen Massenpanik gesprochen und dafür wollte ich wirklich nicht der Auslöser sein.

Eine globale Bedrohung.

Das Orinion – die Waffe, mit der sich diese Bedrohung abwenden ließ.

Und ich, das menschliche Waisenkind, das aus welchem Grund auch immer dazu auserwählt worden war, diese mächtige Waffe zu bedienen.

Das klang ja fast wie der seichte Stoff für einen billigen Kitschroman. Waisenkind rettet die Welt!

Der Autor meiner Lebensgeschichte hätte sich wirklich was Hübscheres für mich ausdenken können. Ein Nobelpreis in Physik hätte mir als Happy End deutlich besser gefallen.

Wie immer, wenn ich an das Orinion dachte, waren meine Finger unbemerkt zu dem Amulett gewandert. Meine Hand lag darüber, als wollte sie es beschützen. Oder als hätte ich Herzschmerzen.

Bevor noch jemand auf die Idee kam, den Sanitätsdienst zu rufen, nahm ich die Hand von meiner Brust und schälte lieber eine Orange. Zumindest hatte ich es für eine Orange gehalten, aber da dunkelblaues Fruchtfleisch unter der Schale zum Vorschein kam, konnte das ja nicht stimmen. Unauffällig schnupperte ich daran, nicht dass das gute Stück etwa verdorben war. Aber da es nicht faulig roch, schob ich mir mutig ein Stück davon in den Mund. Erst schmeckte es nach gar nichts. Nach zwei Bissen entfaltete sich aber ein süßer Geschmack, der mich ein wenig an den von Granatäpfeln erinnerte, der sich jedoch beim Kauen merklich veränderte. Ich stockte und riss bestürzt die Augen auf.

Dann spuckte ich die zerkaute Pampe in eine Serviette.

Colin ließ sich im selben Moment mir gegenüber auf einen Stuhl fallen. Höchst amüsiert musterte er mein angewidertes Gesicht.

»Nicht ganz dein Geschmack, was?«, feixte er.

»Uäh! Das ist ekelhaft!«, stieß ich aus und versuchte das grausige Aroma mit Kaloa aus meinem Mund zu spülen.

»Du hast zu lange gekaut«, erklärte Colin. »Das Fleisch einer Ritakka darf man nur mit dem Gaumen zerdrücken und dann kurz lutschen. Wenn man es kaut, setzt man Stoffe frei, die jetzt vermutlich nach gestockter Milch schmecken.«

Ich nickte gequält und spülte noch ein paar große Schlucke der Blütenlimonade hinterher.

»Probier noch mal, ohne zu kauen«, forderte er mich auf. »Dann sind die nämlich wirklich lecker. Und gesund obendrein. Mit vielen Vitaminen.«

Nach und nach trudelte der Rest von Team 8 ein. Bis auf den Morgenmuffel Joe waren alle bestens gelaunt. Die Sonne warf warmes Licht durch die hohen Fenster des Restaurants und ich konnte es kaum noch erwarten, mit Ivan weiter den Smaragdwald zu erkunden.

Dann kam Lee.

Ich sah zufällig in Richtung Aufzug, als er hektisch herausstürmte. Unruhig ließ er seinen Blick über die Menge schweifen, der schließlich an mir hängen blieb. Schlagartig versteinerte er zu einer Statue und starrte mich wütend an.

Ich legte mein breitestes Lächeln auf und winkte ihm zu. Sogar auf die Entfernung konnte ich sehen, wie die Knöchel seiner geballten Fäuste weiß hervortraten. Er war stinksauer.

»Welche Laus ist dem denn heute schon über die Leber gelaufen?«, fragte Samira verdutzt und beobachtete Lee, wie er ruckartig ein Tablett vom Stapel riss und einen leeren Teller darauf knallte.

»Die Laus bin wohl ich«, meinte ich beschwingt und war fast schon stolz auf mich. »Er wusste nicht, dass ich allein zum Frühstück gehe.«

Samy verzog das Gesicht. »Oh! Das war nicht klug.«

»Pff, er behandelt mich wie den größten Dummkopf. Dann darf ich mich auch wie einer benehmen, oder?«

»Ach, Jay. Das meint er doch nicht so. Lee ist nur ...«

»Ein arroganter Schnösel?«

»Na ja, das auch.« Sie lächelte. »Aber in erster Linie nimmt er seinen Job wahnsinnig ernst. Unsere Aufgabe ist es, auf dich aufzupassen, und darum bringst du ihn mit solchen Aktionen nur unnötig auf die Palme.«

»Hm, so unnötig finde ich das eigentlich nicht.«

Colin seufzte. »Mit Lee solltest du dich wirklich nicht anlegen, Jay. Dabei kannst du nämlich nur den Kürzeren ziehen.«

»Was will er denn machen?«, fragte ich trotzig. »Mich einsperren? Haha. Guter Witz.«

Colin und Samy tauschten einen betrübten Blick. Ivan zog merklich den Kopf ein. Ich wunderte mich darüber, aber da legte sich auch schon Lees Schatten über mich.

Eine eisige Miene war tropisch im Vergleich zu dem, was er zur Schau trug.

»Morgen«, würgte er heraus, bevor er sich sofort seinem Müsli zuwandte.

»Guten Morgen, Lee!«, erwiderte ich grinsend. »Du hast heute aber lange geschlafen.«

Im Augenwinkel sah ich, wie tiefe Falten auf Samiras Stirn erschienen.

Na ja, okay. Diesen Kommentar hätte ich mir vielleicht sparen können. Aber es war einfach zu herrlich, die pulsierende Ader an seiner Schläfe zu beobachten.

Mit einer abgehackten Bewegung sah Lee mich an. »Ach, weißt du, ich bin eigentlich schon eine ganze Weile wach, aber irgendwie hatte ich noch Lust auf einen Spaziergang über das gesamte Gelände ...«

Da konnte ich ihm wirklich nicht helfen, wenn er erst zum Schluss auf die Idee kam, mich in der Kantine zu suchen. Wo hätte ich denn bitte schön sonst hingehen sollen?

»Wie nett!«, flötete ich. »Ein Spaziergang am Morgen vertreibt Kummer und Sorgen – nicht wahr?« Ich lächelte versonnen.

»Du musst es ja wissen. Immerhin liebst du Spaziergänge, nicht wahr?«, sagte er lauernd. »Tja, dann tut es mir ja richtig leid, dass du in nächster Zeit darauf verzichten musst.«

Meine Mundwinkel sanken nach unten, während nun er unverschämt zu grinsen begann. Ich ahnte Schreckliches. »Was?«

»Ich hatte gestern Abend noch ein Gespräch mit dem Chief«, erzählte er freudestrahlend. »Ich konnte ihn davon überzeugen, dass du vorerst auch in Begleitung das Gelände der Agency nicht verlassen solltest. Dafür ist die Gesamtsituation einfach zu ... ungewiss.«

»Das ist nicht dein Ernst«, flüsterte ich schockiert.

»Sehe ich aus, als würde ich scherzen?«, meinte er mit einem zuckersüßen Augenaufschlag.

Brennende Wut kroch meine Kehle hoch. Ein unkontrolliertes Zittern erfasste meine Finger, die Lee das bescheuerte Grinsen am liebsten aus dem Gesicht kratzen wollten.

»Du mieser ...«, spie ich aus und wollte gerade aufspringen, als kräftige Hände mich energisch auf meinen Stuhl drückten.

»Hör auf, Jay«, sagte Joe ruhig. »Die Leute gucken schon.«

Das war mir im Moment ziemlich egal, aber ich merkte, dass ich gegen die Pranken auf meinen Schultern keine Chance hatte.

»Das war vollkommen unnötig!«, fauchte ich Lee an.

»Das sehe ich anders.«

»Du glaubst, ich würde abhauen?«

»Das kannst du gerne versuchen. Viel Erfolg dabei.«

Ich schnaufte wie ein wildgewordenes Tier und kaute mir beinahe die Innenseite meiner Wange blutig.

Die traurige Wahrheit war, dass ich im Smaragdwald für mich entschieden hatte, keinen Fluchtversuch mehr zu unternehmen. Dass ich mich auf diese Anderswelt einlassen wollte, weil der kleine Ausflug mit Ivan mir gezeigt hatte, wie viel Schönes diese geheimnisvolle Welt in sich barg. Während ich neben dem Häuschen des Katers gesessen und die würzige Luft des Waldes eingesogen hatte, wusste ich plötzlich, dass ich keine Angst vor dem Unbekannten haben musste. Vielleicht weil ich mich an das Kind in mir erinnerte und an die Abenteuer meiner Kindheit. Vielleicht auch weil Ivan mir die Sorgen um meine Zukunft nahm. Jedenfalls hatte ich mich entschlossen, zu bleiben und meine Aufgabe hier auf mich zu nehmen – wie immer sie auch aussehen mochte.

Und zum Dank dafür wurde ich nun vollends eingesperrt.

»Oh, das werde ich, Lee«, drohte ich kopflos, weil Drohungen sich einfach besser anfühlten, als in Tränen auszubrechen. »Ich werde einen Weg hier raus finden. Darauf kannst du dich verlassen!«

Er lachte trocken und wollte etwas erwidern, doch Samira schnitt ihm scharf das Wort ab.

»Das reicht! Wir gehen jetzt, und ich hoffe sehr, dass sich eure Gemüter bis zum Abend wieder beruhigt haben.« Sie sah streng zwischen uns hin und her und stand schließlich auf. »Komm mit, Lee.«

Tatsächlich kam er umgehend ihrer Aufforderung nach, nicht ohne mir noch ein provokantes Augenzwinkern zu schenken.

Gott, ich hasse diesen Kerl!

»Sorry, Jay«, sagte Colin leise und folgte den beiden.

Die schweren Pranken hoben sich von meinen bebenden Schultern. Joe sah mich ernst an.

»Du solltest dich wirklich nicht mit ihm anlegen. Lee kann ein richtig sturer Bock sein, weißt du? Dabei darfst du nicht vergessen, dass er nur zu deinem eigenen Schutz so handelt. Egal, wie es gerade für dich aussehen mag.«

Mehr als ein Schnauben brachte ich als Antwort nicht zu Stande.

Joe erhob sich ohne weitere aufmunternde Worte und ließ mich mit Ivan sitzen.

Der Kater räusperte sich. »Du willst doch jetzt nicht wirklich davonlaufen?«

»Tja.« Verbittert schob ich das leere Tablett ein Stück von mir weg. »Ich ziehe es zumindest ernsthaft in Erwägung.«

»Dir ist klar, dass du Lee damit nur Recht geben würdest?«

Ich atmete tief durch und strich mir die Haare glatt. »Ivan, glaubst du echt, ich würde abhauen?«

»Seit gestern eigentlich nicht mehr.«

»Aber vor unserem Ausflug schon?«

Er wiegte den Kopf. »Da war ich mir nicht ganz sicher. Du selbst aber auch nicht, stimmt's?«

Wir wussten beide, dass Ivan mit seiner Vermutung richtiglag. Trotzdem erstaunte mich sein feines Gespür. Noch mehr erstaunte mich aber, dass ich bei unserem Spaziergang kein bisschen davon bemerkt hatte. Ich hatte keine Sekunde lang das Gefühl gehabt, dass er jeden meiner Schritte überwachte.

Ich blickte auf das pelzige Gesicht neben mir hinab und spürte, wie der Zorn in mir verrauchte und einem warmen Gefühl Platz machte. Ivan hatte mir gestern etwas gegeben, das ich in meinem Leben noch nicht oft bekommen hatte – eine Chance.

»Danke«, sagte ich leise.

Wofür genau, sprach ich nicht aus. Der Kater schien ohnehin ohne Worte mehr zu verstehen als die meisten Menschen. Er antwortete mit einer Reihe blitzender Zähnchen.

»Lass uns einfach das Beste aus deinem Hausarrest machen«, schlug er schließlich gut gelaunt vor und erklärte damit die sentimentale Runde für beendet. »Da du Physik studieren willst, wird dich unsere Forschungsabteilung bestimmt interessieren.«

»Forschungsabteilung« klang in der Tat sehr interessant, allerdings bezweifelte ich, dass es auch nur irgendetwas gab, was meinen Hausarrest weniger deprimierend gestalten würde.

Doch eines wusste ich mit absoluter Gewissheit: Diese miese Aktion würde ich Lee heimzahlen, sobald sich die erste Gelegenheit dazu bot.

***

Ivan schaffte es tatsächlich, meine Laune innerhalb kürzester Zeit beträchtlich zu verbessern. Wenn auch mit Sicherheit anders, als er ursprünglich geplant hatte.

Kaum hatten wir die Forschungsabteilung betreten, war der Laborant mit einem Besen auf Ivan zugerannt. Meiner Meinung nach, um ihn aus dem Raum zu scheuchen, doch der Kater hatte es leicht fehlinterpretiert und sich massiv angegriffen gefühlt. Es folgten tumultartige Szenen, bei denen diverse Gerätschaften in Mitleidenschaft gezogen und einige Monate Forschungsarbeit zunichtegemacht wurden. Zumindest betonte das der angefressene Leiter des Labors, als er uns persönlich aus der Forschungsabteilung hinausbegleitete. Auf meine Nachfrage hin versicherte er mir noch, dass wir keine gesundheitlichen Schäden durch die zerbrochenen Petrischalen zu befürchten hätten, und drohte, die körperzersetzenden Bakterien an uns zu demonstrieren, sollten wir uns je wieder im Laboratorium blicken lassen.

Jetzt lehnte ich neben den Fahrstuhltüren und kämpfte mit den Nachwehen eines ausgewachsenen Lachanfalls, während Ivan völlig aufgewühlt vor mir auf und ab marschierte. Sein Fell war immer noch vor Empörung gesträubt, was ihm das Aussehen eines flauschigen Knäuels auf vier Beinen verlieh.

»Das ist doch nicht zu fassen!«, entrüstete er sich zum wiederholten Mal. »Was erlauben die sich eigentlich! Hast du gehört, wie der mich genannt hat? Vieh! Sehe ich etwa aus wie ein Rind?«

»Natürlich nicht!« Ich bemühte mich, völlig ernst zu bleiben, was mir nicht gänzlich gelang. »Zu seiner Verteidigung muss ich allerdings sagen, dass er dich erst so genannt hat, als du die ganzen Petrischalen runtergeworfen hast.«

»Na, hör mal! Ich war in Lebensgefahr! Der Typ wollte mich erschlagen!«

Ivan sah zerknirscht zu mir auf. »Tut mir echt leid, Jay. Ich weiß, dass es dir da drin gefallen hätte.«

»Mach dir keinen Kopf. Ich konnte einen Blick auf den Teilchenbeschleuniger werfen. Das war echt stark. Ich kann gar nicht fassen, wie klein der ist! Drei Meter Durchmesser? Die Röhren der Beschleuniger, die ich kenne, sind fast dreißig Kilometer lang. Unglaublich.«

»Siehst du, genau deshalb würde es dir da drin gefallen«, meinte Ivan geknickt. »Ich werde auf jeden Fall mit dem Chief reden, dass er das Laborverbot revidiert. Zumindest deins. Ich kann ja so lange vor der Tür warten.«

»Quatsch!« Ich schüttelte mich bei dem Gedanken, Ivan wie einen Hund vor der Eingangstür abzustellen. »Aber hör mal, der Turm hat zwölf Stockwerke und ich kenne erst vier davon. Was verbirgt sich denn hinter den anderen?«

Die Miene des Katers erhellte sich. »Da gibt es noch einiges zu entdecken.«

Er streckte sich, um den Knopf neben der Fahrstuhltür zu erreichen. Nur einen Augenblick später surrten die Aufzugtüren auseinander.

»Zehnter Stock, bitte«, forderte er mich auf. »Die Knopfleiste ist leider nicht sehr katzenfreundlich. Dabei hab ich mich schon so oft darüber beschwert, aber der Betriebsrat hat kein Verständnis dafür. Ich hätte gesunde Hinterbeine, haben sie gesagt. Pff!«

»Hm. Bist du eigentlich die einzige Katze in der Agency?«

»Nein. Derzeit sind sechs Felidae hier beschäftigt. Aber ich bin der einzige Special Agent. Die anderen arbeiten in der Administration.«

»Administration?«

Ivan winkte ab. »Schreibtischjob, den ganzen Tag nur Papierkram. Total öde.«

Die Fahrstuhltüren glitten wieder auf und meine Kinnlade klappte herunter.

Der Kater gluckste schnurrend. »Wie ich sehe, gefällt dir unsere Bibliothek.«

Völlig vom Anblick überwältigt, trat ich auf den dunklen Marmorboden der balkonartigen Empore. Die Bibliothek sah ganz anders aus als der Rest der Agency, wo eher modernes Design vorherrschte. Hier schien es, als wäre vor Hunderten von Jahren die Zeit stehen geblieben.

Von der Empore führten steinerne Stufen hinunter zu einem gewaltigen Tresen aus wuchtigem Holz. Dahinter reihten sich Arbeitstische mit dunkelrot gepolsterten Stühlen und Tischlampen aus Messing. Ein riesiges Rundbogenfenster beherrschte die Wand dahinter. Es reichte bis zum Boden und war auf beiden Seiten mit Glasmalereien verziert. Das hereinfallende Sonnenlicht ließ die einzelnen Bilder geradezu mystisch erstrahlen und warf bunte Schatten herein.

Außerdem gab es natürlich unzählige Bücher.

Es mussten Tausende sein. In schweren Holzregalen standen sie bis beinahe unter die Decke. Hohe Messingleitern waren davor auf Schienen montiert, mit denen man die dicht aneinandergereihten Regale im gesamten Raum erklimmen konnte.

Ehrfurcht ergriff mich, während ich langsam die Treppe hinunterstieg.

»Das ist unglaublich«, hauchte ich und wanderte an der ersten Regalreihe entlang. »Die Bücher sind wunderschön.«

Das waren sie wirklich. Ganz anders als die glänzenden modernen Bücher, die ich bisher in meinen Händen gehalten hatte. Die Einbände hier bestanden aus Stoff, die Beschriftung war aufwendig mit goldenen Fäden hineingestickt – leider in einer mir unbekannten Sprache.

Ich streckte meine Finger aus, um über einen der hübschen Buchrücken zu streichen.

»Nicht anfaffen!«

Erschrocken zog ich meine Hand zurück und schaute auf den kleinen Mann hinunter, der wie aus dem Nichts vor mir aufgetaucht war. Er trug eine Art Frack aus dunkelrotem Samt mit goldenen Manschettenknöpfen. Ein Monokel baumelte von seiner Brusttasche herunter. Seine grauen Haare standen strubbelig vom Kopf ab, genauso seine buschigen Augenbrauen. Insgesamt sah der Mann so alt aus, als hätte er persönlich den Buchdruck erfunden.

»Wie bitte?«, fragte ich höflich nach.

»Du follft daf nicht anfaffen!«

Ich brauchte einen Moment, bis ich merkte, dass dieser erzürnte Herr scheinbar keine Zähne mehr hatte und seine Aussprache deshalb so merkwürdig klang.

»Reg dich ab, Alfred«, meinte Ivan lässig. »Jay hat saubere Hände.«

Der Mann namens Alfred spähte ein paarmal zwischen uns hin und her, als würde er abwägen, wer von uns beiden seinen Büchern am gefährlichsten werden konnte. Offenbar entschied er sich für Ivan und verfolgte jede Bewegung des Katers mit einem mehr als argwöhnischen Blick.

»Pfay, ja?«, sagte er schließlich zu mir und musterte mich von Kopf bis Fuß.

»Äh ...«

»Nun, Pfay, in diefer Bibliothek lautet daf oberfte Gebot: Niemalf ohne meine Erlaubnif Bücher anfaffen! Verftanden?«

»Ähm ... Ich glaube schon.«

Alfred stemmte die Hände in die Hüften. »Gut. Dann wäre daf ja geklärt.« Er entspannte sich etwas. »Fucht ihr etwaf Beftimmtef?«

»Wir wollten uns nur ein bisschen umsehen«, erklärte Ivan.

»Bücher find da, um gelefen pfu werden, nicht um fie anpfufehen!«, entrüstete Alfred sich.

»Das finde ich auch«, pflichtete ich ihm bei, um ihn ein wenig zu beruhigen. »Darf ich mir vielleicht eins ausleihen?«

»Auf gar keinen Fall!«

»Oh! Aber ist das nicht der eigentliche Sinn einer Bibliothek?« Ich grinste Alfred an, aber dem alten Herrn fehlte es offensichtlich an Humor.

»In einer Bibliothek foll man lefen!«, regte er sich auf. »Nicht Bücher entführen, um fie mit geknickten Feiten wiederpfubringen! Oder gar pfu behalten.«

»Das würde ich niemals tun!«, versicherte ich eilig.

»Kein Buch verläfft diefen Raum!«, schnauzte Alfred.

Ich sah zu Ivan, der nicht so wirkte, als hätte er Lust auf ein paar gemütliche Lesestunden. Er schien im Allgemeinen nicht der Typ Bücherwurm zu sein.

»In Ordnung«, sagte ich daher. »Ich werde ein andermal wiederkommen.«

Alfred nickte nur, sah dabei aber nicht so aus, als würde er mir glauben. Sein argwöhnischer Blick verfolgte uns, bis sich die Aufzugtüren hinter uns schlossen. Nicht, dass wir doch noch einen seiner Schätze schmutzig machten oder gar in Fetzen rissen.

Wirklich ein komischer Kauz, dieser Alfred.

KAPITEL 14

Ivan gab sein Bestes, um mir meinen Hausarrest so angenehm wie möglich zu machen. Er zeigte mir nach und nach jeden Winkel der Agency und führte mich durch alle Ebenen. In die Näherei, ins Hospital, zum Ausbildungszentrum ... Der Turm bot nahezu alles, was eine eigenständige Stadt benötigte. Nur das Untergeschoss ließen wir bei unserem Rundgang aus. Dort befand sich nämlich ein Hochsicherheitstrakt mit Gefangenen, und für diese Abteilung hatte ich als Praktikant keine Freigabe.

Dabei hätte es mich wirklich interessiert, was dort unten vor sich ging. Zum Beispiel hätte ich gerne gewusst, wie weit die Agency mit dem Verhör des Angreifers fortgeschritten war, der mich in der Samstagnacht überfallen hatte. An seinem Schweigebann bissen sich angeblich sogar die Wahrheitsfinder die Zähne aus und ich wusste nicht, was ich mir darunter vorstellen sollte.

Ich verbrachte meine Tage also in ständiger Begleitung des Katers, zwischen langen Fluren und Videospielen. Abends saß ich dann vor meinem Fernseher und starrte den schwarzen Bildschirm an. Ich wusste immer noch nicht, wie man das Gerät anschalten konnte, aber irgendwie vergaß ich ständig, jemanden in der Agency danach zu fragen.

Den Rest von Team 8 sah ich nur sporadisch, weil sie zu den unterschiedlichsten Tag- und Nachtzeiten zu irgendwelchen Einsätzen gerufen wurden. Sollte ihre Arbeit nach einem ordentlichen Dienstplan geregelt sein, so hatte ich diesen noch nicht durchschaut. Freie Tage schienen darin jedenfalls nicht vorzukommen.

Wenigstens blieb mir durch diese vielen Einsätze Lees Antlitz erspart. Was wirklich besser so war, denn bei seinem Anblick ballten sich meine Fäuste immer wie von selbst und ich war kurz davor, ihm einen Schlag auf die Nase zu verpassen. Der vernünftige Teil in mir hielt mich zum Glück jedes Mal noch im Zaum. Ich wusste, dass ich Lee im Kampf unterlegen war und mich nur blamieren würde.

Außerdem hatte ich inzwischen herausgefunden, dass Lee der Captain des Teams war. Von einer Hierarchie innerhalb der Mannschaft war nicht wirklich etwas zu spüren. Ich hatte immer den Eindruck, dass alle Mitglieder gleichberechtigt agierten. Wenn aber Entscheidungen zu treffen waren, hatte der Captain die Macht, im Alleingang zu bestimmen. Auf diese Weise hatte Lee auch für meinen Hausarrest gesorgt, obwohl die anderen offensichtlich anderer Meinung gewesen waren. Sosehr es mich auch ankotzte – Lee saß am längeren Hebel. Und er würde sicher nicht davor zurückschrecken, mich sogar in den Hochsicherheitstrakt zu stecken, sollte ich ihm einen Grund dafür liefern.

Das einzig Gute an diesem Hausarrest war, dass ich durch die Streifzüge mit Ivan gelernt hatte, mich problemlos in der Agency zurechtzufinden. Außerdem erfuhr ich endlich, was es mit dieser ominösen Irrlichtfarbe auf sich hatte. Die Flure verfügten nämlich über keinerlei Lampen. Ihre Decken waren mit einer fluoreszierenden Farbe gestrichen, die aus leuchtenden Käfern namens Irrlichter gewonnen wurde. Erst war ich entsetzt darüber, dass man ganze Käfer zu einem Anstrich zermatschte, doch Ivan versicherte mir, es gebe inzwischen schonende Verfahren, bei denen kein einziges Insekt zu Schaden komme. Wie die Farbe früher gewonnen wurde, ließ er offen.

Insgesamt waren die vergangenen vier Tage trotz Ivans Bemühungen die mit Abstand langweiligsten meines Lebens.

Am fünften Tag meines Hausarrests trottete ich dementsprechend schlecht gelaunt zum Frühstück. Ausnahmsweise schien ich diesmal die Letzte zu sein. Alle anderen waren sogar schon mit dem Essen fertig, und das, obwohl die Kantine noch nicht einmal zu einem Viertel voll war.

»Hi«, grüßte ich knapp und ließ mich auf einen freien Stuhl am Tisch von Team 8 fallen.

»Hoppla, da macht wohl jemand unserem Morgenmuffel Konkurrenz?« Samira lachte und wies mit dem Daumen auf Joe, der dafür nur ein Grunzen übrighatte. »Hast du etwa schlecht geschlafen?«

Ich zuckte mit den Schultern und schälte eine Ritakka. »Wie soll man richtig müde werden, wenn man die ganze Zeit nur faul herumhängt?«

Samira warf Lee einen vorwurfsvollen Blick zu, der beinahe hörbar an ihm abprallte.

»Wir haben einen ausgezeichneten Fitnessraum«, sagte er.

»Danke für den Hinweis.«

Du dämlicher Penner.

»Entschuldige, Jay«, meinte Colin geknickt, »aber wir müssen schon wieder los. Und heute musst du dir auch noch allein die Zeit vertreiben. Ivan wurde gestern Nacht zu einem Einsatz fortgeschickt.«

Ich verschluckte mich und hustete das verirrte Stückchen Obst aus meiner Luftröhre. »Einsatz?«, brachte ich heraus.

Colin klopfte mir zwischen die Schulterblätter. »Ja. Ivan muss ein kleines Territorialproblem von zwei verfeindeten Clans der Felidae klären. Er ist so was wie ein Friedensbotschafter. Sollte aber nicht allzu lange dauern, bis die Sache geklärt ist.«

Ich spülte den restlichen Husten mit Kaloa weg.

»Wie lange?«, fragte ich, als ich meine Kehle wieder unter Kontrolle hatte.

»Vielleicht ein oder zwei Tage.«

Spitze. Sogar der Kater war auf wichtiger Mission unterwegs. Und die angebliche Auserwählte hatte Hausarrest. Allmählich kam ich mir verarscht vor. Gelinde ausgedrückt.

Wenigstens machten die Teammitglieder zerknirschte Gesichter. Bis auf Lee natürlich. Er betrachtete mich mit scharfem Blick.

»Ich hoffe, du kommst auf keine dummen Gedanken«, sagte er ernst.

Provokant hielt ich dem Augenkontakt stand. »Vielleicht. Vielleicht auch nicht …«

Lees Brauen zogen sich finster zusammen.

»Sie lügt, Lee.« Colin lächelte entschuldigend. »Sorry, Jay.«

Was sollte das denn jetzt?

Grimmig starrte ich auf meinen Teller und sagte kein Wort, als sich die anderen verabschiedeten. Mir war klar, dass ich mich wie ein bockiges

Kind verhielt, aber ich hatte keine Lust, gute Miene zum miesen Spiel zu machen.

Während ich allein frühstückte, kam ich mir einmal mehr unerwünscht und überflüssig vor. Ich konnte mich noch sehr gut erinnern, was Joe damals in der unterirdischen Strickwaren-Zentrale gesagt hatte: »Wir brauchen dich, Jay.«

Aber davon war im Augenblick wenig zu spüren. Sie hatten sich immer noch nicht die Mühe gemacht, mir zu erklären, was meine Aufgabe war. Natürlich hatte ich verstanden, dass die aktuelle Bedrohung noch nicht bekannt war – aber hätten sie mir nicht zumindest andeuten können, welche Befürchtungen sie selbst hatten?

Das Thema »Orinion« wurde mehr oder weniger totgeschwiegen. Ich wusste nahezu nichts über diese angeblich so mächtige Waffe. Wäre es nicht klüger, mich allmählich in ihre Funktionen einzuweisen? Oder hofften alle insgeheim, dass ich sie am Ende gar nicht benutzen musste? Dass sie die anstehende Bedrohung auch ohne mich abwenden konnten?

Ich hatte mich nie darum gerissen, irgendwelche Waffen zu bedienen. Trotzdem hatte ich nun das Gefühl, dass ich dieses Geheimnis auf eigene Faust lüften musste.

***

Sobald ich das Frühstück beendet hatte, machte ich mich auf den Weg zur Bibliothek. Das schien mir der Ort zu sein, wo ich am ehesten Informationen über die gefährliche Waffe bekommen konnte, die ich täglich mit mir herumtrug.

Der Anblick des prunkvoll ausgestatteten Raumes mit den zahlreichen Regalreihen versetzte mich abermals in Ehrfurcht. Es war, als könnte ich das geballte Wissen ganzer Jahrtausende aus den Büchern flüstern hören.

Ich verharrte einen Moment auf der Empore und hielt Ausschau nach dem kauzigen Alfred. Merkwürdigerweise war er nirgends zu sehen und auch sonst keine Menschenseele weit und breit. In den anderen Abteilungen der Agency wimmelte es meist nur so von Leuten, dagegen mutete die Stille hier beinahe unnatürlich an.

Meine Schritte klangen dumpf auf den marmornen Stufen. Gemächlich ging ich zu dem breiten Tresen und suchte nach einer Klingel oder Ähnlichem. Das dunkle Holz war mit aufwendigen Schnitzereien verziert. Es war mir bei meinem ersten Besuch gar nicht aufgefallen, aber nun erkannte ich das Motiv in der Mitte sofort. Es war das Orinion mit seinen vier Symbolen.

»Intereffant, ich hatte nicht geglaubt, daff du wiederkommft.«

Ertappt fuhr ich herum und ließ eilig meine Hand sinken, die unwillkürlich zu dem Amulett gefunden hatte.

»Hallo, Alfred.« Ich versuchte möglichst einnehmend zu lächeln. »Nun ja, wissen Sie, ich bin eben ein begeisterter Leser.«

Er legte den Kopf schräg. »Hör auf, mich fu fiepfen. Da komm ich mir fo alt vor.«

»Oh! Entschuldigung.« Ich war nicht sicher, ob das gerade ein Scherz sein sollte.

»Du willft alfo lefen, hm? Ffmonpfetten führen wir hier aber nicht. Verftanden?«

Ffmonpfetten? Was soll das denn sein?

»Also, ich bin eher an Sachbüchern interessiert«, meinte ich vorsichtig.

»Aha. Waf genau intereffiert dich denn?«

Ich deutete auf die Schnitzerei neben mir. »Ich würde gerne mehr über das Orinion erfahren.«

»Orinion …« Alfred musterte mich eingehend. »Da haben wir ein Problem. Ef gibt in deiner Fprache keine Aufpfeichnungen über daf Orinion. Oder kannft du Antuerra?«

Enttäuscht ließ ich die Schultern sinken. »Nein, leider nicht.«

Zum ersten Mal ging ein Leuchten über Alfreds faltiges Gesicht. Er sah richtig freundlich aus.

»Vielleicht kann ich dir tropfdem helfen«, meinte er. »Waf genau willft du denn wiffen?«

»Na ja.« Ich seufzte. »Eigentlich alles …?«

»Allef? Daf ift aber viel.« Alfred lachte und zeigte, dass er doch noch ein paar Zähne hatte. In unregelmäßigen Abständen. »Haben fie dir noch gar nichtf über daf Orinion gefagt?«

Ich zuckte merklich zusammen. »Ähm. Nein. Warum auch?«

»Keine Forge, Pfay. Du bift wahrlich nicht die erfte Trägerin, die vor mir fteht.«

Im ersten Moment wusste ich nicht, ob ich ihn richtig verstanden hatte. Bei seiner schlechten Aussprache konnte es ja leicht zu Missverständnissen kommen. Das Blitzen in Alfreds grauen Augen sprach jedoch Bände.

»Wirklich, du brauchft nicht pfu lügen. Ich kann daf Orinion fühlen, weifft du. Ift lange her, aber diese Energie vergifft man nie.«

Nervös nestelte ich am Saum meiner Jacke. »Du hast es also schon einmal gesehen?«

»Nicht nur einmal.«

»Ich darf eigentlich mit niemandem darüber sprechen.«

»Natürlich nicht. Aber ich bin fflieflich kein Niemand. Ich bin der Bibliothekar.« Er zwinkerte. »Frag mich ruhig, waf du wiffen willft.«

»Hm. Okay ...« Ich nahm all meinen Mut zusammen und beugte mich näher zu ihm. »Wie funktioniert das Orinion?«

Alfred trat an den Tresen und deutete nacheinander auf die vier Symbole. »Feuer, Waffer, Erde und Luft. Die vier Elemente, auf denen allef Leben beruht. Die Kräfte, die allef formen und wahren. Mit dem Orinion haft du die Macht, diefe Kräfte pfu nupfen.«

»Nupfen ... äh, nutzen. Ja. Aber wie?«

»Wie genau, mufft du leider felber herauffinden. Daf kann man nicht in Worte faffen. Ich kann dir nur fagen, daff du pfuerft die vier Naturgeifter auffuchen mufft, um fie um Erlaubnif zu bitten.«

Es war wirklich nicht einfach, Alfred zu verstehen ...

»Ich muss diese Naturgeister um Erlaubnis bitten?«, wiederholte ich.

»Genau. Nur wenn fie ef dir erlauben, kannft du ihre Kraft nupfen.«

»Und diese Naturgeister stehen für die Elemente?«

»Fie find die Elemente in gebündelter Form. Der Urfprung. Die Wächter.«

»Die Wächter der Elemente?«

»Ja.«

Ich kratzte mich am Kinn. »Ich muss also die Geister der Elemente aufsuchen, um das Orinion überhaupt nutzen zu können. Und wo finde ich diese Geister?«

»Gute Frage.« Alfred wiegte den Kopf. »Ich kann dir fagen, wo fie früher einmal waren. Wo fie jepft find, weif ich leider nicht.«

»Okay. Und wer weiß es dann?«

»Keiner, fürchte ich. Pfumindeft nicht mit Ficherheit. Ef find Geifter. Die haben keinen verbindlichen Wohnfipf.« Er grinste entschuldigend. »Aber fie halten fich immer da auf, wo fie fich wohlfühlen. Vielleicht hilft dir daf ein wenig weiter.«

Nicht wirklich, aber ich nickte trotzdem. Immerhin wusste ich nach diesem kurzen Gespräch schon mehr, als ich innerhalb einer ganzen Woche in der Agency erfahren hatte.

»Gibt es denn über die Naturgeister ein Buch in meiner Sprache?«, fragte ich hoffnungsvoll.

»Nicht direkt … aber ich habe etwaf anderef, daf vielleicht intereffant fein könnte. Fepf dich.«

Ich fepfte – äh setzte mich artig an einen der kleinen Arbeitstische und wartete gespannt darauf, was Alfred mir nun zu lesen bringen würde. Behutsam legte er ein unscheinbares Büchlein in blauem Einband hin. In einfachen Lettern war darauf eingestanzt …

»König Artus?« Gewissermaßen enttäuscht blickte ich zu Alfred auf. »Ich kenne die Geschichte, aber Naturgeister kommen darin nicht vor.«

»Daf liegt daran, daff du nie feine wahre Gefichte gelefen haft.«

Ratlos sah ich dem Bibliothekar nach, bis er hinter einer Regalreihe verschwunden war. Wirklich erstaunlich, wie leise er sich bewegen konnte. Vielleicht war Alfred ja auch ein Geist?

Ich rückte meinen Stuhl zurecht und begann zu lesen.

***

Ich hatte ja keine Ahnung gehabt! Und jetzt, wo ich alles gelesen hatte, wusste ich nicht so recht, was ich mit meinem Wissen anfangen sollte.

Laut der angeblich wahren Geschichte war der sagenumwobene König Artus in Wirklichkeit ein Tuatha de Dannan. Und nicht nur das – er war sogar Träger des Orinion gewesen.

Das Buch beschrieb, wie Danu einst König Artus aufgesucht und ihm das Orinion vermacht hatte. Jemand hatte das Tor zur Dunkelheit geöffnet und einen mächtigen Drachen freigelassen, der kurz davor war, die gesamte Erde in Schutt und Asche zu legen.

Die Sache mit dem Drachen bereitete mir einiges Kopfzerbrechen.

Ein böser Drache?

Echt jetzt?

Jedenfalls wurde Artus von Danu dazu bestimmt, den Drachen zurück in die Dunkelheit zu bannen. Der pflichtbewusste Artus begab sich ohne Zögern auf eine abenteuerliche Reise, um die vier Naturgeister aufzusuchen. Interessant fand ich, dass sein Fortbewegungsmittel unverkennbar als U-Boot beschrieben war. Das war deshalb so interessant, weil die Geschichte sich angeblich im Jahre 500 nach Christus abgespielt hatte.

Also insgesamt ein wenig unglaubwürdig.

Trotzdem las ich das Buch bis zum Ende und verfolgte gespannt, wie Artus nach und nach zu den Elementen fand. Der Naturgeist der Erde wanderte zu jener Zeit durch eine Wüste, die mich an die Sahara erinnerte. Das Feuer wohnte im Schlund eines brodelnden Vulkans namens Varäoga und die Luft vergnügte sich auf einer stürmischen Insel, die auf keiner Karte verzeichnet war. Beim letzten Element wurde ich ganz aufgeregt. Das Wasser badete nämlich in einem See inmitten des Smaragdwaldes.

War das der See, den Ivan mir eigentlich hatte zeigen wollen? Konnte es sein, dass der Geist des Wassers sich immer noch dort aufhielt?

Die Geister selbst wurden leider nicht sehr ausführlich beschrieben. Im Buch stand nur, dass sie Artus gewissenhaft auf seine Eignung prüften, bevor sie ihm erlaubten, ihre Kräfte zu nutzen.

Nach einer grandiosen Schlacht an der Seite seiner Tempelritter und mit Hilfe der Macht der Elemente verbannte Artus schließlich den Drachen zurück in die Dunkelheit und lebte bis ans Ende seiner Tage in der Stadt Avalon.

Und wenn sie nicht gestorben sind, dann leben sie noch heute …

Vor nicht allzu langer Zeit hätte ich zufrieden das Buch zugeklappt und mich über diese schöne Gutenachtgeschichte gefreut. Doch nun versuchte ich abzuwägen, welche Erkenntnis ich daraus ziehen konnte.

Die Naturgeister änderten ihren Aufenthaltsort, wie es ihnen gerade passte. Ich hatte absolut keinen Plan, wo ich mit der Suche nach ihnen beginnen sollte. Zumal sie sich nicht nur in der Anderswelt aufhielten, sondern offenbar frei zwischen den Welten wechseln konnten. Eine Welt reichte ihnen wohl nicht zum Versteckspiel.

Die Dämmerung hatte bereits eingesetzt, während ich ohne Eile über den Innenhof zu meinem Apartment wanderte. Weil mich in meiner Wohnung nichts Spannenderes erwartete als eine finstere Mattscheibe, setzte ich mich auf einen der steinernen Würfel vor dem rechteckigen Brunnen, lauschte dem regelmäßigen Plätschern des klaren Wassers und hing meinen Gedanken nach.

Das sanfte Gurgeln wurde vom Zirpen verborgener Grillen begleitet. Helle Streifen durchzogen den Nachthimmel und aus dem geöffneten Fenster eines Apartments erklang fröhliches Gelächter. Für die Angestellten der Agency ging ein ganz normaler Tag zu Ende.

Plötzlich humpelte eine Gestalt über den Gehweg zu meiner Linken. Ich erkannte sie erst, als das Licht einer Laterne auf ihr Gesicht fiel.

»Lee?«

Er zuckte zusammen und straffte seinen Rücken, bevor er sich zu mir wandte. Erschrocken ließ ich meinen Blick über sein ramponiertes Gesicht gleiten. Sein Anzug war schmutzig und zerrissen. Das rechte Hosenbein wirkte dunkel vor Blut.

»Mein Gott!« Ich sprang auf und eilte zu ihm. »Was ist passiert?«

Lee war nicht erfreut über meine Anwesenheit. »Was machst du so spät noch draußen?«

Sofort schwand meine Sorge. »Du machst mir Vorwürfe, weil ich hier rumsitze, während du aussiehst, als wärst du von einem Lastwagen überfahren worden?«

»Das ist mein Job, Jay.«

»Was? Dich von Lastwagen überrollen zu lassen oder mich anzumaulen?«

»Lastwagen gehören nicht zu meinem Aufgabengebiet.«

Ach so. Aber mich anmaulen schon? Gut zu wissen.

Ich verschränkte die Arme. »Also. Was ist passiert? Wie geht es den anderen?«

»Keine Sorge, es sind alle wohlauf«, antwortete er knapp und ging weiter, ohne zu humpeln.

Ich lief neben ihm her und schielte immer wieder auf das blutdurchtränkte Hosenbein hinunter. Es schimmerte feucht.

»Wieso sagst du mir nicht, was passiert ist?«, fragte ich. »Glaubst du etwa, ich könnte es nicht ertragen?«

Er ächzte. »Man kann nie wissen.«

»Du bist unmöglich!«, platzte es aus mir heraus. »Wie soll ich diese große Aufgabe erfüllen, die ihr von mir erwartet, wenn du mich wie einen Dummkopf behandelst? Langsam hab ich die Schnauze voll!«

»Deine Aufgabe«, sagte er gepresst, »besteht im Moment nur darin, unerkannt zu bleiben.«

»Falsch! Meine Aufgabe ist es, die Naturgeister aufzusuchen, damit ich die Kräfte des Orinion entfalten kann!«

Lees Augen weiteten sich. Er packte mich am Oberarm und drängte mich an eine Hausmauer. »Bist du verrückt geworden?«, flüsterte er. »Schrei hier nicht so herum! Woher weißt du überhaupt davon?«

Ich reckte das Kinn, senkte aber vorsorglich meine Stimme. »Ich war in der Bibliothek.«

»Alfred …«, murmelte Lee. »Na gut. War ja klar, dass wir es vor ihm nicht geheim halten können.«

Ich schnippte ungeduldig mit dem Finger. »Wann soll ich deiner Meinung nach mit der Suche nach den Geistern anfangen? Wenn der große Drache sein erstes Häufchen setzt?«

Lee sah mich an, als wäre ich nicht ganz dicht. Dann atmete er tief durch. »Was glaubst du eigentlich, was wir die ganze Zeit tun?«, schnaufte er.

»Tja, keine Ahnung. Woher soll ich das wissen, wenn du es mir nicht sagst?«

»Wir suchen nach den Elementen, seit wir dich in dieser Kneipe aufgegabelt haben!«

Ich runzelte die Stirn und deutete auf sein Bein. »Und das ist das Ergebnis?«

»Natürlich nicht!« Er seufzte und fuhr sich durch sein Haar. »Das war ein ganz normaler Einsatz. Nach einer völlig ergebnislosen Reise nach China haben wir heute Abend bei einer Razzia ausgeholfen. In einem vermeintlichen Stützpunkt des roten Ordens. Und das ist das Ergebnis. Zufrieden?«

Wir setzten uns wieder in Bewegung und gingen langsam zu unserem Wohnhaus hinüber. Dabei bemerkte ich, wie verbissen Lee sich um eine normale Gangart bemühte. Er wollte wohl partout nicht vor mir zeigen, welche Schmerzen er in Wahrheit hatte.

Vor dem Treppenabsatz hielt er kurz inne. »Geh ruhig vor.«

Netter Versuch.

Schließlich erlöste ich ihn, indem ich ungefragt seinen Arm packte und um meine Schultern legte. »Komm schon. Du kannst wieder den großen, starken Kerl spielen, wenn deine Schusswunde verheilt ist.«

Er versteifte sich am ganzen Körper, folgte aber meinem sanften Nachdruck. Langsam bezwangen wir Stufe für Stufe. Meine andere Hand ruhte zwischen seinen Schulterblättern. Bei jeder Bewegung konnte ich das Spiel seiner Muskeln spüren. Sein Atem streifte sanft meine Wange. Mein Gesicht fühlte sich plötzlich heiß an.

»Du kannst sie doch heilen?«, fragte ich hastig.

»Was?«

»Na, die Schusswunde.«

»Oh. Ja, natürlich. Kein Problem.«

Er hatte wirklich viele Muskeln. Außerdem roch er ziemlich gut. Außergewöhnlich, aber gut. Ein bisschen wie Moos nach einem Sommerregen.

»Woher weißt du das eigentlich?«

Ich blinzelte. »Was?«

»Woher weißt du, dass es eine Schusswunde ist?«

»Keine Ahnung. Ich hab wohl ziemlich viele Krimis im Fernsehen gesehen. Wahrscheinlich daher.«

Er lachte leise. Dabei konnte ich fühlen, wie sein Brustkorb an meiner Schulter vibrierte.

O Mann ...

Als wir endlich die Tür zu seinem Apartment erreichten und er seinen Arm von mir nahm, hätte ich am liebsten erleichtert aufgeatmet.

»Danke, Jay«, sagte er leise.

»Keine Ursache.«

»Ab hier komme ich allein klar.«

Ich betrachtete ihn aufmerksam. »Sicher?«

Lee öffnete die Tür und schenkte mir ein Lächeln, von dem ich bisher nie geglaubt hätte, dass er dazu überhaupt im Stande war. Aufrichtig und dankbar.

Er humpelte in seine Wohnung, als ich ihn noch einmal zurückhielt. »Lee?«

»Hm?«

»Warum lässt du mich nicht bei der Suche helfen?«

Das Lächeln verschwand. »Weil du uns nicht helfen kannst.«

»Warum?«

»Weil du es einfach nicht kannst. Versteh das doch endlich! Du weißt nichts über die Anderswelt. Geschweige denn über die Naturgeister. Wie solltest du uns da helfen können?«

Vorbei war es also mit der Freundlichkeit. Stattdessen machte er mir wieder eindrücklich meine Herkunft zum Vorwurf.

»Du könntest es mich wenigstens versuchen lassen«, sagte ich stur.

»Und dadurch dein Leben riskieren?« Er sah mich scharf an. »Du hast keine Ahnung von den Gefahren, die da draußen auf dich lauern. Außerdem scheinst du ein erhebliches Problem damit zu haben, dich Autoritätspersonen zu fügen. Solange du nicht lernst, Befehle ohne Meckern und Murren zu befolgen, bist du für uns alle eine Gefahr!«

Damit schlug er mir die Tür vor der Nase zu. Fassungslos starrte ich auf das weiß lackierte Holz.

Ich konnte kaum leugnen, dass ich ein Problem mit Autoritätspersonen hatte. Vor allem wenn sie mir nichts zutrauen wollten und auf Grund irgendwelcher Akten ein verqueres Bild von mir hatten. Und erst recht wenn sie mich für unfähig hielten – nur weil ich ein Mensch war.

O ja, damit hatte ich sogar ein ganz gewaltiges Problem!

KAPITEL 15

Ich war sauer. Und enttäuscht. Und ich langweilte mich.

Den ganzen Tag hatte ich noch niemanden von Team 8 gesehen. Hatte allein am Frühstückstisch gesessen und war mir wie eine Idiotin vorgekommen.

Früher war ich mit mir selbst ja immer am besten klargekommen. Aber hier, an diesem seltsamen Ort, in dieser fremden Welt, sehnte ich mich nach jemandem, mit dem ich reden konnte. Ivan hatte mir durch seine ungezwungene Art einen gewissen Halt gegeben, doch jetzt, da er auf einer ominösen Friedensmission unterwegs war, fühlte ich mich gänzlich verloren.

Lee hatte mir deutlich zu verstehen gegeben, dass er mich in absehbarer Zeit nicht aktiv am Geschehen beteiligen würde. Dabei passte das doch überhaupt nicht mit dem zusammen, was von mir verlangt wurde? Außerdem warf er mir vor, nichts von der Anderswelt zu wissen, tat aber auch nichts dafür, dies zu ändern.

Ich saß wieder auf dem Stein am Brunnen und blickte ins Leere. Eigentlich wunderte ich mich selbst darüber, wie sehr es mich störte, vom Geschehen ausgeschlossen zu sein. Immerhin zweifelte ich nach wie vor in meinem tiefsten Inneren an der ganzen Geschichte rund um das Orinion. Genauso wie die Wissenschaftlerin in mir die Existenz der Anderswelt äußerst skeptisch betrachtete.

Trotzdem hatte ich mich entschlossen, mich darauf einzulassen. Und es war wirklich so, wie Samira damals zu mir gesagt hatte. Seit ich diesen Entschluss gefasst hatte, fühlte ich nicht mehr diese tiefgehende Angst in mir. Ganz im Gegenteil. Sie hatte sich zu einer ausgewachsenen Neugier gewandelt.

Ich wollte die Anderswelt nun kennenlernen und den wundersamen Dingen um mich herum auf den Grund gehen.

Aber wie zum Teufel sollte ich das anstellen, wenn keiner mir etwas erklären wollte und sie mich zusätzlich noch einsperrten?

Vielleicht sollte ich mit dem General reden. Allerdings hatte ich absolut keine Lust, mir von ihm die gleichen Sachen an den Kopf werfen zu lassen, die auch Lee mir gestern angelastet hatte. Immerhin waren er und der Chief einer Meinung gewesen, was meinen Hausarrest betraf. Da war ja nur anzunehmen, dass sie, was meine ungeeignete Herkunft betraf, ebenfalls übereinstimmten.

Ungeeignete Herkunft …

Ich hatte nie darum gebeten, das Orinion anvertraut zu bekommen. Was Danu sich dabei eigentlich gedacht hatte, hätte mich brennend interessiert. Warum hatte sie das Amulett nicht einem Tuatha vermacht? Glaubte sie vielleicht, ich wäre einer?

Nun, die Genanalyse hatte bewiesen, dass ich rein menschlich war und dass es leider keine Spur von irgendwelchen Begabungen in meinen Adern gab.

Gott, ich muss aufhören, darüber nachzudenken, bevor ich mich noch selber für meine Herkunft schäme.

Ich legte den Kopf in den Nacken und betrachtete den Himmel. Gräuliche Wolkenschlieren zogen darüber hinweg. Sie raubten der Sonne ihre Kraft und ein kühler Wind wehte durch das Land. Ein Regenschauer würde wohl nicht allzu lange auf sich warten lassen.

Fröstelnd zog ich den Reißverschluss meiner Jacke bis unters Kinn hoch und stand auf. Wenn ich etwas über die Anderswelt erfahren wollte, dann sollte ich wohl wieder in die Bibliothek gehen. Es würden sich doch sicher ein paar Bücher in meiner Sprache darüber finden lassen. Sonst musste ich eben anfangen, Antuerra zu lernen. Zeit genug hatte ich ja.

Ohrenbetäubender Lärm ließ mich hinter einem Rosenstrauch in Deckung gehen. Erschrocken linste ich zwischen den dornigen Zweigen hindurch.

»Seid ihr wahnsinnig?«, rief der Wachposten des Außentores und raufte sich die Haare. »Wollt ihr mich umbringen?«

»'tschuldigung! « Ein ganzes Rudel Weißkittel aus der Laborabteilung eilte über den Innenhof. »Das war ein Versehen!«

»Ein Ver… Wollt ihr mich auf den Arm nehmen?«

Ich folgte dem ausgestreckten Finger des aufgebrachten Wachmanns, der auf ein eiförmiges Objekt zeigte, das nur eine Handbreit neben dem Wachhäuschen im Zaun steckte. Eine schwarze Rauchfahne stieg daraus empor. Funken sprühten.

Einer der Weißkittel wedelte mit einer Fernsteuerung. »Strom abstellen!«

»Strom abstellen? Ich kann doch nicht einfach den Strom abstellen!«

»Doch! Schnell! Bevor der Protonentank Feuer fängt!«

Der Wachmann fluchte, fasste sich an ein Ohr und sprach wohl Anweisungen in ein Headset, denn einen Augenblick später fingen die roten Rundumleuchten auf den Zaunpfosten zu blinken an und das Außentor glitt geräuschlos zu. Der Funkenregen versiegte. Kurz darauf kamen die Forscher atemlos bei der Unfallstelle an. Einer der Weißkittel besprühte das rauchende Objekt mit einem kleinen Feuerlöscher.

»Puh, offenbar haben wir das Problem mit dem Generator doch noch nicht im Griff«, schnaufte der mit der Fernbedienung und lachte.

»Ist dir klar, dass wegen euren Späßen der gesamte Ostflügel ohne Überwachung ist?«, schimpfte der Wachmann.

»Späße? Das ist wichtige Forschungsarbeit!«

»Nein! Das ist Gefährdung der Sicherheit!«

Mehr hörte ich von dem Streit nicht mehr. Er interessierte mich auch nicht.

Meine Beine hatten sich wie von selbst in Bewegung gesetzt und ich hielt in Windeseile auf den Zaun zu. Ich nahm Anlauf und sprang mit einem kräftigen Satz bis zur Hälfte hinauf. Der Rest war ein Kinderspiel. Meine Fußspitzen passten perfekt in die stabilen Maschen des Metallgeflechts.

Ehe ich michs versah, landete ich auch schon auf der anderen Seite.

Der Forscher und der Wachmann stritten immer noch lautstark. Niemand hatte mich bemerkt. Mein Herz begann wild zu klopfen.

Ich war frei!

Sofort rannte ich los. Quer über die sattgrüne Wiese und auf den Weg, der zum Smaragdwald führte. Mit langen Schritten folgte ich ihm und fühlte mich dabei unbesiegbar.

***

Erst als ich in den Schatten des Waldrands tauchte, verringerte ich mein Tempo und lehnte mich schließlich gegen einen der mächtigen Baumstämme. Nach Atem ringend, stützte ich meine Hände auf die Oberschenkel.

Es dauerte eine Weile, bis sich das Zittern der Anstrengung in meinen Knien gelegt hatte. Währenddessen verdrängte ich vehement das schlechte Gewissen, das sich in meinen Kopf schleichen wollte. Das war nämlich völlig überflüssig. Bis sie meine Abwesenheit überhaupt bemerkt hatten, wollte ich längst zurück sein.

Ich stockte. Wollte ich das wirklich?

Tatsächlich, ich war fest entschlossen, wieder in die Agency zurückzukehren.

Was hatte mich dann dazu gebracht, über den Zaun zu klettern?

Auf einmal spürte ich das Gewicht meines Smartphones in der Innentasche. Warum ich es jeden Morgen in meiner Jacke verstaute, wusste ich selbst nicht so genau. Vermutlich war es die Macht der Gewohnheit, die mich dazu brachte.

Ich holte das Telefon hervor und wog es nachdenklich in meiner Hand. Die Baumwipfel über mir spiegelten sich schemenhaft in der dunklen Scheibe des Displays. Ivan hatte gesagt, dass es in der gesamten Anderswelt keinen menschlichen Handyempfang gab. Doch ich hätte das Gerät in diesem Moment sowieso nicht eingeschaltet. Es gab einfach keinen Grund dazu.

Ich wollte nicht fliehen. Nicht mehr. Nicht, wo ich endlich einen Teil des Geheimnisses um das Orinion gelüftet hatte. Etwas in mir drängte mich dazu, noch weiterzuforschen. Es war seltsam, doch plötzlich wusste ich, dass ich genau da war, wo ich sein sollte.

Ein Knacksen im Unterholz erregte meine Aufmerksamkeit. Ich erkannte ein Reh zwischen den Zweigen, das mich mit großen Augen beobachtete.

»Du kennst nicht zufällig den Weg zum See?«, fragte ich es.

Erschrocken stob das Tier davon.

Ich verstaute das Smartphone wieder in der Innentasche meiner Jacke.

Beschwingt wanderte ich den breiten Waldweg entlang. Durch den bewölkten Himmel war es ein wenig düsterer als bei meinem ersten Ausflug hier, doch ich fürchtete die Schatten nicht. Darin verbargen sich allenfalls Bewohner des Waldes, die zweifellos größere Angst vor mir hatten als ich vor ihnen.

Nur mit Mühe fand ich den zugewucherten Pfad, der zu Ivans Häuschen führte. Diesmal blieb ich jedoch auf dem breiten Hauptweg und folgte ihm immer tiefer in den Wald hinein.

Vor einer Gabelung blieb ich stehen. Ich lauschte auf die Geräusche der Umgebung, um vielleicht einen Hinweis auf den See zu bekommen, denn da wollte ich unbedingt hin. Die Vögel zwitscherten mir unablässig zu, aber das half mir auch nicht weiter. Wahllos entschied ich mich, nach rechts abzubiegen. Nach ein paar Schritten kehrte ich jedoch noch einmal um und legte vorsichtshalber einen heruntergefallenen Ast wie einen Pfeil in die Richtung, aus der ich gekommen war.

Sicher ist sicher …

Mein Herz schlug höher, als ich nach kurzer Zeit tatsächlich das Glitzern einer Wasseroberfläche zwischen den Bäumen vor mir entdeckte. Das Glück schien mir heute mehr als nur gut gesonnen zu sein.

Aufgeregt beschleunigte ich meine Schritte. Der Weg machte eine Biegung, hinter der sich der Wald weit öffnete. Ich trat hinaus und ein seliges Lächeln legte sich auf meine Lippen.

Der See war unbeschreiblich schön. Ein steiniges Ufer umgab ihn. An den meisten Stellen jedoch standen die Bäume bis ganz zum Wasser hin. Einige tauchten sogar ihre mächtigen Wurzeln hinein, als wollten sie ihre Füße darin waschen. Trauerweiden strichen mit ihren biegsamen Ästen über die Wasseroberfläche. Ein kugeliger Busch streute weiße Blütenblätter darüber, die fröhlich um den hölzernen Steg tanzten, an dem vier kleine Boote vertäut waren.

Der See war viel größer, als ich ihn mir vorgestellt hatte. Das gegenüberliegende Ufer konnte ich kaum erahnen. Und da das Gewässer einen weitläufigen Bogen beschrieb, konnte ich seine tatsächliche Größe auch nicht einschätzen.

Ich trat an das Ufer und schöpfte eine Handvoll Wasser. Es war glasklar, aber leider eisig kalt, sonst hätte ich mich wohl ohne Zögern hineingestürzt.

Wie herrlich es sein musste, im Sommer eine Runde darin zu schwimmen!

Kein Vergleich zu den nach Chlor stinkenden und überfüllten Freibädern unserer Stadt, die ich auf der Suche nach Abkühlung früher immer besucht hatte.

Ich klaubte ein paar Steine auf und warf sie nacheinander in den See, so weit ich konnte. Die Wellen ihres Aufpralls formten hübsche Muster auf der ansonsten beinahe glatten Wasseroberfläche.

Vorsichtig betrat ich anschließend den Bootssteg. Das Holz war grau und verwittert und sah ziemlich morsch aus. Es knackste jedoch nur leise unter meinem Gewicht, darum ging ich unbekümmert bis ans Ende vor. Dort ließ ich mich nieder und streifte Socken und Turnschuhe von den Füßen. Ich rutschte noch etwas weiter vor und ließ meine Beine über den Rand baumeln. Prüfend streckte ich einen großen Zeh in das Wasser.

Brrr. Es war wirklich ziemlich kalt!

Trotzdem tauchte ich meine Füße immer weiter hinein, bis die weißen Blütenblätter um meine Knöchel herumschwammen. Ich sah ihnen dabei zu und schubste sie immer wieder beiseite, indem ich mit den Beinen wackelte.

Entspannt lehnte ich mich zurück und stützte mich auf meine ausgestreckten Arme, während ich den Blick über den See schweifen ließ.

Hier hatte Artus also den Geist des Wassers gefunden. Konnte es denn nicht sein, dass der Geist immer noch hier war?

Vielleicht sollte ich laut nach ihm rufen? Versuchen konnte ich es zumindest.

Ich holte tief Luft und blies sie mit einem erschrockenen Fiepsen wieder hinaus. Hastig zog ich meine Füße hoch und ließ sie über dem Wasser schweben. Irgendetwas hatte mich gerade am kleinen Zeh gekitzelt.

Das war bestimmt nur ein neugieriger Fisch. Was denn sonst?

Trotzdem beobachtete ich argwöhnisch die Wasseroberfläche.

Ich fuhr entsetzt zusammen, als plötzlich ein verschwommenes Gesicht darin auftauchte.

EINE LEICHE!

Untermalt von einem äußerst unheldenhaften Quieken krabbelte ich mit rudernden Armen rückwärts, rappelte mich taumelnd auf und raste über den Steg zum Ufer.

Okay, das war alles andere als mutig, aber wenn es etwas gab, wovor es mir so richtig gruselte, dann waren das Wasserleichen.

Ein glockenhelles Lachen ließ mich verdutzt innehalten.

»Ein Schuh! Wie schön! Darf ich den behalten?«

Was zum …?

Langsam drehte ich mich um und starrte das Mädchen an, das neben den Booten im Wasser schwamm. Sie hielt einen meiner Turnschuhe in die Höhe, den ich bei meiner Flucht offenbar in den See gekickt hatte.

»Meine Güte, hast du mich erschreckt!«, keuchte ich.

»Tut mir leid, das war nicht meine Absicht.«

Allmählich beruhigte sich mein Puls wieder. Ich stakste zurück zum Steg. In meiner Panik hatte ich gar nicht gespürt, wie spitz die kleinen Steine am Ufer eigentlich waren. Erst auf den hölzernen Dielen konnte ich wieder normal laufen.

Ich sah zu dem Mädchen hinunter, das immer noch meinen Schuh in die Höhe hielt.

»Ist dir das Wasser nicht zu kalt?«, fragte ich sie.

»Nein.« Sie lachte, als hätte ich einen Scherz gemacht. »Darf ich den denn jetzt behalten oder nicht?«

»Ähm, nee. Sorry, aber den brauche ich noch.«

»Schade.«

Das Mädchen glitt lautlos zum Steg, reckte sich und stellte meinen Turnschuh darauf. Ihre langen Haare trieben dabei im Wasser um sie herum wie ein Schleier. Sie waren so hellblond, dass sie beinahe weiß erschienen – wie auch der Rest des Mädchens. Sie war tatsächlich noch um einiges blasser als ich.

»Ist dir wirklich nicht kalt?«, fragte ich besorgt. »Deine Lippen sind schon ein bisschen blau.«

Sie runzelte die Stirn und schüttelte den Kopf. Dann schlug sie sich die Hand vor die Stirn. »Oh! Du denkst, ich bin ein Mensch! Deshalb redest du so wirres Zeug.«

»Moment mal …«, begann ich gedehnt, denn mir kam plötzlich ein hoffnungsvoller Gedanke. »Wenn du kein Mensch bist … Bist du dann vielleicht der Geist des Wassers?«

Ihr schallendes Lachen hallte über den See.

Na ja, wäre auch zu schön gewesen, um wahr zu sein.

»Quatsch!«, gackerte das Mädchen. »Ich bin natürlich eine Nixe.« Sie grinste über mein ungläubiges Gesicht. »Meerjungfrau? Schon mal was davon gehört?«

»Äh.«

»Du bist ja süß!«

Ich kratzte mich ratlos am Kopf, während sie ein Stückchen untertauchte. Nur einen Wimpernschlag später schoss sie regelrecht aus dem Wasser und landete mit einer eleganten Drehung punktgenau mit ihrem Hintern auf dem Steg.

Ich starrte sie fassungslos an, denn an der Stelle, wo eigentlich dieser Hintern sein sollte, wuchs ein silbrig schillernder Fischschwanz aus ihren Hüften. Ihr Oberkörper war völlig menschlich – wie man es von Meerjungfrauen aus entsprechenden Märchen kennt.

»Okay«, sagte ich schließlich. »Das ist echt schräg.«

»Weißt du, was *ich* schräg finde? Menschenbeine zum Beispiel. Vor allem die Zehen. Die sehen richtig lustig aus.« Sie wackelte mit ihrer Schwanzflosse und planschte damit im Wasser herum.

»Komm, setz dich zu mir! Darf ich deine Haare anfassen?«

»Was? Du willst meine Haare anfassen?«

»Jaa – bitte! Sie sehen so wunderschön weich aus!«

Ich zögerte noch, doch die hellblauen Augen der Nixe sahen mich flehentlich an. Außerdem schien sie nicht wirklich gefährlich zu sein. Seltsam, ja, aber mit einem blutrünstigen Piranha hatte sie dann doch nicht viel gemein.

Schließlich gab ich mir einen Ruck, zupfte meinen Haargummi heraus und ließ mich neben ihr auf dem Steg nieder. Fast schon andächtig streckte sie ihre Hand nach meinen Haaren aus und ließ eine Strähne darüber gleiten. Dabei erkannte ich durchscheinende Schwimmhäute zwischen ihren Fingern.

»Oh, sie sind sogar noch weicher, als ich dachte«, freute sie sich. »Wirklich fantastisch! So schönes Haar hätte ich auch gerne.«

»Aber du hast doch selber sehr hübsche Haare«, meinte ich verwundert.

»Ach, das schnöde Weiß.« Sie winkte ab. »Dein Rot ist viel hübscher. Richtig aufregend!«

Ich zog eine Schnute. »Genau das mag ich daran überhaupt nicht. Sie stechen einfach überall hervor. Das nervt mich.«

»Dabei ist das doch gerade das Tolle daran! Wir Nixen haben alle die gleiche Haarfarbe. Wirklich langweilig.«

»Kannst du sie denn nicht irgendwie färben?«

Sie lachte amüsiert. »Ich lebe unter Wasser, schon vergessen?«

»Apropos. Musst du denn nicht wieder … also, trocknest du hier draußen nicht aus oder so was?«

»Keine Sorge. Eine Zeitlang halte ich es ganz gut an Land aus.« Sie kämmte verträumt mit ihren Fingerspitzen durch meine Haare. »Wie heißt du eigentlich?«

»Jay. Und du?«

»Mariam. Darf ich dir einen Zopf flechten?«

»Ähm. Klar, warum nicht.«

Ich drehte Mariam den Rücken zu und fragte mich, ob mein Leben eigentlich überhaupt noch verrückter werden konnte.

Eine Meerjungfrau flicht dir einen Zopf. Was könnte das denn bitte schön noch übertrumpfen?

Mariams Finger streiften mein Ohr. Sie waren eiskalt.

»Seit wann lebst du denn schon in diesem See?«, fragte ich sie.

»Hm, ich weiß nicht genau. So fünfzig, sechzig Jahre vielleicht.«

»Wie bitte? Wie alt bist du denn?«

»Einhundertvierundsiebzig.«

Überrascht wollte ich mich zu ihr umdrehen, was die Nixe jedoch mit einem tadelnden Laut unterband.

»Für dein Alter hast du dich aber gut gehalten«, meinte ich schließlich.

Mariam ließ ihr glockenhelles Lachen wieder erklingen. »Du bist wirklich goldig, Jay. Nixen können tausend Jahre alt werden. In meinem Volk gelte ich noch nicht einmal als erwachsen.«

Sie summte leise vor sich hin, während sie sich meiner Frisur widmete. Eine Weile hing ich meinen Gedanken nach, als mir plötzlich etwas auffiel.

»Mariam, wenn du seit sechzig Jahren hier bist, wo warst du dann vorher? Und vor allem – wie bist du hierhergekommen?«

»Natürlich durch den Fluss.« Sie gluckste. »Wie sonst?«

»Keine Ahnung. Ich wusste nicht, dass es im Wald einen Fluss gibt.«

»Ach so. Du scheinst allgemein nicht sehr viel zu wissen, was?«

Ich seufzte nur als Antwort. Mariam kämmte mit den Fingern eine Strähne aus meiner Stirn und hinterließ dabei ein Frösteln auf meiner Haut.

»Das ist ja eigentlich ganz gut. Denn nur wenn man nichts weiß, kann man auch Neues entdecken, stimmt's?« Mariam nahm mir den Haargummi aus der Hand. Dabei fiel mir auf, dass ihre Haut mit feinen Schuppen bedeckt war, die ich vorher gar nicht bemerkt hatte. Sie klopfte mir fröhlich auf die Schultern. »Fertig! Sieht super aus.«

Vorsichtig befühlte ich meinen Hinterkopf. Anscheinend hatte Mariam mir einen französischen Zopf geflochten, der im Nacken zu einem verschlungenen Knoten wurde.

»Wow«, staunte ich. »Sitzt bombenfest. Danke schön!«

Sie grinste. »Wenn du mal eine hübsche Frisur zum Ausgehen brauchst, kannst du jederzeit vorbeischauen.«

Ich drehte mich zu ihr um und lächelte entschuldigend. »Vielen Dank für das Angebot, aber das wird in nächster Zeit wohl nicht so schnell vorkommen.«

»Waaaas? Kein Verehrer in Sicht? Bei diesen schönen Haaren? Das kann ich nicht glauben!«

Ich musste über ihren entsetzten Blick lachen. »Ist aber gar nicht so schlimm. Ich hab momentan nämlich ganz andere Sorgen. Ich muss die vier Naturgeister finden«, sagte ich geradeheraus und schlug mir im selben Moment entsetzt die Hand vor den Mund. »Verdammt! Eigentlich darf ich mit niemandem darüber reden. Kannst du das bitte für dich behalten? Sonst bekomme ich riesigen Ärger!«

Die Nixe wiegte ihren Kopf. Ein leichtes Schillern glitt dabei über ihre helle Haut. »Natürlich werde ich dich nicht verraten. Aber ich verstehe nicht ganz, wie du die Geister finden sollst, wenn du niemanden danach fragen darfst.«

Mariam neigte sich zu mir und senkte ihre Stimme zu einem Flüstern. »Weil, wenn du mich fragen dürftest, dann könnte ich dir antworten, dass der Geist des Wassers schon länger nicht mehr hier war.«

Meine Augen weiteten sich. »Du kennst ihn?«

»Natürlich kenne ich ihn. Er hat uns schließlich erschaffen!«

»Und weißt du denn auch, wo er sich gerade aufhält?«

Sie nickte eifrig und ich kippte vor Spannung beinahe nach hinten um.

»Also, wenn du mich fragen dürftest«, wisperte Mariam und wackelte verschwörerisch mit ihren silbrigen Augenbrauen, »dann könnte ich dir sagen, dass er derzeit in Atlantis ist.«

»Atlantis? Die versunkene Stadt?«

»Wieso versunken? Meines Wissen ist sie noch nie aufgetaucht.«

Ach ja?

Völlig egal! Ich wusste nun, dass der Wassergeist dort war, und das war das Einzige, was im Moment wichtig war. Jetzt musste Team 8 mich nur noch dort hinbringen. Vorausgesetzt, sie waren inzwischen schon wieder in die Agency zurückgekehrt.

»O Mariam! Das ist ja … Danke für deine Hilfe!« Überschwänglich schloss ich die Nixe kurzerhand in die Arme. »Brr, du bist ja kälter als ein Eiszapfen. Aber ich muss jetzt leider los. Ich werde dich bestimmt bald wieder besuchen!«

Eilig zog ich meine Socken an und schlüpfte in meine Schuhe. Aus dem einen musste ich vorher noch einen Liter Seewasser schütten.

Mariam sah mir neugierig beim Anziehen zu. »Ich hoffe, du kannst mit diesen interessanten Schuhen schnell laufen. Es wird nämlich gleich regnen.«

Ich sprang auf. »Bis bald! Und nochmals vielen Dank!«

»Keine Ursache!«, rief sie mir noch nach. »Und richte Herokla einen schönen Gruß von mir aus!«

Ich drehte mich noch einmal um, um sie zu fragen, wer denn Herokla sei, doch da war Mariam schon mit einem lauten Platschen im See verschwunden.

***

Die Nixe sollte Recht behalten. Es begann tatsächlich zu regnen. Besser gesagt, es begann wie aus Eimern zu schütten, und zwar genau in dem Moment, als ich aus dem Schutz des Smaragdwaldes trat.

Innerhalb weniger Sekunden war jetzt nicht nur mein rechter Schuh, sondern auch meine gesamte Kleidung gleichmäßig durchnässt.

Meine Klamotten klebten mir eklig kalt am Leib, während ich zurück zur Agency trabte.

Die Rundumleuchten am Zaun waren wieder deaktiviert und das Tor stand weit offen. Dummerweise bedeutete das wohl, dass die Zaunüberwachung wiederhergestellt war und ich mich nicht auf demselben Weg hineinschleichen konnte, auf dem ich auch herausgekommen war. Ich musste mich wohl oder übel den Tatsachen stellen, darum trat ich beherzt an das Wachhäuschen und klopfte an die Scheibe.

Den Wachmann fiel vor Schreck beinahe von seinem Hocker. Er erkannte mich sofort und seiner bleichen Gesichtsfarbe nach hatte er meine Flucht bisher noch nicht bemerkt. Er griff sich sofort ans Ohr, um Meldung zu machen.

»Ist schon gut!«, rief ich laut. »Ich gehe sowieso gleich zum Chief!«

Der Wachmann nickte beklommen, tippte auf seinem kleinen Bedienpult herum und winkte mich durch. Im Vorbeigehen bemerkte ich noch, wie er sich entnervt übers Gesicht rieb. Schien nicht unbedingt sein Tag zu sein heute.

Unter dem Vordach des Würfelturms wrang ich notdürftig den Saum meiner Kleidung aus und stampfte den gröbsten Dreck von meinen Füßen. Meine vollgesogenen Schuhe gaben bei jedem Schritt quietschende Geräusche von sich.

Mir war klar, dass ich unmöglich aussah, aber ich konnte es einfach nicht erwarten, dem General meine Entdeckung mitzuteilen. Ich quietschte also zielstrebig durch das Erdgeschoss und schenkte jedem ein freundliches Lächeln, der mir begegnete und mich skeptisch musterte. Darunter war auch ein Memo, dem mein Anblick sogar wert genug war, kurz innezuhalten, um mich in Ruhe zu betrachten, bevor er weiterschwirrte.

Als ich an die Tür zum Büro des Generals klopfte, kam mir kurz in den Sinn, dass er vielleicht gar nicht da sein könnte. Doch meine Sorge war unbegründet und als mich seine tiefe Stimme kurz darauf aufforderte hereinzukommen, blieb ich überrascht im Türrahmen stehen.

Außer dem Chief befanden sich auch noch Colin, Lee, Samira und Joe im Zimmer. Sie standen vor einer digitalen Landkarte, die an der Wand zu sehen war, und starrten mich verdutzt an. Plötzlich fühlte ich mich nicht mehr ganz so euphorisch wie noch gerade eben auf dem Flur.

»Hallo zusammen.« Ich schlüpfte in das Büro und schloss sorgfältig die Tür hinter mir.

»Meine Güte, Jay!«, rief Samira. »Bist du etwa in einen Brunnen gefallen?«

»Hm, nicht ganz.«

Lee ließ seinen Blick ganz langsam von meinem geflochtenen Zopf über meine nassen Klamotten gleiten und blieb schließlich an meinen verdreckten Schuhen hängen.

»Wo warst du?«, fragte er knurrend.

»Hör mir bitte erst einmal zu, ja? Ich …«

»Wo zum Teufel bist du gewesen!« Wütend durchquerte er den gesamten Raum mit zwei gewaltigen Schritten. Eine beachtliche Leistung, wenn man bedachte, dass er am Tag zuvor kaum allein die Treppe hinaufgekommen war.

»WO?«, bellte er mich an.

Instinktiv spannte ich meine Muskeln an, um bei einem Angriff möglichst schnell reagieren zu können. Lee schien das zu bemerken, denn er wich sofort ein Stück zurück.

»Jay! Verdammt noch mal!«

»Ich war am Waldsee, okay? Aber ich …«

»WAS? Hast du vollkommen den Verstand verloren?«

»Nein, ich …« Herausfordernd hob ich eine Augenbraue. »Ich hab dir doch gesagt, dass ich einen Weg hier raus finde.«

Joe sog hörbar die Luft ein. Dann explodierte Lee.

Er stürzte sich auf mich. »Du dummes, einfältiges …«

»Leanánn! Das reicht jetzt!«

Lee hielt mitten in der Bewegung inne und ließ seine erhobenen Fäuste sinken. Er sah mich an, als könne er selbst nicht fassen, dass er mich gerade hatte angreifen wollen. Wobei ich mir nicht sicher war, ob er mich tatsächlich geschlagen oder nur wie einen ungezogenen Hund geschüttelt hätte.

Außerdem fragte ich mich, weshalb die Stimme des Generals eben so seltsam geklungen hatte. Eine Art Vibrieren hatte darin gelegen. Ich lugte an Lee vorbei und begegnete dem strengen Blick des Chiefs.

»Jay, ist dir bewusst, was du mit deinem kleinen Spaziergang hättest anrichten können?«

Er sprach ruhig und beherrscht. Trotzdem erfasste mich das schlechte Gewissen heftiger, als es ein böser Anschiss jemals zu Stande gebracht hätte. Beschämt ließ ich die Schultern hängen.

»Es tut mir leid, General. Ich ... ich weiß selbst nicht genau, was ich mir dabei gedacht habe. Außerdem schwöre ich, dass ich nicht weglaufen wollte.« Ich lächelte unbeholfen. »Immerhin bin ich zurückgekommen, nicht wahr?«

Der Chief erwiderte nichts, sondern blickte mich einfach nur weiter an. Ich zupfte am Saum meiner Jacke herum. Irgendwie hatte ich das Bedürfnis, ihm alles zu erklären, doch ich fand einfach nicht die richtigen Worte dafür.

Ich war gelangweilt und genervt. Niemand hat mir Beachtung geschenkt, darum habe ich beschlossen, die Naturgeister auf eigene Faust zu suchen ...

Aber ich merkte selbst, wie lächerlich das klang. Wie die Beweggründe eines störrischen Kindes, das sich nicht um die Konsequenzen seines Handelns scherte.

Betroffen von meiner eigenen Dummheit senkte ich den Blick.

»Es tut mir leid«, wiederholte ich leise. »Es wird nie wieder vorkommen.«

»In Ordnung, Jay. Ich glaube dir.«

Verdutzt sah ich auf. Der General lächelte mich freundlich an.

Irgendetwas stimmt doch hier nicht ...

»Aber was wolltest du mir denn eigentlich mitteilen, als du hierher in mein Büro kamst?«

Ich glotzte ihn verdattert an.

»Nun, ich glaube nicht, dass du hergekommen bist, um deinen Ausflug zu beichten.«

»Oh! Nein. Ich … ähm.« Verunsichert druckste ich herum. Vor der Tür war ich mir noch wie eine Heldin vorgekommen, aber das schlechte Gewissen hatte meinen Triumph maßgeblich getrübt. Sämtliche Anwesenden warteten geduldig auf eine Erklärung, darum sagte ich schließlich leise: »Ich weiß, wo das Wasser ist.«

»Was?« Colin riss die Augen auf. »Sag das noch mal!«

»Na ja, ich weiß, wo der Wassergeist sich aufhält. In Atlantis, um genau zu sein.«

Die Mitglieder von Team 8 tauschten verblüffte Blicke. Lee starrte mich völlig überrascht an. Der General musterte mich eine Weile schweigend. Mir war, als würde er mich mit einem Röntgenblick abscannen. Nervös trat ich von einem Bein auf das andere, untermalt vom Quietschen meiner Sohlen.

»Das sind ja interessante Neuigkeiten«, sagte der General schließlich. Er hob eine Braue und sah fragend in die Runde. »Worauf wartet ihr noch? Oder braucht ihr vorher noch ein kleines Päuschen?«

Joe blies die Backen auf.

»Der war gut, Chief!« Samira lachte und warf ihr langes Haar zurück. »Geh dich umziehen, Jay. Mit deinen schmutzigen Schuhen kommst du mir nicht in den Jet.«

Ich schaute kurz auf meine Füße hinunter, um die sich eine bräunliche Pfütze gebildet hatte. Dann sah ich blinzelnd wieder auf.

»Heißt das, ich darf mitkommen?«, fragte ich vorsichtig.

»Denkst du, wir schleppen den Wassergeist hierher, oder was? Natürlich kommst du mit. Und jetzt los, beeil dich! In zehn Minuten erwarte ich dich am Tor zum Hangargelände.«

Das ließ ich mir bestimmt nicht zweimal sagen. Mit einem unterdrückten Jubelschrei huschte ich aus dem Büro und stob auf quietschenden Sohlen davon.

KAPITEL 16

Aufgedreht wippte ich auf meinem Sitz auf und ab. Mein Körper zitterte vor lauter Nervosität, was zum Teil auch daran lag, dass ich trotz der frischen Kleidung immer noch fror wie ein nackter Hund. Mein Spaziergang durch den Regen hatte mich wirklich bis zu den Knochen ausgekühlt, aber ich hütete mich davor, es den anderen zu sagen. Nicht dass sie den Start doch noch verschoben, weil das Menschenmädchen kalte Füße hatte.

Vor mir tippten Lee und Samira geschäftig auf irgendwelchen Knöpfen im Cockpit herum. Lee hatte mich bisher noch keines Blickes gewürdigt. Es war ungewöhnlich für mich, aber ich wollte mich unbedingt noch einmal bei ihm entschuldigen. Allerdings musste ich das noch ein wenig verschieben, denn jetzt schien nicht die richtige Zeit dazu.

»Starterlaubnis erteilt«, sagte Samira sachlich.

Die Antriebe fuhren mit einem Surren hoch. Ich leckte mir aufgeregt über die Lippen.

»Pass auf«, meinte Colin zu mir. »Der Start ist das Beste am Fliegen.«

Der Jet vibrierte und erhob sich ein paar Meter senkrecht in die Luft. Samira zog das Steuer etwas zu sich heran. Im gleichen Moment wurde ich in den Sitz gepresst, da die Turbinen ihrer Anweisung folgten.

Während wir in einer schrägen Linie nach oben schossen, konnte ich einen überraschten Aufschrei nicht unterdrücken, den Joe anscheinend höchst amüsant fand.

»Flughöhe fünfzehnhundert erreicht«, sagte Lee.

Die Nase des Jets senkte sich etwas, so dass er in der Waagrechten flog. Die Schubkräfte, die zuvor auf meinen Oberkörper gewirkt hatten, schwanden plötzlich, obwohl sich die Geschwindigkeit des Flugzeugs nicht verändert hatte. Verwundert fragte ich Colin danach.

»Der Druckausgleich funktioniert erst dann richtig, wenn wir eine konstante Höhe beibehalten«, erklärte er bereitwillig. »Beim Start- und Landemanöver kommt der Generator schlichtweg nicht mit seiner Berechnung hinterher.«

»Welcher Generator?«

»Der für die künstliche Schwerkraft.«

»Ach komm.« Ich sah ihn genervt an. »So etwas wie künstliche Schwerkraft gibt es nicht. Höchstens theoretisch.«

»Bei den Menschen vielleicht«, meinte er augenzwinkernd.

Die Rädchen in meinen Gehirnwindungen ratterten.

Albert Einstein hatte seinerzeit in der allgemeinen Relativitätstheorie die Wechselwirkung zwischen Materie, Raum und Zeit beschrieben. Massen ziehen sich demnach gegenseitig an. In der Quantentheorie vermutete man, dass für den Effekt der Gravitation ein spezielles Teilchen verantwortlich sei, dessen Existenz jedoch bisher nicht bewiesen werden konnte.

Ich schluckte.

»Ihr habt das Graviton entdeckt?«, hauchte ich verblüfft.

Colin nickte und lächelte mich an. »Respekt, ich hätte nicht gedacht, dass du dich mit Materienforschung auskennst.«

»Na ja, ich interessiere mich eben für wissenschaftliche Fragen.«

Das Graviton existiert ... Mein Gott. Einstein würde ausrasten!

Joe hüstelte vernehmlich. »Bevor ihr jetzt in mathematische Diskussionen einsteigt, würde ich gerne mal erfahren, woher du eigentlich den Tipp mit Atlantis bekommen hast.«

»Ich habe eine Nixe am Waldsee danach gefragt.« Colin und Joe blickten mich gleichermaßen skeptisch an. Ich zog kleinlaut einen Flunsch. »Ja, ich weiß, dass ich mit niemandem darüber hätte reden dürfen. Es ist mir einfach so rausgerutscht. Tut mir leid.«

Samira lachte. »Hat sie dir die Haare geflochten?«

»Ja.« Ich tastete über meinen Hinterkopf. Die Frisur hielt immer noch bombenfest. Meine Haare wären zwar schneller getrocknet, wenn ich den Zopf gelöst hätte, aber Mariams Kunstwerk gefiel mir und ich wollte es noch ein wenig länger behalten.

»Sieht hübsch aus«, lobte Samy. »Aber du solltest wissen, dass die Meerleute den Kontakt zu Menschen eigentlich meiden. Sie mögen die Landgänger, wie sie uns nennen, nicht sonderlich. Uns gegenüber haben sie sich zum Beispiel nicht so kooperativ gezeigt, als wir sie vor ein paar Tagen nach dem Geist des Wassers gefragt haben. Da wussten sie angeblich nicht, wo er sich derzeit aufhält.«

Ich kräuselte überrascht die Stirn. »Echt? Hm. Mariam war sehr nett zu mir. Vielleicht, weil sie noch ziemlich jung ist?«

»Ach, ich glaube eher, dass du sie mit deinem Rotschopf verzauberst hast.« Sie gluckste. »Meine blonden Haare sind den Meerjungfrauen einfach zu langweilig.«

Dass Mariam von meiner Haarfarbe völlig angetan war, konnte ich nicht bestreiten. Aber ob das wirklich der einzige Grund für ihre Freundlichkeit war? Ich hatte eher den Eindruck, sie würde sich einfach nur freuen, einen ungezwungenen Schwatz mit mir abhalten zu können.

»Wo ist Atlantis eigentlich?«, wollte ich wissen.

»In der südlichen Ägäis. Inmitten der griechischen Inselgruppe der Kykladen«, antwortete Joe.

»Ist das in der Nähe von Athen?«, fragte ich vorsichtig.

Er lachte und drehte sich etwas weiter zu mir. »Gut geraten. Die Kykladen beginnen tatsächlich ungefähr auf der Höhe von Athen und sind wie ein Halbkreis in Richtung türkische Küste über das Mittelmeer verstreut.«

Es war noch gar nicht lange her, dass ich ein Buch über griechische Mythologie gelesen hatte. Ich tippte mir nachdenklich an die Unterlippe. »Okay. Und *was* ist Atlantis? Ich meine, ist das etwa die berühmte versunkene Stadt, von der Platon so begeistert war?«

»Das ist sie. Wobei es eigentlich nicht richtig ist, dass diese Stadt einmal versunken ist. Atlantis war nämlich schon immer unter Wasser. Es wurde von den Meerleuten erbaut und wird bis heute von ihnen als Regierungssitz genutzt. Ihre Königin heißt Herokla und sie ist für sämtliche Regierungsangelegenheiten der Meerleute zuständig.«

»Herokla ist die Königin?«, rief ich aus. »Ich soll ihr einen schönen Gruß von Mariam bestellen.«

Joe zog die Nase kraus. »Na, da wünsch ich dir viel Spaß. Die Königin ist nämlich eine außerordentliche Beißzange. Dagegen sind die Zwerge richtig freundlich.«

»Portal drei Strich null sieben in fünfhundert Metern«, meldete Lee sich zu Wort.

Ich blickte nach vorne durch die schmale Scheibe. Der Himmel war dunkelgrau. Die Abenddämmerung hatte bereits eingesetzt. Das letzte Licht der Sonne fiel auf die schweren Wolkenfetzen, so dass es aussah, als ob ihre Bäuche hell aufleuchten würden. Richtig geheimnisvoll. Dann sah ich die Sphäre vor uns auftauchen, die als sogenanntes Portal zwischen den beiden Welten diente. Wie eine große Pfütze schwebte sie am Himmel.

Samira drosselte den Jet, bis wir nahezu reglos in der Luft verharrten. Der Erkennungslaser ließ sein gleißendes Licht über uns gleiten. Gleich darauf beschleunigten wir wieder und tauchten in die Sphäre ein.

Diesmal wurde mir beim Übertritt ziemlich deutlich, dass wir gerade einen Raumsprung hinter uns gebracht hatten. Der Himmel auf der anderen Seite unterschied sich nämlich komplett von dem, durch den wir gerade eben noch geflogen waren. Er war blau, doch vor allem hell. Weiße Wolkengebilde türmten sich darin auf. Sie wirkten so dicht, dass ich unwillkürlich zusammenzuckte, als Samira in eines davon hineinflog.

»Mein Gott!« Ich lachte überschwänglich. »Wo sind wir jetzt? Wie funktioniert das? Ein Schwarzschild-Wurmloch? Nein, Quatsch, das würde ja nur in eine Richtung gehen ... Dann vermutlich eine Einstein-Rosen-Brücke?«

Joe hob entschuldigend die Hände. »Das soll dir Lee erklären. Er ist das Physik-Genie unter uns. Ich bin froh, wenn ich das ganze Zeugs nur einigermaßen kapiere.«

Meine Euphorie fiel in sich zusammen. Lee hatte bei der Erwähnung seines Namens nicht einmal mit der Wimper gezuckt und tat so, als hätte er unser Gespräch überhaupt nicht mitbekommen – was in dem engen Innenraum des Jets ja wohl kaum möglich war.

Colin folgte meinem Blick und schien Mitleid mit mir zu haben. »Der Grundgedanke der Einstein-Rosen-Brücke ist schon richtig«, sagte er. »Aber das Besondere ist, dass wir die Raumzeit-Krümmung stabilisiert und den Ereignishorizont durch ein Antigravitationsfeld fixiert haben. Man kann den Raum krümmen, aber nicht die Zeit. Zeit ist die einzige Energie, die sich nicht beeinflussen lässt.« Er kratzte sich am Ohr. »Konntest du mir so weit folgen?«

»Ich denke schon«, meinte ich nachdenklich. »Allerdings ging ich immer davon aus, dass sich der Raum relativ zur Zeit verhält. Wenn man den Raum überwindet, was geschieht dann mit der Zeit?«

»Du bist wirklich schlau, Jay«, lobte Colin und schenkte mir ein warmherziges Lächeln. »Um den Raum zu durchqueren, muss man die Zeit durch ein Vakuum überspringen. Innerhalb der Portale, also an den Grenzen der beiden Parallelwelten, gibt es folglich keine Zeit. Nur leeren Raum.«

»Leerer Raum«, murmelte ich fasziniert. »Das ist wirklich kaum vorstellbar.«

»Finde ich auch«, bestätigte Joe. »Ich hab nämlich nur Bahnhof verstanden. Aber das macht nichts. Dafür habe ich schließlich andere Qualitäten.«

Er hob grinsend seinen Arm und demonstrierte seinen Bizeps, der beinahe den Stoff seines Anzugs sprengte.

»Sehr beeindruckend«, lobte ich.

»Betreten Luftraum Alpha Zero Charlie«, sagte Lee.

»Erbitte Landeerlaubnis«, antwortete Samira. Sie schwieg einen Moment und lenkte den Jet in eine weitläufige Kurve. »Warteschleife. Tss! Ah, jetzt. Landeerlaubnis erteilt.«

Sie ging in einen steilen Sinkflug über. Erst da kapierte ich, dass sie gerade telepathischen Kontakt zu unserem Zielort aufgenommen hatte.

Die Wolkentürme verschwanden und ich sah das Mittelmeer unter uns glitzern. In der Ferne waren einige Inseln zu erkennen. Ein gewaltiges Kreuzfahrtschiff pflügte unter uns durch die See.

»Können sie uns nicht sehen, wenn wir so tief fliegen?«, fragte ich.

»Tarnmodus«, erklärte Samira schlicht.

Kurz darauf umrundeten wir eine Insel, die unbewohnt aussah. Felsige Hügel prägten die Landschaft, geziert durch karge Gräser und Gestrüpp. Es gab nur wenige Bäume und die ganze Insel wirkte öde und eintönig.

Über einer steinigen Bucht tauchten langgestreckte Ziegelgebäude auf. Besser gesagt das, was von ihnen noch übrig war. Die Dächer waren teilweise eingestürzt und nur wenige Fensterscheiben ganz. Daneben standen einige verwahrloste Betonbauten, deren Zustand sogar noch schlechter war.

»Sieht ja nett aus«, kommentierte ich und verzog das Gesicht.

»Tarnmodus«, wiederholte Samy. Sie kicherte.

Bevor ich fragen konnte, sah ich es mit eigenen Augen. Die Luft vor uns flimmerte kurz und plötzlich zeigte sich mir ein völlig anderes Bild – von der weiterhin trostlos wirkenden Landschaft abgesehen. Die Gebäude waren wie durch Zauberhand wieder vollkommen intakt. Außerdem wimmelte es geradezu von Leuten und verschiedensten Fahrzeugen. In der steil abfallenden Bucht lagen perlmuttfarbene Boote unterschiedlicher Größe vor Anker.

Samira drosselte den Jet und ließ ihn schließlich waagerecht auf eine betonierte Plattform herabsinken.

»Willkommen auf Gyaros, einer Insel, deren Vergangenheit wir hier lieber nicht genauer beleuchten«, bemerkte Joe nebenbei. »Die Agency hat diesen Standort erst vor knapp vierzig Jahren übernommen. Die Projektion, die du eben noch gesehen hast, stammt aus dieser Zeit. Sie dient dazu, Touristen abzuschrecken und natürlich das wahre Treiben auf der Insel zu verbergen. Außerdem werden permanent Gerüchte über Atomtests gestreut, die hier angeblich stattfinden sollen.«

»Interessant. Vor allem der Teil mit der Projektion. Wie funktioniert das?«

»3D, Baby«, antwortete Joe mit verschwörerischem Gesichtsausdruck.

Ich nickte anerkennend, obwohl seine Antwort natürlich absolut nichts erklärte. Colin kämpfte sichtlich gegen einen Lachanfall an.

Ein sanfter Ruck ging durch den Jet, als wir auf dem Boden aufsetzten.

Colin öffnete seinen Gurt und neigte sich zu mir. »Ich erkläre es dir ein andermal, okay?«

Das Surren der Turbinen verklang. Die Heckklappe öffnete sich mit einem Zischen.

Ich folgte Joe und Colin über die kurze Rampe nach draußen. Das Licht der Mittelmeersonne blendete mich, darum musste ich meine Augen mit der

Hand abschirmen. Neugierig sah ich mich um. Die Luft roch nach Salzwasser und … irgendwie nach angebratenen Zwiebeln.

»Mmh«, gab Joe von sich. »Scheinbar gibt's Gyros zum Abendessen. Dagegen hätte ich jetzt nichts einzuwenden.«

»Du kannst unserem Chefkoch ja mal einen Menüvorschlag machen«, scherzte Colin.

Ein Mann in schwarzer Militäruniform eilte über die Plattform auf uns zu. Er hielt eines dieser gläsernen Tablets in den Händen.

»Captain Aherra?«, rief er fragend.

Wer?

Lee trat an mir vorbei und beantwortete damit meine Frage. Er ging dem Mann schnellen Schrittes entgegen und begrüßte ihn mit einem knappen Nicken. Wir anderen folgten mit kleinem Abstand.

»Guten Abend, Sir.« Der Mann hielt ihm das Tablet hin und Lee legte seine Hand kurz auf den Bildschirm. »Es war zwar ziemlich kurzfristig, aber wir konnten alle Vorbereitungen noch rechtzeitig treffen.«

»Gut«, antwortete Lee, wobei deutlich zu hören war, dass er eine andere Nachricht kaum akzeptiert hätte.

»Ihr Ersuchen um eine Audienz in Atlantis wurde bestätigt. Ohne einen Grund dafür nennen zu können, hätten wir sie beinahe nicht bekommen.«

Eine deutliche Frage schwang in den Worten des Mannes mit. Er musterte mich neugierig.

»Ist Ihnen der Begriff ›Geheimoperation‹ bekannt, Sergeant?«, fragte Lee scharf.

Der Sergeant zuckte zusammen. »Natürlich, Sir.«

»Dann sollten Sie auch wissen, wie man damit umzugehen hat.«

»Ja, Sir!«

»Wir haben im Übrigen nicht ewig Zeit, Sergeant.«

»Natürlich nicht! Folgen Sie mir, Sir!«

Völlig verblüfft ging ich neben Samira dem Rest des Teams hinterher. Angeführt von dem Sergeant, der wie ein aufgescheuchtes Huhn vorantrippelte.

Der Kerl hatte sichtlich die Hosen voll, dabei hatte Lee noch nicht einmal ansatzweise die Stimme erhoben. Kein Vergleich zu dem, was ich mir von dem werten Captain schon so anhören musste.

Ich fragte mich ehrlich, wie das sein konnte. Immerhin war Lee mindestens zwanzig Jahre jünger als dieser Sergeant. General Stanson – das war eine Autoritätsperson! Mit dem wollte nicht einmal ich mich anlegen. Aber Lee?

Wir folgten einem steinigen Weg, der um das imposante Backsteingebäude herumführte und dann hinunter zur Bucht. Eine steile, in den Fels gehauene Treppe brachte uns schließlich zu der Bootsanlegestelle, die sich als frei schwimmender Steg entpuppte. Schäumende Gischt quoll zwischen den Holzplanken und dem Felsen der Bucht herauf.

Skeptisch beäugte ich den knapp einen Meter fünfzig breiten Steg, der fröhlich im Wellengang auf und ab schwappte. Ein einzelnes Tau war auf der Seite zum Felsen hin in Hüfthöhe montiert. Sollte das ein Gefühl von Sicherheit vermitteln, scheiterte es bei mir leider kläglich.

Samira bemerkte offensichtlich mein Zögern. Bevor ich reagieren konnte, hakte sie sich bei mir unter und zog mich mit sich. Sie drückte mich fest an ihre Seite. Ich kniff einfach die Augen zu und hoffte auf das Beste.

»Du wirst doch wohl nicht seekrank, oder?«, fragte sie leise.

»Keine Ahnung.«

»Bist du noch nie mit einem Schiff gefahren?«

»Zählen Tretboote dazu?«

Sie gluckste belustigt und ehe ich michs versah, griffen starke Arme nach mir und hoben mich in die Höhe.

Doch ehe ich loskreischen konnte, hatte Joe mich schon wieder auf mehr oder weniger festen Boden gestellt. Der Boden des perlmuttfarbenen Bootes wankte ganz bedenklich.

War dieses riesige Ding hier überhaupt noch als Boot zu bezeichnen? Immerhin war es grob geschätzt zwanzig Meter lang. Einen großen Teil davon nahm der spitze Bug ein. Nur das vordere Drittel war überdacht. Vorne standen zwei gepolsterte Sitze vor einem Cockpit, das dem in der Taranis

II sehr ähnlich sah. Es gab nur eine breite Frontscheibe, die Seiten waren offen. Dort waren schlichte Sitzbänke montiert, hinter denen eine Treppe ins Innere des Schiffes hinunterführte. Im hinteren Teil des Bootes standen Kisten an der Reling, die mir gerade mal bis zum Bauchnabel reichte.

Ich gab wahrscheinlich keinen sehr anmutigen Anblick ab, wie ich mit ausgestreckten Armen den kräftigen Seegang auszugleichen versuchte, um ja nicht umzufallen. Lees Miene nach zu urteilen, musste ich geradezu bemitleidenswert aussehen.

Blöder Idiot.

Colin hielt mir ein schwarzes Bündel hin. »Hier. Unter Deck kannst du dich umziehen.«

Ich faltete den gummiartigen Stoff auseinander und sah ihn entgeistert an. »Das ist nicht dein Ernst! Da pass ich doch nie im Leben rein!«

»Red keinen Quatsch und geh schon. Wir fahren nicht sehr lange.« Colin deutete auf die Treppe, die unter Deck führte. Todunglücklich sperrte ich mich in der überraschend geräumigen Kabine ein, um mich umzuziehen. Wenigstens konnte niemand sehen, wie ich mit rudernden Armen nach hinten umkippte, als das Boot unerwartet volle Fahrt aufnahm.

***

Ich war mir in meinem ganzen Leben noch nie so dämlich vorgekommen wie in diesem Anzug. Mit verkniffenem Gesichtsausdruck wankte ich an Deck und klammerte mich auf halber Höhe an das Treppengeländer.

Joe kniete vor einer der Kisten am Heck und stieß einen anzüglichen Pfiff aus, als er mich erblickte. »Cool, Jay! Du solltest öfter Neopren tragen. Steht dir!«

Ich zog einen Flunsch und wunderte mich darüber, dass sämtliche Teammitglieder ebenfalls in Neoprenanzügen steckten. Wie hatten sie sich so schnell umziehen können?

Samira trat schmunzelnd an meine Seite. Im Gegensatz zu mir schien sie sich in dem hautengen Teil pudelwohl zu fühlen. Außerdem tänzelte sie mit feenhafter Leichtigkeit über den Boden, während das Boot wie ein wildgewordenes Pferd über die Wellen galoppierte und hin und wieder regelrecht buckelte.

»Ignorier ihn einfach«, sagte sie zu mir. »Wobei – wo er Recht hat, hat er Recht.« Sie kicherte unbeschwert.

Colin sah neugierig zu mir hinunter. Er grinste, aber noch ehe er ein Wort sagen konnte, bellte ich: »Spar es dir!«

Er hob in gespieltem Entsetzen die Hände und ging weiter, um Joe zu helfen. Bei was auch immer.

Anklagend schaute ich zu Samira hoch. »Muss ich das wirklich anziehen?«

»Natürlich. Beim Tauchen ist ein Neoprenanzug leider unerlässlich.«

Tauchen? O Mann ...

Irgendwie hatte ich damit gerechnet, mit einem hochmodernen Unterwasseraufzug nach Atlantis zu gelangen. Oder mit einem U-Boot. Allerdings konnte die Stadt dann wohl nicht allzu tief liegen ... Also redete ich mir ein, diesen kleinen Tauchgang mit links zu schaffen.

Ich quälte mich den Rest der Treppe hinauf, hangelte mich am Geländer entlang und ließ mich damenhaft auf die Sitzbank fallen. Lee saß hinterm Steuer und würdigte mich keines Blickes.

Samira fläzte sich neben mich. »Herrlich, nicht wahr?«

Ich wusste wirklich nicht, was an der Gesamtsituation herrlich sein sollte. Der bockige Boden, das kneifende, viel zu enge Teil namens Tauchanzug oder die beleidigte Leberwurst hinterm Steuer?

»Das Meer, Jay!«, rief Samira und streckte einen Arm über die offene Reling hinter uns. »Schau doch mal, wie schön es ist!«

Das war es wirklich. Bei all meiner Verkrampftheit hatte ich überhaupt nicht auf meine Umgebung geachtet. Dabei war mir völlig entgangen, welch zauberhafter Anblick sich uns hier bot.

In ungebrochenem Blau umschloss uns reine Wasserfläche. Sanfte Wellen hoben und senkten sich träge. Sie glitzerten aufregend im Schein der Sonne. Ich tat es Samira nach und streckte einen Arm aus. Der Fahrtwind zerrte kräftig an meiner Hand. Kleine Wassertropfen trafen spitz wie Nadeln auf meine Finger. Es fühlte sich fantastisch an.

»Ich störe die Ladys nur ungern, aber wir sollten uns allmählich bereit machen.« Colin reichte mir ein paar giftgrüne Flossen und eine Art Motorradhelm. »Dieser Helm ersetzt ein komplettes Atemgerät. Sobald du das Visier schließt, aktiviert sich automatisch der Atemfilter. Er zieht den Sauerstoff aus dem Wasser und gibt dir somit genügend Atemluft. Außerdem sorgt er für den Druckausgleich. Genauso wie dein Anzug. Mit etwas Druck in den Ohren musst du aber trotzdem rechnen.«

Musste man nicht eigentlich erst einen mehrwöchigen Tauchkurs absolvieren, bevor man sich in unbekannte Tiefen stürzte? Konnte ich nicht wenigstens einen etwas ausführlicheren Crashkurs bekommen als diese knappe Erklärung eben?

Leider verringerte das Boot in diesem Moment seine Fahrt, bis es schließlich schaukelnd stehen blieb. Die anderen Teammitglieder streiften ihre Flossen über. Benommen tat ich es ihnen gleich und stülpte dann den Helm über meinen Kopf. Ohne dass ich irgendeinen geheimen Knopf betätigt hatte, pumpte sich das Innenfutter auf, bis es sich eng um meinen Kopf schmiegte.

Erschrocken fummelte ich unter meinem Kinn herum und suchte nach einem Verschluss. Dabei merkte ich, dass ich immer weniger Luft bekam. Panisch wedelte ich mit meinen Händen, um Samys Aufmerksamkeit auf mich zu ziehen. Ich konnte ihr Seufzen nicht hören, aber deutlich sehen, bevor sie mit einer Hand mein Visier hochklappte.

Ich rang nach Atem.

»Süße«, tadelte mich Samira. »Er hat doch gesagt, dass sich der Filter automatisch aktiviert. Also erst zumachen, kurz bevor du ins Wasser springst, okay?«

Ich nickte, immer noch nach Atem ringend.

Lees Mundwinkel zuckte, als er an mir vorbeimarschierte. Am ärgerlichsten fand ich jedoch, dass er trotz seiner Flossen eleganter über den schwankenden Boden ging, als ich es in den bequemsten Schuhen jemals zu Stande bringen würde. Um mich nicht noch lächerlicher vor ihm zu machen, erhob ich mich erst von der Sitzbank, als er sich, ohne zu zögern, rückwärts über die Reling fallen ließ.

Sein Stunt war eigentlich unnötig, denn Joe klappte unterdessen eine Leiter aus, die an der Reling hing und über die man bequem ins Wasser hinunterklettern konnte. Ich war allerdings die Einzige, die diesen Weg wählte. Joe und Colin sprangen kopfüber darüber hinweg und Samira schwang sich elfengleich über das verchromte Seitengeländer. Ich fragte mich, wie sie ihre ganzen Haare wohl in dem Helm verstaut hatte.

Unbeholfen wackelte ich mit meinen Flossen zu der Leiter und blickte ins Wasser hinunter. Die anderen waren längst verschwunden. Das Meer zu meinen Füßen wirkte plötzlich gar nicht mehr wunderschön, sondern dunkel und gefährlich. Eigentlich war ich eine gute Schwimmerin, aber es war dann doch ein großer Unterschied in einem Becken seine Bahnen zu ziehen, wo man bis auf den Grund sehen konnte, oder sich in diese unheilvolle Dunkelheit zu stürzen, wo weiß Gott was auf einen wartete.

Ein Helm durchbrach die Wasseroberfläche. Samira klappte ihr Visier auf. »Komm schon! Worauf wartest du?«

Unschlüssig rieb ich über meine Brust. Durch den engen Stoff des Tauchanzugs konnte ich die Umrisse des Orinions deutlich spüren.

»Jay! Sieh nicht hin und spring einfach rein!«

Ich kaute eine Weile auf meiner Unterlippe herum. Dann kratzte ich all meinen Mut zusammen, schloss das Visier meines Helms und sprang.

Das Meer verschluckte mich gierig. Im ersten Moment hielt ich unwillkürlich den Atem an. Ich schwebte reglos unter Wasser und unterdrückte den Drang, mich zurück an die Oberfläche zu kämpfen. Erstaunlich viel Sonnenlicht umgab mich. Ohne mich zu bewegen, trieb ich nach oben. Ich spürte, wie die Kraft der Wellen an mir zupfte.

»Du musst tauchen, Jay. Und atmen übrigens auch.«

Vor lauter Überraschung atmete ich automatisch ein. »Samira?«

»Jaa?«

Ich blickte mich suchend um. Ihre Stimme klang, als hätte sie mir ins Ohr geflüstert. Oder wandte sie gerade ihre telepathischen Kräfte an?

»Bist du etwa in meinem Kopf?«, hauchte ich.

Mehrstimmiges Gelächter antwortete mir und ich spürte, wie mein Gesicht puterrot anlief.

Grundgütiger, wie peinlich!

»In deinem Helm ist ein Headset eingebaut, du Genie!«, blaffte Lee.

»Was du nicht sagst!«, schnauzte ich zurück.

Unser erster Wortwechsel seit geschlagenen zwei Stunden – und dann musste ich mir so was anhören!

Samira schwamm in mein Blickfeld. »Ich kann nur mit anderen Funkern kommunizieren. Schon vergessen?«

»Ja. Nein. Keine Ahnung.«

»Kommt ihr jetzt endlich runter oder was?«, beschwerte sich Joe.

»Wir sind ja schon unterwegs!« Samira nahm meine Hand und zog mich mühelos immer weiter in die Tiefe, bis sie merkte, dass ich meinen eigenen Rhythmus mit den Flossen gefunden hatte. Sie ließ mich los und tauchte voran.

Mit jedem Meter, den wir herabsanken, wurde es düsterer um mich herum. Ich hatte das Gefühl, dass die gähnende Leere unter mir kein Ende nehmen wollte. Doch dann erkannte ich endlich die Umrisse des scharf gezackten Meeresbodens.

Irgendwie hatte ich bunte Korallen und lustige Seeschwämme erwartet. Diese schwarzen Stalagmiten, die in grotesken Formen emporragten, hatten mit heiteren Unterwasserlandschaften jedoch nichts gemein. Düster und unheilvoll sahen sie aus, richtig gruselig.

Die anderen warteten an der Spitze eines besonders scharfkantigen Felsgebildes. Sogar mit Helm schaffte Lee es, schon aus der Ferne genervt auszusehen.

»Da seid ihr ja endlich«, sagte Joe. »Ich hab schon Angst gehabt, ihr hättet euch verschwommen.«

Er gackerte ausgelassen über sein lahmes Wortspiel.

Colin schüttelte seinen behelmten Kopf. »Mann. Der war sogar für deine Verhältnisse mies.«

»Das ist so nicht richtig«, widersprach Joe. »Ihr habt einfach keinen Humor. *Das* ist das Problem!«

Lee schwamm voran und führte uns zielstrebig durch die gespenstischen Unterwassergebilde hindurch. Dabei tauchten wir sogar noch ein ganzes

Stück tiefer. Die Stalagmiten ragten bedrohlich über uns auf. Es war so dunkel, dass ich Lee nur noch schemenhaft vor mir erkennen konnte.

Da flammte plötzlich ein Lichtkegel vor uns auf.

»Was zur Hölle ist das denn?«, entfuhr es mir.

Damit meinte ich nicht das kugelförmige blaue Licht, das im Wasser aufgetaucht war, sondern das Wesen darunter, das einen Stab in seiner Hand hielt, der das Licht ausstrahlte.

»Ach, sag bloß, die Meermänner gefallen dir nicht?«, scherzte Joe.

Ein zweites Licht flammte auf. Gehalten von einem nicht minder hässlichen Wesen.

Meermänner? Das sollten die männlichen Gegenstücke zu den hübschen Nixen sein, wie Mariam eine war? Ich war richtig schockiert.

Sie sahen nur entfernt den Meerjungfrauen ähnlich. Insgesamt waren sie um einiges *fischiger.* Nur ihre Arme waren als menschlich zu bezeichnen. Zwischen ihren Oberarmen und Flanken spannte sich eine durchscheinende Flosse und so etwas wie einen Hals besaßen sie nicht. Ihr Kopf wuchs nahtlos aus ihren Schultern, so dass sie eher an einen Karpfen erinnerten als an einen Menschen.

»Oh, wow«, meinte Colin. »Die sehen ja richtig begeistert aus.«

Ich bezweifelte, dass die schuppigen Gesichter überhaupt zu einer Mimik fähig waren, aber freundlich blickten sie ganz sicher nicht drein.

Lee tauchte, ohne zu zögern, zu den Meermännern hinunter und hielt ihnen etwas Rotes hin. Der eine nahm es an sich und dann wandten sich die beiden um und schwammen zu einem Höhleneingang, den ich vorher gar nicht gesehen hatte. Lee gab uns ein Handzeichen und folgte den hässlichen Fischmännern.

»Was hat Lee ihm gegeben?«, fragte ich, wobei ich ganz vergaß, dass Lee mich ja selbst auch hören konnte. Er reagierte trotzdem nicht darauf.

»Unsere Eintrittskarte«, antwortete Samira schlicht.

Plötzlich befand ich mich in undurchdringlicher Dunkelheit. Nur die blauen Lichtkugeln gaben mir eine ungefähre Richtung vor. Obwohl ich wusste, dass Colin und Joe dicht hinter mir schwammen und Lee und Samira vor mir, musste ich gegen eine aufkommende Panikattacke ankämpfen. Mein Atem ging zusehends schwerer, weil ich das Gefühl bekam, die Schwärze um mich herum würde mich erdrücken.

Ungefähr so musste es sich anfühlen, durch einen Raum ohne Zeit zu schweben. Inmitten eines Vakuums aus Unendlichkeit.

KAPITEL 17

Ein Lichtschein durchschnitt strahlenförmig die Finsternis. Wie eine Motte wurde ich davon angezogen und trat schneller und schneller mit meinen Flossen, bis ich endlich die Wasseroberfläche durchbrach.

Automatisch riss ich das Visier meines Helms auf und rang nach Luft, obwohl meine Lungen eigentlich gut mit Sauerstoff versorgt waren. Ich brauchte einen Moment, bis ich kapierte, dass ich hier sogar stehen konnte.

Als sich meine Augen an die Helligkeit rundherum gewöhnt hatten, wich ich erschrocken ein Stück zurück. Ich war nämlich kaum eine Armlänge vor dem Fischkopf aufgetaucht. Er sah mich aus starren Augen an. Dort, wo bei einem Menschen die Ohren liegen, hatte er lange Kiemen. Sie flatterten kaum merklich. Ich fragte mich, wie er überhaupt atmen konnte, wenn sein Kopf nicht unter Wasser war.

»Ihr könnt nun den Landweg nehmen«, sagte er mit einer sonoren, melodischen Stimme, die nicht so recht zu seinem Aussehen passen wollte. Und mit völlig fehlerfreier Aussprache. Wirklich beachtlich für jemanden, der gar keine Lippen hatte.

Wir befanden uns in einer langgezogenen Höhle. Ihr Fels war von einem dunklen Grau und vermutlich vulkanischen Ursprungs. Die Wände wurden von Fackeln erhellt, aus denen bläuliche Flammen tanzten.

Mit »Landweg« meinte er wohl den steinernen Steg, der an einer Seite der Felswand am Wasser entlangführte. Eine Treppe war unweit von uns in den Stein gehauen, damit man bequem hinaufsteigen konnte.

Erleichtert darüber, dem schwarzen Wasser entkommen zu können, watete ich an Lee vorbei zu dieser Treppe. Um einer weiteren Blamage vorzubeugen, streifte ich die Flossen ab und stieg kurzerhand barfuß die Stufen empor. Das dunkle Gestein fühlte sich überraschend warm an.

Außerdem war es glatt und schmiegte sich schon fast an meine nackten Fußsohlen.

Während die anderen mir folgten, betrachtete ich die blauen Flammen einer der Fackeln. Obwohl ich direkt davor stand, spürte ich keine Hitze davon ausgehen. Neugierig streckte ich meine Finger danach aus.

»Fassss dasss nicht an!«, zischte der Meermann. Er zischte wirklich, wie eine Schlange. Wo war seine nette, wohlklingende Stimme geblieben?

Ich zog hastig meine Hand zurück. »Entschuldigung!«

Lee sah mich strafend an. Als hätte ich etwas Schlimmes verbrochen.

»Legt eure Sachen hier ab«, befahl der Fischmann, nun wieder in sanfterem Ton.

»Wir brauchen unsere Helme, um im Wasser atmen zu können«, erklärte Lee.

»Ihr seid nicht im Wasser, Captain.«

Lees erboster Gesichtsausdruck war göttlich. Ich konnte beinahe hören, wie er mit seinem Unterkiefer mahlte, als er nach kurzem Zögern seinen Helm auf den Boden legte. Es ging ihm offensichtlich gewaltig gegen den Strich, dass er hier keine Befehlsgewalt hatte.

»Folgt mir«, sagte der Meermann und tauchte geräuschlos unter. Nur seine leuchtende Kugel verriet, dass er neben uns her schwamm.

Wir wanderten den schmalen Felssteg entlang. Ich voraus, weil Lee sich nicht an mir vorbeiquetschen wollte. Was er natürlich nicht laut gesagt, sondern nur durch eine entsprechende Handbewegung angedeutet hatte.

Ich tapste also barfuß voran. Bis auf das gelegentliche Geräusch von herunterfallenden Wassertropfen herrschte völlige Stille. Hin und wieder zweigte ein weiterer Höhlengang von unserem ab. An diesen Stellen führte der Steg wie eine geschwungene Brücke über das Wasser hinweg. Das Tunnelsystem war sicher nicht auf natürliche Weise entstanden. Dafür waren die Wände viel zu glatt und die Ecken in einem allzu perfekten rechten Winkel. Jemand musste diese Wege in den Fels geschlagen haben – und endlich begriff ich, dass wir uns bereits mitten in Atlantis befanden.

Die zarten Klänge eines Liedes wehten heran. Ich verstand die Worte nicht, doch ich war sofort verzaubert von der wundervollen Melodie. Sie klang tragisch, voller Trauer, und doch war sie wunderschön. Fasziniert beschleunigte ich meine Schritte, um dem Gesang näher zu kommen. Als der Tunnel sich urplötzlich vor mir öffnete, blieb ich ergriffen stehen.

Etwas derart Fantastisches hatte ich noch nicht einmal in meinen Träumen gesehen.

Der Raum war riesig. Ein Ballsaal schien geradezu winzig im Vergleich dazu. Hunderte der blauen Lichtkugeln schwebten unter der Felsdecke. Sie warfen einen mysteriösen Schimmer auf einen schwarzen Stein, der den Mittelpunkt der Halle bildete. Er sah aus wie eine gewaltige schwarze Träne, die direkt aus der Decke tropfte. Von mehreren Seiten wölbten sich steinerne Brücken zu ihm hin und führten zu einem kreisrunden Steg, der den Fels umrundete.

Lee versetzte mir einen unsanften Stoß, damit ich endlich weiterging. Ich war so von diesem Anblick gefangen, dass ich mich nicht einmal über seinen Schubs beschwerte.

Langsam betrat ich die Brücke vor uns und blickte hinunter. Die Wasseroberfläche war so reglos, dass ich zuerst meinte, in einen schwarzen Spiegel zu blicken. Sogar als das blaue Licht eines Meermannes vorüberhuschte, blieb sie vollkommen glatt. Ein paar Schritte weiter bemerkte ich endlich ein paar sanfte Wellen und entdeckte eine Nixe, die in einem Floß über den unterirdischen See glitt. Von ihr kamen die wundervollen Klänge. Die Schuppen ihres Schwanzes glänzten rötlich, doch sonst sah sie fast genauso aus wie Mariam. Sie strich sich über das weiße Haar und hatte die Augen geschlossen, als wäre sie ganz in ihrem Lied versunken. Dabei wirkte sie so traurig, dass mir ganz schwer ums Herz wurde.

Lee hatte offensichtlich keinen Sinn für Romantik, denn er trieb mich mit einem Brummen zur Eile an.

Am Fuße des Tränenfelsens ruhten mehrere Nixen auf dem Gestein. Ein ganzes Stück über ihnen saß unverkennbar ihre Königin. Herokla. Ihr Thron war in den Fels geschlagen. Ein Bach umspülte ihren Herrschersitz und benetzte ihre violette Schwanzflosse. Ihr weißes Haar war kunstvoll mit Algen zu einer beeindruckenden Frisur verflochten und ein schwarzes Diadem zierte ihre Stirn.

Herokla sah wunderschön aus, doch ich zweifelte nicht daran, dass mit ihr nicht gut Kirschen essen war. Ihre Mimik verriet nicht einmal ansatzweise, was sie von unserem Erscheinen hielt, und ihr Blick war stechend, als könnte sie damit direkt in unsere Köpfe sehen. Ich war froh, dass Lee sich sofort vor mich schob, kaum hatten wir den ringförmigen Steg erreicht.

»Euer Majestät«, begrüßte er sie förmlich und deutete sogar eine Verbeugung an.

Herokla neigte leicht ihr Kinn. »Captain Aherra, ich würde gerne sagen, dass mich unser Wiedersehen freut, aber das tut es nicht.«

»Ihr wart schon immer eine Verfechterin der Ehrlichkeit. Eine rühmliche Tugend.«

»Seid Ihr nur hier, um mir zu schmeicheln, Captain? Dann hättet Ihr Euch die Reise sparen können.«

Unsicher schaute ich über meine Schulter zu den anderen zurück. Sie blickten vollkommen ernst zu der Königin auf. War ich denn die Einzige, die dieses geschwollene Gerede affig fand?

»Majestät, Schmeicheleien sind wahrlich nicht der Grund, warum wir Euch so kurzfristig um Audienz baten.«

»Nun, dann solltet Ihr mir diesen Grund allmählich nennen. Oder wollt Ihr mich zu Tode langweilen?«

»Wir müssen dringend mit dem Geist des Wassers sprechen«, erklärte Lee unumwunden.

Herokla lachte auf. »Mit dem Geist des Wassers? Ich muss Euch enttäuschen, Captain. Der Geist hat uns bereits vor einiger Zeit verlassen. Mir ist nicht bekannt, wo er sich im Augenblick aufhält.«

Neben mir schüttelte Colin kaum merklich den Kopf. Auch ohne seine Begabung wusste ich, dass sie uns gerade unverblümt angelogen hatte.

»Mit Verlaub, Euer Majestät«, sagte Lee und klang bei weitem nicht mehr so demütig wie zuvor. »Ich will Euch nur ungern auf das Geringwer-Abkommen hinweisen, wonach Ihr persönlich versichert habt, in allen Belangen der globalen Sicherheit mit der Agency zu kooperieren.«

Herokla verengte ihre Augen zu Schlitzen. »Wollt Ihr damit etwa andeuten, ich würde Euch anlügen?«

»Ja!«, rief ich und trat vor. Wieso ich das tat, wusste ich selbst nicht genau. Wahrscheinlich weil mir dieses hochgestochene Geschwafel auf die Nerven ging. »Ja, Sie lügen. Ich weiß nichts von einem Berliner Abkommen, aber ich weiß ganz sicher, dass der Wassergeist hier ist!«

Im Augenwinkel sah ich, wie Colin verzweifelt die Hände rang.

Lee wollte mich mit einer Schulter nach hinten drängen, doch ich wich ihm entschieden aus. »Ich soll Ihnen übrigens einen schönen Gruß von Mariam ausrichten!«

Die Nixen am Fuße des Tränenfelsens schlugen sich entsetzt die Hand vor den Mund. Der schöne Gesang im Hintergrund verstummte. Gleichzeitig erhoben sich drei Meermänner bis zur Hüfte aus dem Wasser und richteten die leuchtenden Enden ihrer Stäbe auf mich. Da ich nicht wusste, was sie mit diesem Licht alles anstellen konnten, hob ich ergeben die Hände.

»Äh … Ihr seid wohl nicht gut auf sie zu sprechen, was?«

Lee packte einen meiner erhobenen Arme und zog mich hinter sich. »Ich bitte vielmals um Verzeihung, Majestät. Sie redet wirres Zeug. Das arme Ding scheint den Druckausgleich nicht verkraftet zu haben.«

»Was soll denn das?«, schimpfte ich und versuchte mich aus seinem Griff zu winden.

»Halt endlich die Klappe, Jay«, murmelte er zwischen zusammengebissenen Zähnen. Dann lächelte er die Königin an. »Wie gesagt, sie scheint momentan nicht ganz klar im Kopf zu sein.«

»Woher kennst du meine Tochter?«, fragte Herokla zu mir gewandt.

Mit einem letzten Ruck riss ich meinen Arm los und schob mich erhobenen Hauptes wieder an Lee vorbei.

»Ich wusste nicht, dass sie Ihre Tochter ist«, antwortete ich. »Ich habe Mariam erst vor kurzem kennengelernt. Sie hat mir einen hübschen Zopf geflochten. Außerdem hat sie mir gesagt, dass sich der Geist des Wassers hier in Atlantis aufhält.«

»Wo hast du sie getroffen?«

»In …« Ich stockte und musterte die Königin misstrauisch. »Warum wissen Sie nicht, wo Ihre Tochter ist?«

Einige der Nixen fauchten leise. Herokla beugte sich ein wenig vor und starrte mich eine Weile an, bevor sie schließlich sagte: »Es geht dich zwar nichts an, aber Mariam ist von hier ausgerissen. Darum weiß ich nicht, wo sie ist.«

Oje. Damit hatte ich wirklich nicht gerechnet. Ich war offenbar mitten in einem Familienstreit gelandet.

»Also noch mal – wo hast du sie getroffen?«

Ich schluckte. »Es tut mir leid, aber das werde ich Ihnen nicht sagen.«

»Jay!«, zischte Samy entsetzt.

»Nein, das kann ich nicht machen. Hero… Euer Majestät, ich weiß nicht, was vorgefallen ist, und das geht mich auch wirklich nichts an, aber ich weiß mit Sicherheit, dass ein Teenager nicht ohne Grund von zu Hause ausreißt. Würde ich Ihnen sagen, wo sie ist, würde ich sie verraten, und das werde ich nicht tun. Ich kann aber versprechen, dass ich sie bald wieder besuchen werde, und dann werde ich ihr erzählen, dass Sie sich große Sorgen um sie machen. Sie machen sich doch Sorgen?«

»Natürlich mache ich mir Sorgen, ich bin schließlich ihre Mutter!«

»Das heißt noch nichts, glauben Sie mir. Aber ich werde mit ihr reden – nachdem ich den Geist des Wassers getroffen habe.«

Die Königin durchbohrte mich mit ihren Augen, während alle Anwesenden den Atem anhielten. Nach einer gefühlten Ewigkeit lehnte Herokla sich entspannt zurück.

»Ich bin beeindruckt, Erdenkind«, sagte sie mit einem angedeuteten Lächeln. »Gajuk! Bring das interessante Mädchen zur Schatzkammer.«

Ich grinste breit und machte einen Knicks. »Vielen Dank.«

»Nur sie geht! Keiner darf sie begleiten«, rief die Königin bestimmt, als das ganze Team sich in Bewegung setzte. Als Lee den Mund zu einer Erwiderung öffnete, hob sie gebieterisch die Hand. »Nur sie oder niemand!«

»Ist schon in Ordnung«, beruhigte ich meine Begleiter. »Ich komm schon klar.«

Sie machten keinen Hehl daraus, dass sie sich da nicht sicher waren. Vor allem Lee stierte mich an, als ob ich gerade einen Sprung in die Niagarafälle angekündigt hätte. Ich ignorierte ihn und eilte den ringförmigen Steg entlang, der Lichtkugel des Meermannes namens Gajuk hinterher. Ich war mir selbst nicht sicher, ob ich gerade den Mund nicht etwas zu voll genommen hatte.

***

Durch einen schmalen Seitentunnel gelangte ich in eine ausladende Felsenhöhle, die sogenannte Schatzkammer. Keine Ahnung, was ich mir darunter vorgestellt hatte, aber das ganz bestimmt nicht.

Gold und Silber suchte man hier vergeblich und auch Edelsteine konnte ich nirgendwo entdecken. Dafür einen ganzen Haufen Plunder. Sogar mehrere Haufen, um genau zu sein.

Zweifelnd sah ich zu Gajuk hinab, der seinen fürchterlichen Kopf aus dem Wasser erhoben hatte. »Ich warte hier auf dich«, sagte er.

Etwas anderes blieb ihm eigentlich auch gar nicht übrig, denn das Wasser endete an dieser Stelle.

Seine Kiemen flatterten, während er mich mit starren Augen fixierte.

»Mariam ist meine Schwester«, sagte er. »Geht es ihr gut?«

»Ja. Sie ist gesund und hat glücklich ausgesehen.«

Der Meermann zeigte keine Reaktion, sondern versank geräuschlos ihm Wasser.

Ich ging weiter und bahnte mir einen Weg zwischen den Müllbergen hindurch. Die Höhle war um einiges kleiner als der Thronsaal, aber dennoch beeindruckend. Auch hier schwebten die blauen Kugeln überall umher. Ich legte den Kopf in den Nacken, um nach Fäden zu suchen, an denen sie vielleicht befestigt waren, konnte aber nichts entdecken.

Einzelne Schuhe, ein Kinderwagen, altmodische Lederkoffer, ein zerbrochener Spiegel … Der Anblick des ganzen Gerümpels erinnerte mich an eins dieser Messie-Häuser, wo man sich nur noch in schmalen Gängen durch eine völlig zugepackte Wohnung bewegen konnte. Hier brauchte jemand wohl dringend eine psychologische Beratung.

Der Krempel lichtete sich etwas und gab einen kreisrunden Platz frei, in dessen Mitte ein Stuhl stand. Ein kleiner Junge saß darauf und studierte eingehend eine Spraydose in seinen Händen.

Ich erstarrte und gab keinen Ton von mir. Ich hatte genügend Horrorfilme gesehen, um zu wissen, dass man sich von blassen, schwarzhaarigen Kindern an seltsamen Orten dringend fernhalten sollte. So leise ich konnte, schlich ich rückwärts.

»Willst du schon wieder gehen?«, fragte der Junge. Er sah auf und lächelte mich an. Mein Herz klopfte wie wild. »Du bist doch gerade erst gekommen.«

Hilfe! Wahrscheinlich wurde aus seinem lächelnden Mund gleich ein geiferndes Maul, mit dem er mich …

Herrgott! Jetzt reiß dich mal zusammen, Jay!

Es mochte viele verrückte Geschöpfe in der Anderswelt geben, aber menschenfressende Kinder gehörten bestimmt nicht dazu.

»Ähm. Hallo!« Ich winkte vorsichtig. »Was machst du denn hier? So ganz allein?«

»Ich sehe mir die schönen Dinge an.«

»Ach ja? Welche schönen Dinge denn?«

Der Junge lachte und machte eine ausladende Geste. »Na diese hier! Sind die nicht fantastisch?«

»Also um ehrlich zu sein, ich finde, sie sehen aus, als ob sie jemand weggeworfen hätte.«

»Natürlich hat sie jemand weggeworfen. Sonst wären sie ja nicht im Meer herumgeschwommen.«

»Oh. Du hast all die Sachen hier im Meer gefunden?« Ich beäugte eine schmutzige, aber durchaus intakte Schneiderpuppe neben mir. »Unfassbar, wieso manche Menschen das machen.«

Er drehte nachdenklich die Spraydose in seinen Händen. »Das größte Problem der Menschen ist, dass sie ausschließlich in der Gegenwart leben. Kaum einer von ihnen schert sich um die Zukunft, weil sie glauben, dass sie sie ohnehin nicht erleben werden. Gleichzeitig trauern sie der Vergangenheit nach, weil da alles besser war. Irgendwie paradox, findest du nicht auch?«

Ich nickte bedrückt. In den Worten des Jungen steckte sehr viel Wahrheit. Wobei mich ein wenig irritierte, dass er mit dem Ausdruck »paradox« offenbar etwas anzufangen wusste. Immerhin war er höchstens acht Jahre alt. Er schien ein kluger Bursche zu sein.

»Kannst du mir vielleicht sagen, was das ist?«, fragte er und hielt hoffnungsvoll die Spraydose hoch.

»Das ist Haarspray«, meinte ich verwundert.

Wie jetzt? Er warf mit Fremdwörtern um sich und hatte noch nie eine einfache Dose Haarspray gesehen?

»Oh! Was macht man denn damit?«

»Na ja, man ... man klebt seine Haare damit in Form.«

Der Junge guckte mich so verwirrt an, dass ich auch noch den letzten Rest meiner Scheu verlor. Ich ging zu ihm, nahm die Spraydose und schüttelte sie leicht. Dann sprühte ich testend damit in die Luft. Sie funktionierte einwandfrei.

»Ich zeig's dir«, sagte ich und ergriff kurzerhand eine Strähne seines schwarzen Haars. Ich fixierte sie mit dem Spray, so dass sie steil nach oben stand.

Er tastete mit großen Augen über seinen Kopf und gluckste. »Das ist ja toll!«

Begeistert sprang er auf und hüpfte zu einem der Müllhaufen. Zielstrebig zog er einen Handspiegel heraus, mit dem er sich grinsend betrachtete.

Die Kleidung des Jungen sah aus, als würde sie aus dem letzten Jahrhundert stammen. Ein Leinenhemd mit weiten Ärmeln, dazu eine braune Stoffhose und Hosenträger. Schuhe trug er keine. Ich selbst hatte schon beinahe vergessen, dass ich barfuß war. Der Felsen fühlte sich wirklich sehr angenehm an.

Ich stellte die Spraydose auf den Boden und sah mich nochmals um. »Sag mal, bist du denn ganz allein hier?«

»Ja.« Er tippte immer wieder voller Begeisterung seine aufrechte Haarsträhne an. »Warum?«

»Ich suche den Geist des Wassers. Weißt du vielleicht, wo der sein könnte?«

Der Junge sah mich belustigt an. »Aber der bin ich doch!«

»WAS?«, entfuhr es mir.

Ich verschränkte die Arme und musterte den Burschen abermals von Kopf bis Fuß. Er wollte der Geist des Wassers sein? Das sollte ja wohl ein Witz sein.

»Glaubst du mir nicht?« Er legte den Spiegel zurück und den Kopf schief.

Ich kratzte mich an der Nase. »Hm. Du siehst so … normal aus.«

»Wie sollte ich denn sonst aussehen?«, wollte er wissen und kam ein Stück näher.

»Keine Ahnung. Irgendwie wässriger vielleicht?«

Der Junge lachte laut auf. Dann verwandelte er sich vor meinen Augen in eine drei Meter hohe Wassersäule.

»So vielleicht?«, erklang seine Stimme durch das Rauschen des Wassers hindurch.

Die Säule fiel in sich zusammen und wurde zu einer Pfütze.

»Oder eher so?«, gluckerte es.

Ich setzte mich völlig perplex auf den Stuhl. »Krass.«

Aus der Pfütze erhob sich die Gestalt des schwarzhaarigen Jungen. Er musterte mich besorgt. Wahrscheinlich hatte ich gerade den Rest meiner ohnehin blassen Gesichtsfarbe verloren. »Geht es dir gut?«

»Ja, klar.« Ich wedelte mir mit einer Hand Luft zu. »Alles gut.«

»Ich wollte dich nicht erschrecken. Ich wollte dir nur zeigen, dass meine Gestalt nebensächlich ist. Eigentlich habe ich nämlich gar keinen Körper, verstehst du?«

»Aaah … nein.« Ich atmete lautstark durch und klemmte meine Hände zwischen die Knie.

Seine Mundwinkel zuckten amüsiert. »Ich bin ein Naturgeist. Ein Element. Ich brauche keinen Körper, um zu existieren. Aber manchmal fühlt es sich besser an, konzentriert zu sein. Nicht so zerstreut. Gesammelter eben.«

»Okay. Ich glaube, ich weiß, was du meinst. Zumindest ungefähr. Aber warum nimmst du ausgerechnet diesen Körper?«

»Was stimmt denn damit nicht?« Er sah an sich herab und wackelte mit seinen Zehen. »Wie heißt du eigentlich?«

»Jessica«, antwortete ich und wunderte mich selbst darüber, meinen echten Namen genannt zu haben.

»Sehr erfreut, Jessica. Ein sehr hübscher Name«, lobte der Junge.

»Danke. Hast du vielleicht auch einen Namen? Oder heißt du nur ›Geist des Wassers‹?«

»Ich habe sogar ganz viele Namen!« Er zählte sie an den Fingern einzeln auf: »See, Regen, Fluss, Bach, Meer, Ozean ...«

»Okay, okay!«, unterbrach ich ihn schließlich. »Ich denke, ich bleibe bei ›Geist des Wassers‹.«

Er zuckte mit den Schultern. »Auch gut. Was kann ich für dich tun, Jessica?«

Wie bat man einen Naturgeist um seine Kräfte? Musste man dafür eine edle Ansprache halten? Für mitreißende Reden war ich leider überhaupt nicht der Typ. Und aus dem Stegreif schon gar nicht. Vielleicht hätte ich mir vorher ein paar Gedanken dazu machen sollen ... Tja, jetzt war es zu spät.

Weil mir schlichtweg die Worte fehlten, holte ich das Amulett aus meinem engen Neoprenanzug hervor.

Der Geist des Wassers blickte traurig auf das Schmuckstück.

»Es ist schon eine Weile her, seit ich das Orinion zuletzt gesehen habe«, meinte er bedrückt. »Ich hatte gehofft, es würde noch etwas länger dauern, bis es mir wieder begegnen würde.«

Er trat vor mich und streckte mir beide Hände entgegen. Nach kurzem Zögern legte ich meine darauf. Seine Haut fühlte sich warm an. Und vollkommen echt. Hätte er mich nicht vorher eines Besseren belehrt, hätte ich nun geglaubt, die Hände eines ganz normalen Menschenjungen zu halten.

»Was soll ich tun?«, fragte ich vorsichtig.

Der Geist des Wassers lächelte mich an. Obwohl er stand, war er gerade mal so groß wie ich im Sitzen.

»Du musst nichts machen oder sagen, Jessica. Hab keine Angst. Ich will mich nur vergewissern.«

Erst verstand ich nicht, was er damit meinte, doch dann spürte ich ein unangenehmes Ziehen hinter meiner Stirn. Es war seltsam, aber ich wusste sofort, dass der Geist des Wassers in meinem Kopf war. Mein Sichtfeld verschwamm.

Unterschiedliche Bilder aus meiner Vergangenheit rasten durch meine Gedanken. Wie in einem Film, der gerade vorgespult wurde, liefen sie an meinem inneren Auge vorbei. Die Reihenfolge schien willkürlich. Der Wassergeist hatte die Steuerung übernommen. Hin und wieder pickte er sich einzelne Szenen heraus, um sie in normaler Geschwindigkeit abzuspielen.

Ich als Teenager, wie ich voller Zorn Steffen Grübers kopfvoran in die Mülltonne verfrachtete. Ich als Kind, wie ich über eine Wiese rannte und dabei mit den Fingerspitzen über die hohen Grashalme strich. Dann wie ich ganz allein beim Frühstück in der Agency saß. Wieder zurück in meine Kindheit, wie ich mit hängenden Schultern und unter den hasserfüllten Blicken meiner Pflegemutter den Worten des Familienrichters lauschte ...

Endlich zog sich der Geist des Wassers zurück. Mein Atem ging stoßweise, wie nach einem Dauerlauf. Viel länger hätte ich diese Prozedur wohl nicht ausgehalten. Es war mir unerträglich, so viel von mir preiszugeben und meine tiefsten Geheimnisse, mein Ganzes Ich offenzulegen.

Beschämt sah ich zur Seite. Ich brachte es einfach nicht fertig, dem Wassergeist noch länger in seine meerblauen Augen zu sehen. Jetzt, da er alles wusste.

»Du trägst eine wundervolle und gute Seele in dir, Jessica«, sagte er leise. »Vergiss das niemals.«

Er drückte sanft meine Hände. Ein warmes Kribbeln kroch meine Arme hinauf und lief über meinen ganzen Körper. Eine unbekannte Kraft breitete sich in meinem Brustkorb aus. Pulsierende Energie, so stark und herrlich, dass ich beinahe glaubte, mich darin auflösen zu müssen. Das Orinion leuchtete auf und tauchte für einen Wimpernschlag alles um mich herum in blaues Licht.

Dann, genauso plötzlich, wie es begonnen hatte, war es vorbei.

Die aufreibende Energie verschwand. Zurück blieb ein angenehmes Prickeln auf meiner Haut. Das Wasser gab meine Hände frei.

»Du hast nun die Erlaubnis, auf meine Kraft zuzugreifen. Nutze sie klug, dann wird sie dir treu zur Seite stehen.«

Völlig verdutzt betrachtete ich das Orinion. Das eingravierte Symbol des Wassers leuchtete nun in einem dunklen Blau. Ich strich mit dem Zeigefinger darüber.

»Danke«, flüsterte ich benommen. »Vielen Dank.«

»Ich danke dir, Jessica.«

Verwundert blinzelte ich ihn an. »Wofür?«

»Dass du unsere Welt beschützt. Ist das denn keinen Dank wert?«

»Oh. Na ja, bisher habe ich noch nicht viel dafür tun müssen.«

»Ich fürchte, das wird nicht lange so bleiben«, seufzte er. Er hob den Kopf, als würde er lauschen. »Du solltest jetzt gehen. Deine Begleiter werden allmählich unruhig.«

Ich konnte nichts hören, stand aber trotzdem auf. Meine Beine fühlten sich an wie Wackelpudding.

»Mach's gut, Jessica.« Der Junge winkte vergnügt und schickte sich an, zwischen den Müllbergen zu verschwinden.

»Warte!«, rief ich eilig. »Weißt du, wo sich deine Brüder momentan aufhalten?«

»Meine Brüder?«, wiederholte er verdutzt.

»Na, du weißt schon. Feuer, Erde und Luft?«

Er kicherte. »Das sind doch nicht meine Brüder!«

»Ach nein?«

»Nein. Genau genommen sind wir nicht einmal verwandt. Und ich weiß leider nicht, wo sie derzeit sind.«

»Schade. Aber ich werde sie schon finden.«

»Davon bin ich überzeugt.« Der Geist des Wassers zwinkerte mir zu und hüpfte vergnügt davon. Ich sah ihm nach, bis er von dem ganzen Gerümpel nahezu verschluckt worden war. Als ich das Gefühl hatte, meine Beine würden wieder ihren vollen Dienst verrichten, machte ich mich auf den Weg zurück zum Tränenfelsen.

***

Unruhe war eine leichte Untertreibung für das, was meine Begleiter inzwischen erfasst hatte. Noch im Seitentunnel konnte ich eine hitzige Diskussion vernehmen. Gajuk stob alarmiert in Richtung des Gezeters davon und überließ es mir, den restlichen Weg zu finden.

Was eigentlich nicht schwer war. Ich musste einfach dem Gebrüll folgen, das verdächtig nach Lee klang. Ich staunte nicht schlecht, als ich die groteske Szenerie sah, in der sich meine Mannschaft befand.

Eine ganze Reihe Meermänner hatte sich vor dem Steg aufgebaut. Sie richteten ihre leuchtenden Stäbe auf Lee, der gerade im Begriff war, sich auf sie zu stürzen. Joe hing an seiner Seite und hatte große Mühe ihn zurückzuhalten. Samira redete beschwichtigend auf Lee ein, während Colin etwas abseits stand und nervös zwischen den Parteien hin- und herschaute.

»Hey!«, rief ich laut. »Bitte alle schön cool bleiben!«

Sofort war es mucksmäuschenstill. Samira stöhnte erleichtert.

Lee riss sich von Joe los und klopfte sich imaginären Staub von der Schulter. »Wo warst du so lange?«, schnauzte er mich an.

Ey, geht das schon wieder los.

Ich antwortete ihm mit einer genervten Grimasse und wandte mich an Herokla. Es war schon irgendwie erstaunlich, dass sie angesichts des Tumults zu ihren Füßen keine Miene verzog. Sie blickte genauso streng und maskenhaft von ihrem Thron herab wie zuvor.

»Vielen Dank, Majestät«, sagte ich mit einer leichten Verbeugung. »Ich habe gefunden, was ich gesucht habe. Ich werde mein Versprechen so bald wie möglich einlösen. Ach, und entschuldigen Sie bitte das ungezogene Verhalten des Captains. Er scheint wohl den Druckausgleich nicht ganz vertragen zu haben.«

»Es sieht ganz danach aus«, antwortete die Königin. Sie nickte mir zu. »Auf Wiedersehen, Erdenkind.«

Joe grinste hinter vorgehaltener Hand. Colin schaute mich fast schon bewundernd an. Lee schnaubte und stapfte davon.

Samira hakte sich bei mir unter, als würden wir einen vergnüglichen Spaziergang machen. Ich war ganz froh darüber, denn ich fühlte mich bei weitem nicht so stark, wie ich eben vorgegeben hatte. Ich war eher erschöpft und immer noch völlig durcheinander. Es war wirklich kein Spaß, wenn einem jemand im eigenen Gehirn herumwühlte.

Meine rechte Hand ruhte während des ganzen Weges auf dem Orinion, das ich wieder unter meinem Neoprenanzug verborgen hatte. Jetzt besaß das Amulett also die Kraft des Wassers. Das war die Energie gewesen, die ich gespürt hatte. Doch wo steckte sie nun? Ich fühlte mich genauso wie vorher auch. Nur eben ein wenig verwirrt. Ich hätte den Geist des Wassers fragen sollen, wie ich überhaupt auf seine Kräfte zurückgreifen konnte, aber vor lauter Verwirrung hatte ich gar nicht daran gedacht.

Ein ganzes Heer von blauen Lichtkugeln begleitete uns hinaus. Lee schien einen mächtigen Eindruck hinterlassen zu haben. Das Gute daran war, dass der Weg durch den stockfinsteren Tunnel auf diese Weise bis in den kleinsten Winkel ausgeleuchtet wurde.

Das Auftauchen kam mir viel kurzweiliger vor als unser Weg nach unten. Vermutlich weil ich die ganze Zeit mit meinen Gedanken beschäftigt war. Die anderen unterhielten sich über den Helmfunk, doch ich achtete kaum auf ihre Worte.

Endlich kam der Umriss des Bootes in Sicht. Es war in der Zwischenzeit wohl ein wenig abgetrieben. Ich konnte es nicht wirklich sagen, denn ich hatte in der Tiefe des Meeres vollkommen die Orientierung verloren. Vor allem weil es in den Fluten auf einmal merklich dunkler geworden war.

Als ich die Wasseroberfläche durchbrach, sah ich auch, warum.

Der Sonnenuntergang war in vollem Gange. Die Sonne war bereits zur Hälfte im Meer versunken. Die andere Hälfte färbte den Himmel in ein abenteuerliches Rot. Der gesamte Horizont schien in Flammen zu stehen.

Es war magisch.

Ungelenk kletterte ich mitsamt meinen Flossen die Leiter zum Boot hinauf und rollte mich umständlich zur Seite, um den anderen den Weg frei zu machen. Irgendwie war klar, dass Lee meine robbenartigen Bemühungen mit einem mitleidigen Stirnrunzeln bedachte.

Warum konnte er nicht einfach aufhören, mir auf die Nerven zu gehen?

Ich wankte über den wackeligen Boden hinunter zu der Kabine, um mich endlich aus dem Presswurst-Anzug zu befreien. Es dauerte eine Weile, bis ich mich aus dem enganliegenden Neopren geschält hatte. Interessanterweise brauchte ich kein Handtuch, denn es war kein einziges Tröpfchen Wasser durch den gummiartigen Stoff gedrungen. Sogar meine Haare waren unter dem Helm inzwischen völlig getrocknet. Ich tastete über meinen Zopf. Spiegel konnte ich keinen entdecken, aber es fühlte sich an, als wäre meine Frisur einigermaßen heil geblieben. Nur ein paar einzelne Strähnen hatten sich gelöst.

Als ich wieder an Deck kletterte, waren die anderen schon vollständig umgezogen. Lee und Colin saßen auf den Sitzen im Cockpit. Der Motor des Bootes startete brummend. Joe fläzte auf einer Sitzbank und beäugte irgendetwas Interessantes auf seinen Fingernägeln. Samira breitete die feuchten Tauchanzüge auf dem Boden im Heck aus.

Ich machte einen Ausfallschritt in ihre Richtung, als das Boot losfuhr. Nur die Reling bewahrte mich vor einem Sturz. Mit einer Hand klammerte ich mich daran fest, während ich mit der anderen versuchte, meinen Anzug auszubreiten.

Samira beobachtete mich eine Weile, bevor sie mir schließlich das Neopren abnahm und zu den anderen legte.

»Sag mal«, begann ich neugierig, »ziehst du dich immer inmitten einer Horde Männer aus?«

»Diese *Horde* hat mich schon in ganz anderen Situationen gesehen. Da ist für Scham wirklich kein Platz mehr.« Sie grinste breit. »Außerdem hatte ich ja immer noch meine Unterwäsche an. Du etwa nicht?«

Die hitzige Röte in meinen Wangen war Antwort genug.

»Oh, wie schlüpfrig!«, gackerte Samira.

»Was ist schlüpfrig?«, wollte Joe wissen. Er beugte sich neugierig vor.

Samira winkte ab. »Nichts. Kümmer dich wieder um deine Fingernägel.«

»Na gut. Sehen die euren auch so aus, als seien sie irgendwie länger geworden?«

Er drehte fasziniert seine Hände.

Samira seufzte übertrieben. »Manchmal frage ich mich, ob er jemals erwachsen wird.«

Ein Lächeln legte sich auf meine Lippen, während ich das Schauspiel des Sonnenuntergangs beobachtete. Ich hatte gerade den ersten Teil meiner Aufgabe erledigt. Es fühlte sich unwahrscheinlich gut an, dass ich nicht so unnütz war, wie Lee es mir beinahe glauben gemacht hätte. Ich hatte ihm heute bewiesen, dass ich durchaus zu etwas zu gebrauchen war. Jetzt konnte er mich nicht länger einsperren. Ich war mitten im Geschehen. Und ich war ganz versessen darauf, mich auf die Suche nach den restlichen Naturgeistern zu begeben.

Ein schriller Signalton zerschnitt das regelmäßige Brummen des Schiffsmotors. Das Piepsen steigerte sich rasend schnell. Lee tippte hektisch auf ein Display und drehte sich zu mir um. Sein Gesicht war kreidebleich.

Dann ging alles ganz schnell.

»Dämonengreife!«, schrie Colin entsetzt.

Samira packte meinen Arm und wollte mich mit sich ziehen. Lee sprang mit großen Sätzen auf mich zu. Joe hatte plötzlich eine riesige Waffe in der Hand.

Etwas krachte gegen den Rumpf des Schiffes. Mit einem Knirschen erhob sich der ganze Bug aus dem Wasser. Das Boot wurde umgeworfen.

Ich verlor den Boden unter meinen Füßen und sah das Meer unter mir glitzern. Bevor ich überhaupt begriff, was gerade geschah, schloss sich ein eiserner Griff um meinen Bauch und riss mich nach oben.

»Jay!«, kreischte Samira noch schrill.

Dann spürte ich ihre Hand nicht mehr.

KAPITEL 18

Der Wind war eisig. Meine Augen tränten und verschleierten mir die Sicht. Nur verschwommen erkannte ich, dass es die riesige Klaue eines Vogels war, die meinen Oberkörper umklammerte. Ich konnte das regelmäßige Sausen gewaltiger Schwingen über mir hören.

Was hatte Lee vorhin noch gerufen? Dämonengreife? Bei dem Wort »Greif« dachte ich automatisch an einen Adler. Die Art von Klauen würde dazu passen. Nur dass diese Klauen gewaltig waren.

Hilflos zappelte ich herum und versuchte verzweifelt, mich aus dem schuppigen Griff zu befreien. Ich schrie und tobte und grub meine Fingernägel in das Fleisch meines Gegners, so fest ich nur konnte.

Doch es nützte nichts. Im Gegenteil. Immer fester zog sich der Klammergriff zusammen, bis ich nicht mehr atmen konnte. Sterne tanzten vor meinem vernebelten Blick. Jede einzelne Zelle meines Körpers lechzte nach Sauerstoff.

Das war's. Gleich ist es vorbei mit mir.

Da hatte ich nun eine beschwerliche Reise in die Tiefen des Ozeans unternommen. Hatte hässliche Meermänner und eine unsympathische Königin überstanden. War vom Geist des Wassers bis in den hintersten Winkel meines Seins durchleuchtet und trotz allem, was er darin gefunden hatte, für würdig befunden worden, seine Kraft zu nutzen. Und wofür?

Um als Wurmersatz für die Brut überdimensionierter Vögel zu dienen?

Wäre ich in diesem Moment nicht zu sehr mit Röcheln beschäftigt gewesen, hätte ich vermutlich gelacht.

Die undurchdringliche Schwärze einer Ohnmacht streckte die Finger nach mir aus. Ich war bereits kurz davor, mich ihr zu ergeben, als mich die Klaue plötzlich freigab.

Ich schlug hart auf und rollte über unebenen Boden, doch ich spürte es kaum. Zu sehr damit beschäftigt, nach Luft zu schnappen. Der lebensrettende Atem durchströmte meine Lungen beinahe schmerzhaft. Ich rappelte mich auf alle viere.

Allmählich klärte sich mein Blick. Meine Hände gruben sich in losen Kies. Eine Welle seichten Meerwassers schwappte darüber. Das Zwielicht des fortgeschrittenen Sonnenuntergangs tauchte meine Umgebung in dämmriges Halbdunkel. Hinter mir knirschte es.

Der Vogel. Er konnte nicht weit sein. Es war unwahrscheinlich, dass er mich ohne Grund auf diesen Kiesstrand geworfen hatte.

Bevor ich mich nach dem Vieh umsehen konnte, packte mich jemand am Genick und riss mich unsanft auf die Beine.

»Sieh dir das an, Cole«, sagte ein Mann gehässig. »Es regnet junge Dinger.«

»Da verzichtet man doch gerne auf Sonnenschein«, erwiderte ein anderer, vermutlich Cole.

Vorsichtig drehte ich mich um. Meine Hoffnung auf Rettung verschwand, als ich die protzigen Rubinringe der beiden Männer funkeln sah. Ich hüstelte und zupfte meine Jacke zurecht.

»Hi! Ihr habt nicht zufällig einen zu groß geratenen Vogel gesehen? Er scheint mich aus Versehen auf der falschen Insel abgeworfen zu haben.«

»Meinst du vielleicht diesen hier?« Cole deutete mit dem Daumen neben sich.

Das Vieh, das einige Meter von uns entfernt in der felsigen Bucht stand, war definitiv kein Vogel. Es war eher ein großes Pferd mit einem gebogenen Schnabel und vier Klauen. Es hatte keine Mähne, kein Fell und keine Federn – nur mattschwarze Schuppen mit bräunlichen Flecken, die den massigen Körper bedeckten. Ledrige Flügel wuchsen aus seinen Schultern und ruhten zusammengefaltet an den Seiten. Ein furchterregendes Geschöpf. Vor allem die glutroten Augen ließen mich erschaudern.

Ich überspielte meinen Schock und wiegte den Kopf. »Mmh, ich weiß nicht. Ich glaube, mein Vogel sah irgendwie knuffiger aus.«

Die Männer tauschten einen ratlosen Blick.

»Hat er uns die Richtige gebracht?«, fragte Cole.

Der Namenlose knurrte unwirsch. »Woher soll ich das wissen? Ich kann ihn ja schlecht fragen, oder?« Er sah mich forsch an. »Du! Wo ist das Orinion?«

»Das was?«

»Das Amulett! Zeig es mir!«

Ich gab mich erstaunt. »Ich trage keinen Schmuck. Ich bin nämlich allergisch auf fast jedes Metall. Außer Chirurgenstahl. Der geht. Sollte ich mal eine Hüftprothese brauchen, steht einer Operation nichts im Weg. Das hat …«

Ich sah die Faust erst auf mich zukommen, als es bereits zu spät war. Der Namenlose traf mich mit einer Wucht am Kinn, dass ich das Gefühl hatte, mein Kopf würde wegfliegen. Ich hatte schon so einige Prügeleien hinter mir und konnte durchaus etwas wegstecken, aber gegen diesen Schlag war alles davor Kindergarten gewesen. Ein scharfes Pochen hallte in meinem Unterkiefer.

»Du glaubst, du kannst uns verarschen, was?«, bellte der Namenlose. Er drehte mir den Arm auf den Rücken und presste sich an mich. Seine Hand zerrte den Kragen meines Shirts nach vorne, damit er über meine Schulter in meinen Ausschnitt spähen konnte. »Da ist ja das gute Stück. Und noch ein paar andere interessante Dinge, wie ich sehe.«

Ich unterbrach sein ekelerregendes Lachen, indem ich ihm meinen Ellenbogen in den Bauch rammte. Er ließ zwar meinen Kragen los, krallte sich aber stattdessen in meine Haare. Gleichzeitig verdrehte er meinen Arm noch weiter, so dass ich glaubte, meine Schulter müsse jeden Moment aus ihrem Gelenk springen. Ich keuchte schmerzerfüllt auf.

»Wirklich schade«, hauchte er in mein Ohr. »Leider muss ich dich zum Boss bringen. Wir beide hätten sicher noch viel Spaß gehabt.«

»Das bezweifle ich«, brachte ich zwischen zusammengepressten Zähnen hervor, während er mich vorwärtsdrängte.

Die ersten Sterne funkelten am Himmel. Rund um die Bucht erhob sich eine steile Felswand. Gezackte Felsbrocken und loses Geröll waren am Ufer verstreut. Ein einfaches Fischerboot lag auf dem Kies.

Der Dämonengreif stieß einen gellenden Schrei aus, der mir durch Mark und Bein ging. Dann breitete er seine ledrigen Schwingen aus, stieß sich kräftig vom Boden ab und flog davon.

Ich hatte keine Möglichkeit, mich gegen den Griff des Mannes zu wehren, ohne mir dabei den eigenen Arm zu brechen. Gleichzeitig musste ich mich sehr auf meine Schritte konzentrieren, denn schon ein Stolpern hätte wohl ähnliche Folgen gehabt. Der Weg war uneben und schlängelte sich durch die Felsen hinauf zu einem Plateau, das mit dürrem Gras bewachsen war. Dort stand eine einfache Holzhütte. Sie war umgeben von dornigem Gestrüpp und grimmig dreinblickenden Kerlen.

Auf die Schnelle zählte ich acht Mann. Plus den beiden hinter mir waren wir schon bei zehn. Einer von ihnen sprach in ein Walkie-Talkie, aus dem kurz darauf eine knacksende Antwort ertönte. Die Worte konnte ich nicht verstehen, aber ich schloss daraus, dass sich in der näheren Umgebung noch weitere Anhänger des roten Ordens befinden mussten.

Es war nicht die Anzahl meiner Feinde, die mir das Blut in den Adern gefrieren ließ. Auch nicht die schweren Maschinengewehre, die einige von ihnen in den Händen hielten. Es waren die drei Gestalten, die wenige Meter neben der Hütte reglos am Boden lagen. Zwei Männer und eine Frau. Zwischen ihnen ein Fischernetz. Ein Teil der Maschen war dunkelrot gefärbt.

»Sie sind tot!«, entfuhr es mir. »Ihr habt sie einfach erschossen!«

»Was du nicht sagst«, meinte Cole unbekümmert.

»Warum habt ihr das getan?«

»Wir haben ihre Hütte gebraucht. Ihr Pech, dass sie ausgerechnet heute zum Fischen gehen wollten. Tja, so etwas passiert schon mal, wenn man zur falschen Zeit am falschen Ort ist.«

Allein die Art, wie er darüber sprach, ließ mir übel werden. Es kümmerte ihn nicht, dass diese Menschen brutal aus dem Leben gerissen worden waren. Cole war es schlicht und ergreifend scheißegal. Und dasselbe galt für seine Verbrecherkollegen.

Eine Mischung aus Wut und Entsetzen erfasste mich.

»Diese Leute haben euch nichts getan! Wie könnt ihr es wagen, einfach über Leben und Tod zu entscheiden? Ihr widert mich an!«

Ich versuchte wieder, mich aus seinem Griff zu winden, doch der Kerl zwang mir den Arm nur noch weiter den Rücken hinauf, was ich gar nicht für möglich gehalten hatte. Meine Finger wurden taub. Ich konnte einen erstickten Schmerzenslaut nicht verhindern.

»Fängst du jetzt auch noch an zu heulen?«, höhnte der Namenlose.

»Wenn, dann heule ich nur, weil mich deine hässliche Visage so unendlich traurig macht.«

Einer der umstehenden Männer grölte: »Da kann man ihr nicht widersprechen!«

»Halt die Schnauze, Mike! Und dir, Schätzchen, werden deine Scherze gleich vergehen.«

Mir war schon längst nicht mehr nach Scherzen zu Mute, doch ich brauchte etwas, das mich davon abhielt, in helle Panik auszubrechen. Ja, ich hatte wirklich panische Angst. Es gab keinen Zweifel daran, dass ich gerade auf dem Weg zum Scharfrichter war. Zum Anführer des roten Ordens. Ich erinnerte mich daran, dass Lee vor nicht allzu langer Zeit den roten Orden als Ärgernis bezeichnet hatte, das die Agency recht gut im Griff hatte. Damit schien er sich wohl gründlich verschätzt zu haben. Die Situation erschien mir ziemlich außer Kontrolle.

Das Bild des umgedrehten Bootes kam mir in den Sinn. Das war das Letzte, was ich von der Bucht aus gesehen hatte – einen perlmuttfarbenen Schiffsbauch inmitten des Ozeans und von Team 8 keine Spur. Ich hatte keine Ahnung, ob sie den Unfall überlebt hatten, doch selbst wenn, trieben sie jetzt hilflos im Meer herum. Wie lange würden sie dort überleben? Es war Frühjahr und die Wassertemperatur des Mittelmeers dementsprechend kühl. Außerdem brach die Nacht gerade unerbittlich herein und ohne die Tauchanzüge hatte die Mannschaft der Kälte nicht viel entgegenzusetzen.

Sie würden alle sterben. Und ich ebenso.

Der namenlose Kerl drängte mich in die Holzhütte. Mit einem festen Stoß gab er meinen Arm frei. Ich stolperte ein paar Schritte nach vorne. Vorsichtig ließ ich meine Schulter kreisen und stellte fest, dass bis auf ein leichtes Ziehen damit alles in Ordnung war. Mit einem Kribbeln kehrte das Gefühl in meine tauben Finger zurück.

»Guten Abend, Jessica«, sagte eine Frau, die an einem Tisch in der Hütte saß.

Die Hütte war mit altmodischen Öllampen beleuchtet und nur spärlich eingerichtet. Eine Küchenzeile, eine zerschlissene Couch, ein Bett und ein hölzerner Esstisch. Die Frau trug einen purpurnen Umhang, dessen Kapuze ihr Gesicht verbarg. Ihre Hände steckten in schwarzen Lederhandschuhen. An der linken trug sie etwas am Zeigefinger, das wie eine silberne Kralle geformt war. Mit der Spitze dieser Kralle strich sie langsam über die Schneide eines mit Rubinen verzierten Dolches. Ein metallisches Surren begleitete ihre Streicheleinheiten.

»Ich heiße Jay«, korrigierte ich sie. »Und wer bist du? Rotkäppchen?«

»Man nennt mich ›die Füchsin‹.«

Die Schneide des Dolchs surrte erneut.

Es war wohl die pure Verzweiflung, die meine Antworten formte. »Die Füchsin, soso. Das ist ja ein richtig schicker Künstlername. Hast du den in deinem Personalausweis eingetragen?«

Das Surren verstummte. Die Frau drehte langsam den Dolch in ihrer Hand. Die silberne Klinge blitzte im Licht.

»Glaubst du wirklich, dieses sinnlose Gerede könnte deine Angst verbergen?«, fragte sie ruhig. »Ich kann den Gestank deiner Furcht bis hierher riechen.«

»Oh, also ich glaube, dieser unangenehme Geruch stammt eher von ihm.«

Ich wies mit dem Daumen nach hinten, wo ich den Namenlosen vermutete. Er reagierte mit einem wütenden Schnauben und machte einen Schritt auf mich zu. Die Füchsin hob vage eine Hand, was ihn sofort innehalten ließ.

»Ich muss zugeben, du erheiterst mich«, sagte sie ohne jegliche Erheiterung in der Stimme. »Aber leider ändert das nichts an deinem Schicksal.«

Sie stand auf und kam langsam auf mich zu. Der Holzboden begleitete ihre Schritte mit einem unheilvollen Knarren. Mir gegenüber befand sich eine weitere Tür. Vielleicht führte diese auch nach draußen.

Mit genügend Anlauf könnte ich …

Die beiden Männer hinter mir umschlossen meine Arme mit festem Griff, als hätten sie meine aufkeimenden Fluchtgedanken erraten. Ein Ausweg war ausgeschlossen. Ich sammelte meine letzte Kraft und blickte der Füchsin mit vorgerecktem Kinn entgegen.

»So ein hübsches Mädchen«, meinte sie bedauernd. »Wirklich schade darum.«

»Ja, ich bin echt froh, dass ich mich nicht unter einer Kapuze verstecken muss«, entgegnete ich trocken.

Die Füchsin lachte leise und schob ihre Kapuze mit der Silberkralle ein Stück zurück. »Gefalle ich dir etwa nicht?«

Ein Schauer rann meinen Rücken hinab. Ihre porzellanfarbene Haut war makellos. Blutroter Lippenstift schmückte ihre vollen Lippen. Ein dunkelrotes Mal prangte auf ihrer Stirn, das im Schatten der Kapuze unheilvoll glühte. Es sah aus wie ein umgedrehtes Hufeisen mit drei Lichtstrahlen. Eine solche Tätowierung hatte ich noch nie gesehen.

Doch es waren ihre Augen, die mir das Blut in den Adern gefrieren ließen. Sie waren pechschwarz. Ohne Iris, ohne Pupillen und weiße Augäpfel … Sie bestanden einzig aus undurchdringlicher Schwärze.

Die Füchsin schien zufrieden mit meiner Reaktion. Mit einem Lächeln ließ sie ihre Kapuze wieder fallen, so dass ihr Gesicht erneut im Schatten lag. Sie hob die Silberkralle und zog damit langsam den Reißverschluss meiner Jacke hinunter.

Ich war wie gelähmt. Ich rührte mich nicht einmal, als sie den Dolch an meinen Hals führte und ihn an meinem Hemd hinuntergleiten ließ. Mühelos glitt die Klinge durch den Stoff. Ich spürte die Kälte des Metalls auf meiner Haut, doch es verletzte mich nicht. Mit einem leisen Klirren traf es auf das Orinion.

Als die Füchsin das Amulett sah, wich sie merklich zurück.

»Wasser«, flüsterte sie überrascht, doch dann hielt sie wieder inne. Sie beugte sich näher zu mir und lächelte. »Und du weißt nicht, wie du es nutzen kannst. Was für eine Schande.«

Das war es wirklich. Offenbar fürchtete sie die Kraft des Orinions. Ich war also im Besitz einer Waffe, mit der ich mich ihr stellen konnte, doch ich hatte keine Ahnung, wie ich ihren Abzug betätigten sollte. Es war lächerlich.

Ich schloss meine Augen und suchte panisch nach dem Zugang zu der Energie, die das Wasser mir geschenkt hatte. Sie war in mir. Das wusste ich.

Aber ich konnte sie nicht finden.

Augenblicklich schämte ich mich für meine Unfähigkeit. Die Hoffnung einer ganzen Welt ruhte auf diesem Amulett und ich versagte.

Es tut mir leid, Danu. Du hast dich in mir getäuscht.

Ich spürte die kalte Klinge des Dolches an meiner Kehle. Die Spitze bohrte sich unaufhaltsam in meine Haut. Ein dünnes Rinnsal warmes Blut rann über meine Brust.

Plötzlich ließ der Druck nach. Ich öffnete die Augen und sah, wie die Hand der Füchsin zitterte. Der Dolch fiel zu Boden. Sie gab einen zischenden Laut von sich, wich einen Schritt zurück und presste sich eine Faust gegen die Stirn, als würde sie unter schrecklichen Schmerzen leiden.

»Boss?«, fragte Cole besorgt.

Die Füchsin ächzte und blickte ruckartig zu mir. Dabei verrutschte ihre Kapuze, so dass ich das Flackern in ihren Augen sehen konnte. Es dauerte nur ganz kurz, nicht einmal einen Wimpernschlag lang, aber für einen Moment lichtete sich die Schwärze.

Dann stieß sie ein freudloses Lachen aus. »Interessant! Ich muss gestehen, dass ich damit wirklich nicht gerechnet hätte.«

Ich hatte keine Ahnung, wovon sie sprach. Sie hatte ausgesehen, als hätte jemand von ihr Besitz ergriffen, um sie am Todesstoß zu hindern. Sofort dachte ich an Danu. Vielleicht hatte die Göttin mich erhört?

Danu, wenn du mich wirklich hören kannst, dann …

»Sie kann dir nicht helfen!«, spie die Füchsin aus.

Überrascht blinzelte ich sie an. Konnte sie etwa meine Gedanken lesen?

Der Körper der Füchsin straffte sich und sie tat einen tiefen Atemzug.

»Allerdings ändert sich die Sachlage dadurch erheblich.« Sie musterte mich mit ihren grausigen Augen. »Ich muss wohl noch einige Dinge überdenken und …«

Dann brach mit einem Schlag das reine Chaos um mich herum aus.

Alles geschah gleichzeitig und in Sekundenschnelle, trotzdem erlebte ich es wie in Zeitlupe.

Schüsse erklangen. Ein Lichtblitz flog durch das Fenster und riss Cole nach hinten. Der andere wollte in Deckung gehen und zerrte mich dabei automatisch mit sich.

Eine Explosion erschütterte die Hütte und die Füchsin stieß einen wütenden Schrei aus.

Ein weiterer Lichtblitz zischte heran und erfasste den Kopf des zweiten Mannes. Voller Entsetzen taumelte ich rückwärts und stolperte dabei über den reglosen Körper von Cole.

Noch während ich mit den Armen ruderte, um mich vor einem Sturz zu bewahren, sah ich im Augenwinkel, wie die Füchsin etwas in meine Richtung warf. Ein stechender Schmerz flammte an meiner Taille auf. Reflexartig presste ich meine Hand auf die Stelle, konnte aber keine Verletzung spüren.

Als ich wieder aufsah, rannte die Füchsin durch die gegenüberliegende Tür. Gleichzeitig flog die Tür hinter mir auf.

Colin und Lee stürmten herein. Sie hielten seltsam geformte Waffen im Anschlag. Mit einem Blick erfassten sie die Lage. Ohne sich mit Lee abzusprechen, stürmte Colin an mir vorbei und preschte der Füchsin hinterher. Lee steckte seine Pistole in ein Halfter am Gürtel, drängte mich in eine Zimmerecke und hob das linke Handgelenk an seinen Mund.

»Zielobjekt gesichert«, sagte er in seinen Ärmel und musterte mich hastig von oben bis unten. »Bist du verletzt?«, fragte er und deutete auf mein Gesicht.

Perplex fuhr ich mit zitternder Hand über meine Wange und starrte auf das Blut an meinen Fingerspitzen. Übelkeit drängte sich meine Kehle empor. Die blutige Masse stammte von dem, was mal der Kopf des Namenlosen gewesen war.

»Alles okay?«, hakte Lee nach.

Ich nickte. Das Brennen in meiner Hüfte war auszuhalten und erschien mir nicht erwähnenswert.

Lees dunkle Haare glänzten feucht. Mir fiel auf, dass seine ganze Kleidung klatschnass war, als wäre er geradewegs dem Meer entstiegen. Eine Salve Gewehrschüsse ließ mich zusammenzucken.

»*Westseite gesichert*«, erklang Samiras Stimme aus Lees Ärmel.

»*Verfolge Verdächtigen in nördlicher Richtung*«, keuchte Colin. »*Ich könnte ein wenig Hilfe gebrauchen.*«

Joe antwortete: »*Bin direkt hinter dir, Kumpel.*«

»*Schon unterwegs*«, sagte Samira.

Lee hob erneut seinen Arm. »Keine waghalsigen Aktionen. Zur Not lasst ihr ihn laufen.«

»*Verstanden.*«

Ich packte seinen Arm und schrie aufgebracht zu seinem Handgelenk hin: »Ihr müsst sie kriegen! Das ist die Füchsin! Die Anführerin des roten Ordens!«

Lee sah mich einen Moment zweifelnd an, bevor er schließlich in den Funk sprach: »Ihr habt es gehört.« Er löste meine Finger von seinem Arm.

Ich schnaufte erleichtert und stützte meine Hand auf die brennende Stelle meiner Taille. »Gott sei Dank geht es euch allen gut.«

Lee sah mich ungläubig an. »Bist du noch ganz dicht? Du hast dir Sorgen um *uns* gemacht?«

»Natürlich! Das Letzte, was ich von euch gesehen habe, war ein gekentertes Boot!«

Er fuhr sich durch seine feuchten Locken und atmete tief ein und aus, als müsste er sich erst einmal beruhigen.

»Wie habt ihr mich eigentlich gefunden?«, fragte ich.

»Gib mir dein Handy.«

»Was?«

»Gib mir dein verdammtes Handy!«

Verdutzt fasste ich in die Innentasche meiner Jacke und zog mein Smartphone heraus. Seit unserem Abflug aus der Agency hatte ich nicht mehr daran gedacht, dass ich es dabeihatte. »Woher …?«

»Woher ich von deinem Handy weiß?« Lee riss mir das Telefon aus der Hand, ließ es zu Boden fallen und stampfte mit einem Fuß darauf. »GPS, Jay! Ich weiß es, weil wir deinem verfluchten GPS gefolgt sind! Und genau auf diesem Weg hat dich auch der rote Orden gefunden. Wegen deinem gottverdammten Handy!«

»Aber … aber es war ausgeschaltet«, stammelte ich.

»Scheißegal! Das Signal kann man trotzdem verfolgen!«

Sprachlos blickte ich zu Lee auf. Sein hübsches Gesicht war zu einer wütenden Grimasse verzogen.

»Es tut mir leid«, flüsterte ich, während mir Tränen in die Augen stiegen. »Es tut mir so schrecklich leid.«

Mir wurde schwindlig. Es war, als würde ich allmählich meine letzte Kraft verlieren. Gleichzeitig weitete sich der Schmerz in meiner Taille zu einem zornigen Toben. Wie Feuer züngelte es meine gesamte Seite entlang. Ich stöhnte auf und wankte rückwärts, bis ich an die Wand stieß.

»Jay? Was hast du?« Lees Wut hatte sich in Nichts aufgelöst. Nur aufrichtige Besorgnis schwang in seiner Stimme mit. »Was ist los?«

»Es brennt!«, ächzte ich und krümmte mich. »O Gott, es will mich verbrennen!«

Lee zerrte mein Shirt nach oben. Seine Augen weiteten sich entsetzt. Er fluchte leise. Ich knickte in den Knien ein. Die Flammen erfassten meinen gesamten Körper und vernebelten mir die Sinne. Ich glaubte, nur noch aus Schmerz zu bestehen.

Ich spürte, wie ich hochgehoben wurde. Etwas Kaltes schmiegte sich an meine Wange. Es war wie ein kleiner Trost inmitten des Feuers, in dem ich mich befand.

»Halt durch, Jay«, hörte ich Lee sagen. »Alles wird gut.«

Er klang anders als sonst. Anders, als ich ihn je gehört hatte. Ängstlich, fast schon panisch.

Ich hatte keine Zeit, darüber nachzudenken. Eine verlockende Schwärze breitete die Arme aus, um mich zu empfangen.

Es roch nach frischem Moos und Meerwasser, als ich endlich durch eine tiefe Bewusstlosigkeit von meinen Schmerzen erlöst wurde.

EPILOG

Ein rhythmisches Piepsen drang an mein Ohr.

Ich verstand nicht, was es zu bedeuten hatte. Genauso wenig verstand ich, warum mir das Atmen so schwerfiel. Es war richtig mühsam, als würde jemand auf meinen Brustkorb drücken.

Der Alarm auf dem Boot. Die Klaue des Dämonengreifs …

Erlebte ich das Ganze noch einmal von vorne?

Angestrengt öffnete ich meine Augenlider. Um mich herum war alles weiß. Im ersten Moment war ich ganz geblendet davon. Ich blinzelte.

Direkt vor mir schwebte ein pelziges Gesicht mit bernsteinfarbenen Augen.

»Guten Morgen«, sagte Ivan. »Hast du endlich ausgeschlafen?«

Allmählich klärte sich mein Blick. Ich erkannte, dass mir das Atmen deshalb so schwerfiel, weil der Kater auf meiner Brust lag. Träge hob ich eine Hand, um seinen Kopf zu streicheln. Als ich die Nadel sah, die in meinem Handrücken steckte, hielt ich irritiert inne. Ein Plastikschlauch führte zu einer Infusionsflasche hoch, die über meinem Kopf baumelte.

War ich etwa in einem Krankenhaus?

Jemand räusperte sich verhalten. General Stanson saß auf einem Stuhl neben mir und lächelte mich an. »Hallo, Jay.«

»Hi«, krächzte ich verlegen. »Sitzen Sie schon lange hier?«

Der General sah auf seine Armbanduhr. »Seit ungefähr zehn Minuten.«

»Oh. Okay.« Ich stemmte meine Ellenbogen auf das Bett, um mich aufzurichten.

»Bleib ruhig liegen. Du bist sicher noch erschöpft.«

Dankbar ließ ich mich zurück auf das Kissen sinken. Tatsächlich fühlte ich mich so geschwächt, dass ich es vermutlich gar nicht geschafft hätte, mich aufzusetzen.

Ivan kletterte von mir herunter und setzte sich an meinen Bettrand.

»Da ist man mal zwei Tage nicht da und dann passiert so was«, schimpfte er halbherzig.

»Was ist überhaupt passiert?«, fragte ich. Dann zuckte ich zusammen. »Die Füchsin! Habt ihr sie geschnappt? Geht es den anderen gut?«

»Keine Sorge, alle sind wohlauf«, versicherte der General. »Du hast mit Abstand das meiste abbekommen, um es salopp auszudrücken. Ehrlich gesagt waren wir uns eine Weile nicht sicher, ob du es überhaupt überleben würdest. Du wurdest vergiftet. Vom schlimmsten Gift, das die Anderswelt zu bieten hat – dem Nektar der Wacharia-Pflanze. Du hast es nur Lee zu verdanken, dass du jetzt noch hier bist. Er wusste sofort, was zu tun war, und konnte die Ausbreitung des Gifts so lange stoppen, bis wir dich hier in der Agency an die Dialyse anschließen konnten. Inzwischen ist dein Blutkreislauf vollständig von den Toxinen gereinigt.«

»Wow«, sagte ich, weil mir sonst auch nichts Besseres einfiel.

»Was die Füchsin betrifft … Nun, ich muss dir leider sagen, dass sie entkommen konnte.«

Ich nickte bedrückt und starrte an die weiße Decke. »Es tut mir so wahnsinnig leid, dass ich mein Handy nicht hiergelassen habe. Ich weiß nicht, warum ich es überhaupt eingesteckt habe. Ich wollte doch gar niemanden anrufen.«

»Ist schon gut, Jay. Du hast es nicht mit Absicht getan, das weiß ich. Und, Danu sei Dank, ist ja alles glimpflich ausgegangen.«

»Ist es nicht«, widersprach ich verbittert. Meine Augen füllten sich mit Tränen. »Auf der Insel waren drei Menschen, ganz normale Fischersleute. Sie haben nichtsahnend an einem Fischernetz geknüpft, als der rote Orden auf die Insel kam. Und dass sie alle drei einfach so erschossen wurden, ist ganz allein meine Schuld.«

Der General fixierte mich mit ernstem Blick. »Hör mir zu, Jay. Du bist ganz bestimmt nicht für den Tod dieser Menschen verantwortlich. Nicht du hast sie getötet, sondern der rote Orden. Hast du verstanden?«

Ich starrte weiterhin an die Decke.

»Außerdem«, fuhr der General fort, »haben wir endlich einen Anhaltspunkt, was ihren Anführer betrifft. Wir wussten zwar, dass jemand im Verborgenen die Fäden zieht, aber nie zuvor ist der Name dieser Person gefallen. Kannst du mir die Füchsin genauer beschreiben? Ist dir etwas Besonderes an ihr aufgefallen?«

»Ihre Augen«, flüsterte ich. »Ihre Augen sind furchtbar. Ganz schwarz. So etwas Schreckliches habe ich noch nie erlebt. Ihr Gesicht habe ich nur kurz gesehen. Es ist schmal und ihre Haut ist sehr hell. Auf der Stirn hat sie eine seltsame Tätowierung. Sieht aus wie ein umgedrehtes Hufeisen mit drei Strichen nach unten. Das Tattoo hat rötlich geschimmert, als würde es glühen.«

Ivans Schwanzspitze zuckte nervös. »Das Mal der Dunkelheit?«

Der General rieb sich über das Kinn. Er holte einen einfachen Notizblock und Kugelschreiber aus seiner Jackentasche und malte etwas auf. Dann hielt er mir die Zeichnung fragend hin. Ich nickte bestätigend. Es war genau das Symbol, das die Füchsin auf ihrer Stirn trug.

»Was bedeutet das?«, wollte ich wissen. Verunsichert blickte ich zwischen Ivan und dem General hin und her. Dass Alastor Stanson mit einem Mal kreidebleich um die Nase war, konnte nichts Gutes bedeuten. »Chief?«

»Jetzt wissen wir also, warum das Orinion hier ist«, antwortete er sorgenvoll. Er schob Stift und Zettel zurück in seine Tasche. »Die Dunkelheit ist zurückgekehrt.«

»Was soll das heißen?«, hakte ich ungeduldig nach.

»Am Anfang war das Nichts«, sagte Ivan und blickte dabei gedankenverloren ins Leere, als würde er sich an etwas zurückerinnern. »Dann kam das Licht und mit ihm die Dunkelheit. Denn ohne Dunkelheit gibt es kein Licht und ohne Licht keinen Schatten. Zwei Mächte, die nicht miteinander, aber auch nicht ohne einander existieren können. Es ist alles eine Frage des Gleichgewichts. Gut gegen Böse, ein Kampf, der seit der Entstehung der Zeit andauert. Und nun hat sich die Dunkelheit aus dem Schatten geschlichen, um das Licht zu verbannen.«

Eine Gänsehaut kribbelte in meinem Nacken. »Das Licht verbannen? Wie soll das funktionieren?«

»Die Dunkelheit nährt sich von Hass, Furcht und Trauer. Wenn solche Gefühle die Seelen der Erde beherrschen, bleibt darin kein Platz mehr für das Gute, verstehst du?«

»Ich bin mir nicht sicher ...«

»Die Füchsin ist das Böse an sich«, sagte der General. »Ein Dämon, der Teufel, wenn man so will. Die Anhänger des roten Ordens sind für sie nur ein Mittel zum Zweck. Sie wird Hass in den Menschen säen, so lange, bis die Welt im Chaos versinkt. Jay, du musst die Füchsin vernichten. Nur aus diesem Grund hast du das Orinion erhalten. Du musst die Dunkelheit aufhalten, bevor sie Besitz von der Erde ergreifen kann.«

Das war meine Aufgabe?

Warum hatte Artus nur einen Drachen bekommen, während ich nun dem personifizierten Bösen gegenüberstand?

Ich hatte keine Ahnung, wie ich die Füchsin besiegen sollte. Ich wusste ja nicht einmal, was ich mir unter dieser Dunkelheit überhaupt vorstellen sollte. Eine Farbe? Einen Schatten? Das war zu viel für meine Fantasie.

»Ich ... ich weiß nicht, wie ich das anstellen soll«, murmelte ich bedrückt. »Vielleicht wäre es doch klüger, wenn Danu das Orinion irgendjemand anderem gibt.«

»Jay, du wurdest auserwählt, und das bestimmt nicht ohne Grund. Ich kann dir nicht sagen, wann und wo dein Kampf gegen die Füchsin stattfinden wird, aber er wird geschehen. Darum müssen wir so schnell wie möglich die restlichen Naturgeister finden, damit du stark genug dafür bist.«

»Genau«, pflichtete Ivan dem General bei. »Und du musst diesen Kampf nicht allein antreten. Wir sind schließlich auch noch da!«

Ich versuchte mich an einem dankbaren Lächeln. Doch meine Zweifel ließen es vermutlich wenig aufrichtig wirken. Ivan antwortete mir trotzdem mit einer Reihe spitzer Zähnchen.

»Er hat Recht«, sagte der General. »Du bist nicht allein. Team 8 und die gesamte Agency stehen an deiner Seite.« Da klopfte es plötzlich an der Tür. »Na, wenn man von der Sonne spricht ... Kommt rein!«

Der General stand auf und blickte aufmunternd zu mir herab. »Ruh dich aus, Jay. Wir werden uns bald wiedersehen.«

Ein kurzes Gedrängel entstand, als der General sich durch die hereinströmenden Mitglieder von Team 8 hinaus aus dem Zimmer schleuste. Vor allem die Traube bunter Luftballons, die Joe hinter sich herzog, versperrten ihm den Weg.

Nacheinander reihten sie sich um mich.

»Jay! Gut siehst du aus!«, begrüßte mich Colin.

Ich winkte schwach ab. »Na klar.«

»Auf jeden Fall besser, als wir dich das letzte Mal gesehen haben«, meinte Samira augenzwinkernd.

Joe knotete die Luftballons an das Fußteil meines Bettes, aber erst nachdem er mit einem der Ballons über Ivans Fell gerieben hatte, so dass dieser kurzzeitig aussah, als käme er geradewegs aus einem Wäschetrockner.

»Okay, ich geb's zu. Ich hab die Dinger eigentlich nur aus diesem einen Grund gekauft«, gestand Joe fröhlich, woraufhin ein hitziger Streit zwischen ihm und dem Kater entstand, bei dem nicht nur einer der Ballons Ivans Krallen zum Opfer fiel.

Samira und Colin taten ihr Bestes, den Streit zu schlichten.

Lee sah mich einfach nur an. Ein Lächeln legte sich auf seine Lippen. Es war dieses eine warmherzige Lächeln, das ich bisher nur einmal bei ihm gesehen hatte.

Inmitten des Trubels fiel allmählich alle Anspannung von mir ab.

Ich wusste nun endlich, was von mir verlangt wurde – ich hatte eine große Aufgabe zu erledigen. Aber auch wenn ich sie noch nicht ganz begreifen konnte, spürte ich eine Entschlossenheit in mir, wie ich sie noch nie zuvor empfunden hatte. Die Füchsin und mit ihr der rote Orden bedrohten den Frieden der gesamten Erde. Und zwar nicht nur den Frieden der Menschenwelt, sondern auch der Anderswelt, deren Wunder und Schönheit ich gerade erst zu entdecken begonnen hatte.

Ich war schon immer eine Kämpfernatur gewesen, obwohl ich mich selbst nie als Weltverbesserer angesehen hatte und schon vor langer Zeit dazu übergegangen war, mich nur noch um meine eigenen Angelegenheiten zu kümmern. Jetzt aber, wo ich mit dem Orinion ein Werkzeug in den Händen hielt, das alles verändern konnte, erwachte mein Kampfgeist zu einer ungeahnten Stärke. Mein Erlebnis auf der Insel hatte mir gezeigt, zu welchen Gräueltaten der rote Orden fähig war. Dämonische Dunkelheit hin oder her – die Füchsin und ihre Anhänger mussten so schnell wie möglich aufgehalten werden. Und ich war bereit, alles dafür zu tun.

Ich blickte zu den Mitgliedern des Teams auf. *Meines* Teams.

Alle waren unversehrt und wohlauf und keiner von ihnen trug mir den Fehler mit meinem Handy nach. Ihre Freude, mich auf dem Weg der Genesung zu sehen, war ehrlich und überdeutlich spürbar. Ich war nicht unbedingt sentimental veranlagt, aber während ich ihre Gesichter der Reihe nach musterte, bemerkte ich ein beinahe vergessenes Gefühl in meinem Herzen – ich spürte die Wärme der Geborgenheit. Und ich spürte, dass ich nicht mehr allein war.

ENDE von Band 1

© Johanna Danninger

Johanna Danninger, geboren 1985, lebt als Krankenschwester mit ihrem Mann, einem Hund und zwei Katzen umringt von Wiesen und Feldern im schönen Niederbayern. Schon als Kind dachte sie sich in ihre eigenen Geschichten hinein. Seit sie 2013 den Schritt in das Autorenleben wagte, kann sie sich ein Leben ohne Tastatur und Textprogramm gar nicht mehr vorstellen. Und in ihrem Kopf schwirren noch zahlreiche weitere Ideen, die nur darauf warten endlich aufgeschrieben zu werden!

Tauch ein in
romantische Geschichten.
HOL DIR
BITTERSÜSSE
STIMMUNG
AUF DEINEN
E-READER!
E-BOOKS VON IMPRESS HIER:
CARLSEN.DE/IMPRESS
impress IST DAS DIGITALE LABEL DES CARLSEN VERLAGS FÜR GEFÜHLVOLLE
UND MITREISSENDE GESCHICHTEN AUS DER GEHEIMNISVOLLEN WELT DER FANTASY.
im.
pre
ss

Lass dich fallen in eine Welt voller Märchen

Jennifer Alice Jager
Sinabell. Zeit der Magie
Softcover
220 Seiten
ISBN 978-3-551-30064-5

Es ist nicht leicht, eine von fünf Königstöchtern zu sein und kurz vor der Heiratssaison zu stehen. Statt nach Ehemännern Ausschau zu halten, streift Sinabell lieber durch die Gänge des Familienschlosses und verliert sich in den magischen Welten ihrer Bücher. Bis sie auf einem Ball dem jungen Prinzen Farin begegnet, der mit seinem zerzausten Haar und den Grübchen ihr Herz erobert. Doch ihr Vater entlarvt ihn als Prinz aus einem verfeindeten Königreich und wirft ihn ins Verlies. Um Farin vor dem sicheren Tod zu bewahren, muss Sinabell ihm helfen drei Aufgaben zu lösen und erkennt dabei, dass Magie nicht nur in Büchern existiert …

im.press

www.impress-books.de